Ce
Gift

EDITORIAL PRESENÇA
R. Augusto Gil, 35-A - APARTADO 14031
1064 LISBOA CODEX
Tel. 793 41 91 · Fax 797 75 60

ENSEADA AMENA

AUGUSTO ABELAIRA

ENSEADA AMENA

Luso-Brazilian Books
Box 170286
Brooklyn, NY 11217
718-624-4000

EDITORIAL PRESENÇA

FICHA TÉCNICA

Título original: *Enseada Amena*
Autor: *Augusto Abelaira*
Copyright © by Augusto Abelaira e Editorial Presença, Lisboa, 1997
Capa: *Fernando Felgueiras*
Fotocomposição: *Multitipo — Artes Gráficas, Lda.*
Impressão e acabamento: *Guide — Artes Gráficas, Lda.*
4.ª edição, Lisboa, Fevereiro, 1997
Depósito legal n.º 106 586/97

Ao
JOSÉ GOMES FERREIRA
e ao
CARLOS DE OLIVEIRA

queridos amigos
que aperto num só abraço
companheiros de esperanças
e desesperanças

Que justice se fasse! Qu'il soit brisé, ce vieux monde, où l'innocence a péri, où l'égoïsme a prospéré, où l'homme a été exploité par l'homme! Qu'ils soient détruits de fonde en comble, ces sépulcres blanchis, où résidaient le mensonge et l'iniquité!

HEINRICH HEINE

I

Só agora Ana Isa dá por isso: o casaco de lã que, momentos antes, ao sentar-se muito cansada naquele banco da Avenida, pôs de lado ao alcance da mão poderia parecer (a olhos estranhos) que guardava um lugar. Para um amigo? Uma amiga? Por exemplo (ideia que não lhe passou pela cabeça): um lugar para o Osório — o Osório que nesse preciso instante a observa, o Osório que duas ou três vezes já, nos últimos anos, a tem visto aqui ou ali, sentada ou a andar, e não vai ter com ela, o que é (ele bem o sabe) uma fuga.

Uma fuga, sim, embora provisória, pois sempre acreditou que no jogo dos múltiplos acasos e vontades deste mundo, dentro de um, dois, três ou mais anos, certo dia (ignora qual, um dia romanescamente privilegiado, porque não?) havia de falar-lhe — e assim o destino de ambos (amarem-se, ao que pensava) finalmente se cumpriria, como coisa de antemão fixada contra todas as aparências. Fuga..., e também porque não tinha pressa — e quem não tem pressa conta com vida longa, não com a morte.

Este, hoje, o dia romanescamente privilegiado?

Ana Isa não dá pelo Osório, profundamente distraída. Absorta, quase liberta, quase não existindo, apenas olhos (que seguem os automóveis, para baixo e para cima, automóveis ignorantes de que são automóveis, complicadas máquinas feitas de muitas peças com nomes misteriosos — dínamos, bobines, cilindros —, complicadas máquinas dirigidas por homens — saberão que são homens? —, também eles complicadas máquinas também de peças com nomes misteriosos — coração, fígado, músculos —, complicadas máquinas azuis, vermelhas ou verdes, simples superfícies coloridas que passam, sobem, descem) e ouvidos (sons, simples sons, como se nada os produzisse, como se a nada estivessem vinculados) e pele (mas se esse Sol longínquo, trezentas e trinta e três mil vezes mais pesado do que a Terra, a afaga docemente, para além dos braços e das pernas, acima dos joelhos, não será porque a Ana Isa tem as saias distraidamente subidas, e deverá portanto ajeitá-las?).

Hesitante ainda, Osório observa-lhe os joelhos, as coxas não resguardadas, Osório que já lhe viu as pernas inteiramente nuas, vinte anos antes, Osório que já a viu inteiramente nua, certa manhã na praia de Mira, quando um vento mais forte abriu a barraca onde ela se despia. E se a sua memória pôde guardar com tanta nitidez esse passado — pensa — é porque adivinhou que não acabava ali, havia de fundir-se com um futuro mais ou menos distante (menos ou mais próximo), depois de muitos anos de intervalo: este, agora, quatro horas e meia da tarde, dezasseis horas, trinta e dois minutos e dezassete segundos, tmG, vinte de Janeiro de 1963? Outro, daí a muito tempo?

Sim, Osório hesita (e como é horrível saber que amanhã, quando a vir de novo nua — tem a certeza de que há-de vê-la de novo nua —, já não sentirá a mesma brusca paragem do coração!). Este momento? Outro?

Absorta, quase liberta — apenas olhos, ouvidos, pele —, sentada, as pernas estendidas (os joelhos nem sequer comprimindo-se um contra o outro, levemente afastados e redondos), mãos espalmadas apoiando-se no banco, cabeça levemente inclinada para trás, olhos abertos como se estivessem fechados. E de súbito uma nuvem, a sombra fria de uma nuvem arranca-

-lhe o sol das pernas e dos braços e do rosto. Há pouco, olhando o céu, não viu nuvem nenhuma, a nuvem demora-se a passar, Ana Isa espera.

Não. Olha e vê — a nuvem, a sombra: o Osório com a cabeça grisalha e uma cicatriz na testa.

— Porque me tiras o que não podes dar-me? — Neste momento ainda não sabe: quando um dia quiser contar a história, todavia previsível, que vai seguir-se, deverá começar por aquela frase, dois minutos depois já esquecida, mas que ressurgirá do fundo da memória daí a muitos anos.

Osório (também mais tarde recordará essa frase), afasta a mala de Ana Isa (guardaria um lugar para ele?) e senta-se, deixando que o sol brilhe outra vez.

— Que sorte! — diz. — Tive um furo, resolvi dar uma volta enquanto esperava... E é isto: o automóvel não nos deixa encontrar os amigos, nem sequer os inimigos. — Fala sem olhar para ela, pois ainda não se decidiu a encará-la e até ignora o que deverá dizer-lhe. — Às vezes vejo-te, já uma ou duas vezes te tinha visto aqui. Mas é difícil arrumar o carro e parar, temos sempre de seguir em frente. A pé é outra coisa.

— O elogio da pobreza? Título: *Das vantagens de não ter automóvel...*

— Não digo isso... — Sabe-se observado, sente que aqueles primeiros momentos são fundamentais, uma frase infeliz pode desprestigiá-lo para sempre; mas não deverá Ana Isa preocupar-se também, recear também o que eu poderei pensar?, conclui irritado.

— Atrás de mim, ontem no autocarro..., porque não tenho automóvel..., vinham dois homens... Um deles era o patrão ou, pelo menos, o chefe. Falavam de um tal Aníbal e o que parecia o chefe queixava-se: «Está sempre a ler, tem a mania de ir ao cinema, e o trabalho não pode deixar de se ressentir, é evidente!» O outro dizia, humilde e sincero: «Pois eu cá nunca leio!» Foi mais longe do que se lhe pedia: «Nunca li nenhum livro, não gosto de ler.» Falava assim para agradar ao chefe, mas percebi que não mentia, pelo menos uma vez na história do universo a verdade era útil a alguém.

— Da última vez, estavas sentada neste banco. — Pelo menos uma vez na história do universo...! Em que espécie de mulher te transformaram, Ana Isa? Nesta mesma espécie de bípede céptico e desinteressado que eu sou?

— Passaste de automóvel? — Continua a procurar-lhe os olhos (ele tinha desistido de a observar). Que espécie de homem és tu, Osório?

— Talvez há dois anos. Mas quem sabe se há três ou até há poucos meses?

— Vi-te o outro dia no cinema, mas não deste por mim. — Encontrou-lhe finalmente os olhos (castanhos, muito claros — e como é possível ter-me convencido de que eram escuros?). — É tua mulher uma loira com bandós, talvez um nadinha mais alta do que tu? Tinha um ar calmo, repousado...

— Fala como se sonhasse: — Não tiravas os olhos dela, parecia fascinar-te. — Quase lhe disse: é uma serpente, que fez essa serpente de ti?

Osório protesta (porquê?, que demónio oculto dirige aquele protesto?):

— Fascinado, eu? — Rende-te, Osório, não te enganes a ti próprio, confessa: fascinado, vergonha das vergonhas, pela tua mulher!

Ana Isa continua a estudá-lo — ele tem os cabelos grisalhos, mas o rosto continua o mesmo, não é? Com a diferença dos olhos, talvez... Ou já não se lembra bem?

À noite, Maria José — loira, com bandós, um tudo-nada mais alta do que o marido — há-de pedir-lhe (pedir é o termo) para levá-la ao cinema. «Porque preciso de mendigar-te e não vou sozinha mesmo sem te prevenir, sabendo até que muitas vezes vais sozinho?» Com a perspectiva de um passeio à noite levara o filho para casa dos avós.

Chantagem — pensa o Osório —, pura, simples, abjecta chantagem, qualquer coisa como um rapto de criança e um telefonema anónimo: «Impossível deixar amanhã o Eduardo em casa da minha mãe. Ou vamos hoje ou...»

— Se esperássemos por outro dia? — Do lado de lá da linha telefónica o pai aflito procura negociar, ganhar tempo para prevenir a polícia. Apetece-lhe sair, sim, mas sem a mulher, já viu o filme duas noites atrás, clandestinamente. Descer, subir a Avenida, recordar as horas passadas com a Ana Isa, pôr em ordem e longe da Maria José as ideias, gozar no fresco da noite o futuro que finalmente se aproxima (Osório decidiu deixá-lo aproximar-se). Acrescenta: — Tenho de escrever cinco minutos de prosa sobre a cultura do arroz.

— Ajudo-te nos intervalos.

— Estou a falar a sério. — Está: o comentário para uma curta-metragem, recebeu já metade do dinheiro.

— Eu sei... — Recita (uns leves cabelos fugindo para a testa, uma voz de locutora estúpida): — Depois do turismo, das conservas, da cortiça, do vinho do Porto, o arroz é a mais importante das culturas portuguesas... — Abre o armário e tira dois pratos. — Trazido da Terra Santa pelos cruzados em mil cento e vinte e um, foi logo experimentado na Madeira pelo Infante de Sagres, o grande obreiro universal da lusitanidade. Nele trabalham duzentos e cinquenta e três mil portugueses de todas as raças, de todos os credos políticos e religiosos, de todas as classes sociais, numa espontânea demonstração de que... Etc... Os trabalhadores do arroz, esta profunda fraternidade entre o capital e o trabalho... Etc. Autêntico espelho de um povo e de toda uma vocação histórica, marítima, ecuménica, o arroz... Etc. — Com um prato na mão fica a observar o marido. — Ajuda-me...

Osório, lentamente:

— Plano médio com duas mulheres enterradas na água até à barriga.

— Deixa-me continuar... — Locutora estúpida: — A orizicultura é um acto de amor, um facho de luz espiritual, que todos os Portugueses, do mais humilde até o mais elevado na hierarquia social, vivem com alegria, pois sabem que... — Numa voz totalmente cava: — Etc.

Outra forma de chantagem, desta vez sob a máscara do bom humor? — Raras vezes a Maria José brinca ao bom humor. — Mas sentiu-se humilhada e esteve quase a dizer: «Não, não irei ao cinema, não julgues que estou a mendigar...» Que importa o orgulho? Cala-se. Um grande cansaço, e por isso mesmo deseja distrair-se, distrair-se apesar dos exercícios escritos para corrigir. Cansada não somente porque viu muitos exercícios e fez o jantar (ao menos se o marido fosse exigente, se não aceitasse qualquer comida, se ela pudesse criticá-lo!). Cansada, desiludida, nessa manhã pôs um aluno fora da aula. E injustamente. Injustamente, talvez não. Uma turma do quarto ano, quase todos repetentes, uma turma que a obriga a expulsar de vez em quando um aluno, e ao acaso: a arbitrariedade intimida muito mais do que a justiça — pelo menos tratando-se de rapazes como aqueles.

— Continua a falar-se da recomposição ministerial?

— Não sei de nada... — Sabia: o Andrade já fora sondado e... Mas responder seria sujeitar-se a nova pergunta e é bem mais cómodo deixar morrer a conversa, perdeu há muito a paciência de brincar aos boatos. E no entanto, nessa tarde, falou com extrema alegria, sem cansaço, amou a conversa pela conversa, disse e ouviu coisas bem inúteis pelo simples prazer do diálogo (e porquê? Porque ainda não dormiu com a Ana Isa, apenas porque dorme todos as noites com a Zé?).

— Ouvem-se coisas interessantes nos autocarros, quem viaja de automóvel não ouve nada. Sabias que há em Trás-os--Montes aldeias com metade das casas fechadas, a maior parte dos habitantes emigraram para França?

Osório sabe. Sabe também que se quisesse pegava no braço da Ana Isa sem o risco de ela murmurar o mais leve protesto.

Mas não pega, ainda não chegou o momento. Decerto, nem combinarão ver-se tão cedo, possivelmente deixará que dois anos ou mais passem entretanto.

Quanto à Ana Isa, não se habituou ainda à presença do Osório e hesita entre resolver se sempre vai ao cabeleireiro ou prefere gastar os restos daquela tarde luminosa (anoitece às cinco e meia) com visitas às lojas para apalpar tecidos, cheirá--los, sentir a alegria das cores vivas — ela que se veste de preto (mas um dia destes comprará um vestido vermelho, porque não?).

Osório:

— Talvez seja o nosso futuro, a emigração maciça! Li num inquérito rural que quarenta e cinco por cento dos Portugueses desejam emigrar. Como grande parte dos cinquenta e cinco restantes são crianças e velhos... — Verdes e amarelos, dois autocaros param ali defronte, dominados por um dos sinais vermelhos que compartimentam a Avenida. — A Amália cantou em Cannes duas canções, uma brasileira, outra espanhola. Mas canções brasileiras cantam-nas melhor as cançonetistas brasileiras e sucede o mesmo com as... No fado, sim. Porque não canta ela o fado?

— Ouviste no autocarro?

— Sim, mas essa história da emigração para França li-a no jornal, não precisas de andar de autocarro, queres até que acrescente alguns pormenores? Abriu um banco em Melgaço...

— Pensas que não sabia que a Amália não cantou fado? — O olho vermelho fechou-se, começa a arrefecer lentamente, abriu-se entretanto uma luz verde, os dois autocarros arrancam, arrastando atrás deles uma bicha de automóveis. — Pensas que não sabia que as cantoras brasileiras, etc.? Leio também o jornal.

— Tudo o que as pessoas dizem nos autocarros já foi escrito nos jornais? Não é preciso então viajar de autocarro?

— Há coisas que se dizem nos autocarros e que os jornais não podem dizer.

— Mas essas não são também as coisas proibidas nos autocarros?

— Bom, os autocarros não servem apenas para ouvir as conversas, servem também para ir da Baixa ao Areeiro.

— E de Algés à Baixa?

— Também.

— E de São Bento ao Chile?

— E do Chile a São Bento.

— Tenho uma turma difícil. — Maria José, depois do jantar, admirada subitamente por nunca lhe haver falado nisto. Arriscando: — É estranho que eu esteja quase a meio do ano e... — Não se atreve a encarar o marido, não se atreve até a terminar a frase.

Embora com a atenção distante, ele compreendeu. Mas receia a conversa, o cansaço do diálogo, a obrigação de se fingir atento, de encontrar as palavras necessárias — amanhã começará a conversar com a Zé, a conversar como conversa com toda a gente, a conversar como só com ela não é capaz. Mas desde quando reduziu ao mínimo esses diálogos? A menos que as mulheres não sejam para se falar com elas, sejam apenas para ir para a cama, são apenas para lhes falar quando ainda não se foi com elas para a cama.

Maria José (mulher, portanto simplesmente destinada à cama?):

— Sabes o que isso significa? — Calou-se. «Que entre nós não há intimidade.» Mas como ele pareça espantado (dir-se-ia que não esteve a ouvir), regressa de novo ao porto inicial. — Que achas? De resto, os outros professores não se queixam, sinto-me envergonhada. No ano passado, nunca to disse?, puseram-me um gafanhoto, na sala.

— Podia ter entrado pela janela. — Esta mulher alta e loira com quem muitos anos antes conversou cheio de felicidade, que veste uma camisola azul-escura de lã, que tantas vezes lhe esteve nos braços (nua e nessa semiconsciência em que se afundam os corpos nus ao fim de alguns momentos de luta), é professora, ensina inglês e alemão no liceu. Certo dia há-de sentar-se (se ainda não se sentou), mais distraidamente, os alunos observar-lhe-ão as pernas nem muito brancas, nem muito morenas, e com uma cicatriz no joelho (não darão pela cicatriz, consequência de uma queda de bicicleta — só os dedos do Osório a conhecem), pensarão e dirão coisas obscenas. Osório lembra-se de uma professora — já lhe perdeu o nome — que tinha o hábito de se encostar, e de frente, aos cantos das carteiras, enquanto explicava a lição. Certo dia, Osório pintou-os a todos com giz; como de costume, ela encostou-se, e quando se afastou tinha uma grande aranha branca na saia, sobre o sexo.

— Ataram-lhe uma linha às patas. Pus ao acaso um dos rapazes na rua. Ao acaso, como faziam os nazis com os reféns.

— Nunca fui professor, que hei-de dizer-te? — Para mais, ainda conservava dos velhos tempos do liceu um ódio quase mortal, e sob muitos aspectos injusto, aos professores e sobretudo às professoras.

— Sabes a razão por que chamo e estendo um aluno ao acaso? Creio na consciência deles...

Repara melhor na camisola da Maria José. Azul-escura, ficando-lhe muito bem. Como nunca lha tivesse visto, esteve quase a perguntar se era nova, mas receou (não seria a primeira vez) ouvir esta resposta: «É velha, tu é que nunca deste por ela, nunca dás por mim. Estou farta de a vestir.» Poderia até mostrar-lhe um cotovelo meio roto.

— Sentem-se responsáveis quando castigamos injustamente um colega e portam-se um pouco melhor, enquanto se lembram. Não é criminoso abusar da consciência de quem a tem? Endireita a gravata! — diz, interrompendo-se. E depois, como se estivesse anonimamente ao telefone, ameaçadora: — Sempre vamos ao cinema? Arranjo-me num instante...

O filho raptado.

* * *

Ajeitando a saia, cobrindo os joelhos com ambas as mãos, Ana Isa, perante o silêncio do Osório:

— Quando duas pessoas se encontram ao cabo de muitos anos, perguntam geralmente o que se passou durante tanto tempo.

— Vem nos jornais: a guerra fria, a morte de Staline, a China, os satélites artificiais, Cuba, a África, os *lasers*, os modernos anestésicos... Acima de tudo, Soraya, as memórias da imperatriz triste.

— Não, não... O que eu queria saber não vem nos jornais, tu não vens nos jornais. — Nessa manhã, tal como é seu hábito quase todas as manhãs, Ana Isa sentou-se numa pastelaria por volta das onze horas, o jornal aberto em frente dos olhos (e esse jornal é muito melhor do que um livro, pois pode ler-se distraidamente, ajuda a passar o tempo sem esforço). Não pensava em Osório, mas de súbito murmura: «Qualquer coisa vai suceder, qualquer coisa que nem imagino.» O novo frasco de perfume que abriu nessa manhã? Ou antes, a *Ode à Paz* de Haendel que, como toda a música de Haendel, é uma música física, tão densa que quase se toca com as mãos, se cheira com o nariz, música completa, encorpada, que pesa, que se mistura com o oxigénio, entra gostosamente pelo nariz e pela boca, mastiga-se, vai encher os pulmões, enchê-los completamente? Isso: a felicidade plena. Acabara agora de dizer: «... tu não vens nos jornais» e Osório respondia:

— Indirectamente, sim. Conheces a anedota daquele pobre diabo que se vê citado no jornal só porque o jornal se refere à grande multidão de um enterro... E ele incluía-se na multidão! Diariamente, há uma sumidade que afirma: «Todos os verdadeiros Portugueses...» Eu sou Português, sou verdadeiro, o jornal refere-se a mim, não é?

Ana Isa entristece, baixa os olhos, hesitante:

— Referem-se, de facto?

— Não — responde. — Os jornais raras vezes se referem a mim e quando se referem a mim chamam-me nomes, embora anonimamente. Normalmente desreferem-se... Também se desreferem a ti, é verdade?

— É verdade. — Um pé muito recuado, o calcanhar fora do sapato.

Osório inclina-se um pouco mais para ela:

— Cheiras bem...

Ela ou o perfume novo que pôs nessa manhã? Ela ou o Haendel?

Nessa manhã, ao abrir o jornal, Osório, que nunca sabe a quantas anda, leu a data: Vinte de Janeiro. Por que razão lhe ocorreu que virá a morrer num dia vinte de Janeiro — embora não hoje, embora não no próximo ano, embora só daí a muitos anos? Pormenor sem importância; terá de morrer, terá de morrer um dia, que importa se em vinte de Janeiro ou em vinte de Outubro? Desde que não seja hoje... E até se tivesse a certeza de ser a vinte de Janeiro poderia respirar descansado, pelo menos durante mais um ano. Quanto ao resto! Probabilidades sem conta: um trezentos e sessenta e cinco avos de morrer em vinte de Janeiro, um doze avos de morrer em Janeiro, um cinquenta e quatro avos de morrer numa segunda-feira... Mas também o dia vinte e cinco de Abril (dia em que regressará de Sevilha com a Ana Isa, mas sem lhe dizer que faz anos) não tem qualquer importância e, no entanto, todos os anos o Osório sente nesse dia uma emoção amarga e lágrimas nos olhos. É uma data, um pretexto para pensar que vive há trinta e sete anos, e que a juventude se vai escoando por entre coisas novas e amigos mortos. *Memento homo, quia pulvis es et in pulveram reverteris...* E este vinte de Janeiro surge-lhe como se fosse uma data, a data oposta ao vinte e cinco de Abril, um aniversário às avessas, prospectivo, o momento sem história em que poderá celebrar a morte futura, um dia em que também sente uma emoção amarga e lágrimas nos olhos, em que a mulher e o filho, ignorantes ainda, não choram, nem vão (hão-de chorar e ir ao cemitério).

— Vamos? — Osório levantou-se para ajudar a Zé a vestir o casaco. E então, enquanto a mulher enfia as mangas, ele continua o movimento de auxílio para além do auxílio, enlaça-a pelo pescoço e beija-lhe os cabelos. — Não me respeitam — diz a Maria José, a pensar ainda no gafanhoto. — E tu?

Osório continua a abraçá-la, a beijar-lhe os cabelos loiros que ela já é obrigada a pintar para esconder a brancura aqui e ali nascente. Foi apanhado de surpresa.

— Que entendes tu por respeitar-te?

— Nem sei. — Liberta-se-lhe dos braços, receosa de que o marido a acaricie sem amor, somente por ter carne de mulher.

— Vai descendo, eu já te apanho... — Valerá a pena ir buscar o sobretudo? — Que te parece? Estará frio logo à saída?

Maria José não o ouve, já abriu a porta, acendeu a luz das escadas. Gostaria de resistir, quando percebe que ele não a procura por amor, mas implesmente por ser mulher (como se outra qualquer lhe servisse); alegra-se então com esta desculpa: «Deixo que me procures, não porque tu és tu, mas simplesmente por seres homem (como se outro qualquer me servisse).»

Ao ouvir os passos da Zé mais abaixo nas escadas, Osório está muito longe do rumo que nela tomaram os pensamentos. Prepara-se então, e inutilmente, para um contra-ataque quando a alcançar na porta da rua: «E tu? Tu respeitas-me?», dirá, adiantando-se-lhe. «Mas que significaria esta frase dita por mim, embora de certo modo eu a compreenda dita por ti?» Apressa-se, apanha a mulher ainda a meio das escadas, improvisa uma nova estratégia:

— Agora me recordo... O Andrade já teria sido sondado para... já não me lembro que pasta! — De súbito, pensa, pois resolveram ir ao Império: — Estará lá aquele miudito...? — À saída do Império, à meia-noite, costumam encontrar quase sempre, a pedir esmola, um rapazinho de seis anos. São certamente os pais que para ali o mandam, e Osório ouviu certa vez, atrás das costas, uma Senhora Dona Qualquer Coisa a dizer que parecia impossível a inconsciência daqueles pais que assim, tão criminosamente, exploravam a inocência do filho.

Sem querer, Maria José imagina o Eduardo, o filho, com a mão estendida, a pedir esmola à saída de um cinema.

— Vamos a outro lado — diz.

Um cachorrinho preto, com a trela a arrastar pelo chão, aproxima-se, cheira agitadamente os joelhos e as mãos de Ana Isa, põe as patas dianteiras em cima das pernas do Osório, suja-lhe de terra as calças e afasta-se — atravessa a Avenida, obriga um automóvel a uma travagem brusca.

— Terás de ser tu a contar-me o que se passou...

— Algumas coisas que dizem os jornais falam de nós. A guerra fria, por exemplo. Quem a sofre? Nós. E se abranda... Quem tem razões para se sentir feliz? Nós. E quando o jornal descreve a viagem do Gagarine ou mesmo da Layka fala de nós...

— Dos nossos filhos, dos netos. De nós, não. De nós, só a guerra fria fala de nós. A guerra de dentro e a de fora. Não: a de dentro é uma guerra quente.

— Nada me aconteceu, Ana Isa. Cumpri o meu dever, segundo o Eça: casei, tive um filho, plantei uma árvore. Posso morrer descansado.

— Mas não vais morrer amanhã.

Ele pensa: de hoje a um ano é possível, amanhã não.

Ana Isa abriu a mala para cheirar o lenço: os perfumes — leu algures — deixaram de ser feitos com as flores da região de Nice, agora são feitos a partir do petróleo, esse mesmo petróleo que, queimado pelos motores dos automóveis, a obriga a aspirar com volúpia o lenço florido.

— Tencionas não fazer mais nada? — diz entretanto. — Podes, pelo menos, plantar outra árvore.

— Posso casar-me outra vez, posso ter mais filhos. Posso pôr aspas e mais aspas debaixo de tudo quanto vivi. — Após um silêncio, enquanto o vidro vermelho do semáforo obrigou de novo dois autocarros a parar e um comboio de automóveis se forma e cresce atrás deles: — Mas esta conversa é soturna, tenho a impressão de representar um papel numa comédia, o papel do herói precocemente envelhecido a quem a vida sistematicamente negou tudo... — Uma gargalhada sincera, enquanto cruza as pernas, atento a não engelhar as calças, reparando por fim nos sapatos sujos. Às vezes, costumam aparecer por ali um engraxadores ambulantes, um olho atento aos fregueses possíveis, o outro aos polícias, mas hoje não vê nenhum.

O cachorrinho com a trela a arrastar pelo chão reapareceu no lado de cá da Avenida e corre atrás de um cão muito maior. Osório segue-o distraidamente com os olhos e quando dá por si está a esforçar-se por ler o nome do filme do São Jorge.

— Nunca ouviste falar dos cães de Lisboa? — diz.

— Quais cães? — Disfarçadamente, consulta o relógio; embora tenha combinado jantar em casa da Micaela, não quer dar a impressão de que está com pressa.

— No século XIX eram famosos em toda a Europa. Oitenta mil, ao que parece, quase um cão por habitante; e as lojas tinham selhas de água à porta para lhes matar a sede. Utilíssimos, hem? Substituíam as camionetes da Câmara na recolha do lixo, encarregavam-se dos sobejos que as donas de casa atiravam à rua. — Desiste de adivinhar o nome do filme. — Ah, é verdade, não te lembras? O Cesário: «Sem canalização, em muitos burgos ermos, / secavam dejecções cobertas de mosqueiros.»

Ana Isa acompanhará logo à noite ao cinema a Micaela. Por qualquer razão ignorada, Osório irá fingir que não a vê.

II

Três meses depois, o Amândio responderia à Ana Isa:

— Nunca exigi que passasses o tempo desfeita em lágrimas, sentia-me feliz, acompanhei-te na viagem.

Ela terá acabado de lhe contar que não fora sozinha a Sevilha, mas com um velho amigo, e que tinha viajado de automóvel. Perguntara-lhe também se não a achava odiosamente egoísta. Com a garganta seca, o Amândio acrescentou, pouco depois:

— Se te sentias feliz, porque havia de me sentir infeliz?

— Exiges que me tenha sentido feliz, para... E se te confessar que fui infeliz? — Não sabe: porque falou da viagem a Sevilha? Não o desejo de ser sincera, pensa.

O Amândio tira-lhe um gancho do cabelo e o penteado de Ana Isa desfaz-se. Quando se conheceram, ela ainda o usava curto e podia nadar sem touca, embora os cabelos molhados adquirissem então uma aspereza que lhe endurecia o rosto. Responde:

— O que eu quero dizer é isto: porque foste com ele? Pelo menos julgavas que ias ser feliz...

— Sabes? — Puxa o lençol para os ombros. — Não fui inteiramente feliz, apenas por uma razão. — É falso, mas neste momento imagina-se a dizer a verdade.

— Por causa de mim.

— Não é bem... Sim, por causa de ti, isto é: se pudesses lutar, se pudesses defender-te... — Encosta a boca ao queixo do Amândio, mantém durante algum tempo os lábios imóveis, depois beija-o muito ao de leve.

— Defender-me contra ele? Que espécie de homem é ele?

— Que queres que te responda? — Beija-o de novo: nos olhos, nas orelhas, afaga-lhe a testa com o nariz, passa-lhe as mãos pelas costas. — Que espécie de homem és tu? — segreda-lhe por fim ao ouvido (e ele sente-se descoberto, desconfiará a Ana Isa de alguma coisa?). — Imagina que alguém me perguntava: que espécie de homem é o teu marido? — Encolhe as pernas para melhor chegar aos joelhos do Amândio, mas sente que ele se retrai (oferece-lhe os joelhos mas recusa o resto).

— Que respondias? — Dez minutos atrás, instantes depois de ter acordado, quando mal ainda a abraçara, quando com as mãos quase não tinha ainda experimentado o corpo dela, quando nem sequer tentara fundir-se com esse corpo, o desejo fora tão forte, tão brusco, tão impaciente, que o prazer irrompera inesperado e súbito, sem o Amândio poder defender-se.

— Não sei... Talvez começasse por dizer que tem olhos — e beija-lhe outra vez os olhos —, que tem cabelos pretos — e afaga-lhe os cabelos. — Depois... Ah, não estou contigo há tanto tempo, que sei eu de ti?

Amândio (evitando-lhe sempre as pernas, cada vez mais insistentes e que procuram romper a linha defensiva que com os joelhos ele constrói e reconstrói) lembra-se de quando ainda andava no primeiro ano e o pai costumava acordá-lo todas as manhãs. Aparecia no quarto a cantar e abria a janela: no telhado da casa da frente estavam poisados uns grandes melros muito negros e gordos. «São horas, são horas!», dizia o pai, esforçando-se por arrancar (era um jogo) os lençóis que Amândio segurava com força debaixo dos ombros. Teria onze anos? Certa manhã, o pai perguntara: «Que é isso?» e apontou para as calças do pijama, avolumadas abaixo da cintura. O Amândio sabia o que era, mas nunca ligara grande importância.

Não respondeu. Seria uma coisa vergonhosa? O pai: «Faz perder as forças, a memória...» Aquele volume? Incidente que várias vezes lhe invadiu o espírito durante o dia. Tanto assim que, de futuro, e ao levantar-se, nunca mais deixou de esconder do pai esse sinal incómodo que se misturava muitas vezes com imaginados corpos de mulher.

Ana Isa:

— Sabes...? — Afagando-lhe ao mesmo tempo os cabelos, prestes a explicar que nada houve com o outro. Dizendo afinal (não sabe a razão por que está a esconder o jogo, porque está a sugerir coisas não acontecidas); — Em que pensas? — E subitamente: — Se eu tivesse sido feliz não voltaria para ti, compreendes?

— Podemos ir à Praça do Salitre e ver uma corrida de toiros...

— Não gosto de toiros — responde a Ana Isa, que três meses depois há-de assistir com o Osório a uma toirada em Sevilha. Mas toma consciência do disparate da proposta: — Praça de toiros no Salitre?

Estão de novo no mesmo banco da Avenida (serão os mesmos aqueles autocarros parados em frente da mesma luz vermelha, os mesmos os automóveis?), quatro dias cheios de impaciência se passaram sobre a última vez (e a primeira) que ali tinham estado.

— Talvez não saibas... Um amigo meu, dono de umas propriedades no Ribatejo, costumava convidar-me a passar as férias com ele. Era um apaixonado de toiros e...

— Nunca foste colhido?

— Sim. Não por um toiro, tínhamos ido à caça. — Está a mentir, está a fantasiar, nem sabe porquê: — De repente surge um javali e apanha-me...

— Feriu-te?

— Morri... — Colhido sim por uma bicicleta, aquando da primeira viagem com a Zé.

— Continuas morto? — por pouco perguntava: Foi a tua mulher que te matou?

Osório encolhe os ombros, desvia a conversa.

— Vês o Teatro do Salitre? Não sabes, aposto, que no século XVIII ainda não havia esta avenida, a Rua do Salitre passava por ali e ia dar lá abaixo à Rua das Pretas. — Enquanto ele apontava com a mão o traçado hoje inexistente, Ana Isa via apenas os autocarros de dois andares, verdes e amarelos, colados uns aos outros, subindo a Avenida.

— É estranho — confessa. — Dificilmente concebo que... Não sentes frio? Se andássemos um pouco? A Rua do Salitre...

Levantam-se. Porque se veste Ana Isa de preto? Osório esteve quase a pegar-lhe no braço.

— Podemos ir lá abaixo ao Passeio Público... Mas então precisas de pôr outro vestido, uma saia de balão, uma sombrinha...

— Ah, preciso de supor que a peste pode vir matar-nos aos milhares e que se algum de nós adoecer com meningite tuberculosa estará irremediavelmente condenado.

— Podes supor também que nenhuma bomba atómica te espera. — E depois de alguns passos em silêncio: — Não vês aquelas hortas? — Mostra os Restauradores, onde em torno do obelisco, que se adelgaça muito branco, sobrepondo-se a um anúncio da Shell, os automóveis giram minúsculos e rápidos, escondendo e descobrindo o capacete claro do sinaleiro. E a parede cor-de-rosa do Éden com dois cartazes imensos. Também: quando guia o carro nos Restauradores sente o estômago ácido e se quer subir de novo a Avenida não se atreve a dar ali a volta, vai dá-la ao Rossio. — Galinhas a esgaravatar o chão à procura de minhocas, e o rigor, a pontaria do bico acertando-lhes precisamente a meio! Ah, e aqueles porcos tão magros!

— E cavalos? — Olha-o fascinada: nestes últimos três dias não conseguiu pensar noutra coisa e até se deitava mais cedo para poder dedicar-se ao Osório, inteiramente à vontade e sem que nada pudesse distraí-la.

— Durante o reinado do Marquês — Ana Isa vira-se para trás e procura lá em cima o Marquês de mão estendida para um leão inofensivo — começaram a ajardinar as hortas, ergueram um muro e revestiram-no de hera. Depois, fizeram um lago com estátuas em volta, exactamente onde está o monumento. E outros dois lagos ainda. — Um instante de distracção e de silêncio: Acabarei um dia por trocar a Maria José pela Ana Isa?

— Que mais?

— Era o Passeio Público com os seus portões a proibir a entrada do povo miúdo. Mas depois substituíram os muros de pedra por grades, e o povinho já podia espreitar para dentro e ver o espectáculo. Metida entre grades, defendida pelos portões de ferro e pelos bilhetes de ingresso..., a boa sociedade lisboeta reunia-se aos domingos com a consciência descansada e o futuro no bolso. Conversava-se, ouvia-se a banda, os apaixonados passeavam de um lado para o outro sob o olhar das mamãs. Hoje ainda saberíamos namorar assim?

— Que imaginação não era precisa! — Hoje os namorados podem substituir a conversa por um abraço, por um beijo, sei lá que mais! No Passeio Púbico só tinham as palavras!

— Nunca foste à Estrela, ao domingo? — Com o sentimento de que ela estava muito perto de lhe adivinhar os pensamentos (mas o melhor de tudo não serão as palavras?), Osório continua: — Outros sentavam-se, bebiam, comiam, discutiam a Carta, as notícias de Paris, a Revolução de Quarenta e Oito, os trabalhos do Aterro, o caminho-de-ferro, a iluminação de Lisboa... — Perde o fôlego, respira fundo. — O Passeio Público, li no outro dia...

Por um instante, Ana Isa deixa de ouvir o Osório, perguntando a si mesma se alguma vez teve esperanças de voltar a encontrá-lo. Voltar a encontrá-lo, não é bem. De descer a Avenida com ele... Mas poderá saber se voltará a descê-la muitas vezes mais? Um pressentimento: um dia há-de vir em que Osório não mais aparecerá, subitamente cansado. Ou o contrário: será ela a descobrir que esse homem é uma simples ilusão, alguém que, bem vistas as coisas, a deixa indiferente.

Osório (sem saber que Ana Isa, embora a pensar nele, não o escuta):

— As velhas hortas exigiam vingança, o Passeio Público foi destruído em 79, oito anos depois da Comuna de Paris. Apareceram abaixo-assinados e protestos nos jornais, assim como há meia dúzia de anos quando a Câmara quis dar cabo da Avenida. — Mas se a Ana Isa não dá atenção ao que Osório diz, que pode então interessar-lhe naquele convívio? — E a Avenida nasceu. Não é bem esta, claro: chegaremos ao dia em que não haverá mais uma única olaia, um único ulmeiro, um único lódão... — Desta vez, ela ouviu-o e repete baixinho (gostou dos nomes, para ela quase desconhecidos, das árvores): uma única olaia, um único ulmeiro, um único lódão... — E, quando a imaginaram, ninguém pensava em cinemas, nem em grandes companhias de petróleo... — Espreita o céu, suspeitando que nessa noite acabará por chover, uma grande maçada pois tem de sair. Num tom profético: — Um dia destruiremos a Avenida, as velhas hortas teimam em exigir vingança!

— Chamas vingança ao progresso? Preferias a peste e que a nossa média de vida fosse apenas de quarenta anos? — Esteve para lhe perguntar: porque fingiste que não deste por mim no cinema? Tínhamos estado juntos nessa tarde, depois de vinte anos de quase completo silêncio. E enquanto conversavas comigo parecias feliz, por um instante cheguei até a pensar que... Nem sei! Mas à noite, quando essa mulher mais alta do que tu e com os cabelos penteados em bandós te segurava pelo braço, tu viste-me e, como se não me visses, desviaste os olhos. Gostaria de saber: porque não quiseste ver-me? Tens medo dela? Então, antes mesmo de haver qualquer coisa entre nós, divides já o mundo em duas partes, o mundo da família, o mundo talvez onde te aborreces mortalmente, mas o mundo sério, o mundo respeitável, o mundo que não desejas misturar com o outro... Qual outro? O mundo a que eu pertenço. Não: o mundo a que pertencerei, o mundo que sabes ser o meu, o mundo que não deve misturar-se com o mundo honesto da família...? «Odeio essa mulher, pensa, odeio essa mulher...» Fecha os olhos (continua a não ouvir o Osório): e se ela morresse?

Alguns dias depois, a Maria José há-de querer saber:
— Osório, nunca gostaste de outra mulher, já depois de casado? Não te pergunto se me foste infiel, eu sei que sim, pergunto se gostaste de outra mulher...
— Que pergunta! — Sentado num banco da cozinha, sentindo a falta de um espaldar para as costas, apoia os cotovelos na mesa, enquanto espera que a Maria José acabe de estrelar um ovo. Dantes, ele próprio punha os talheres e, depois de comer, ajudava a mulher a limpar a loiça. Em que dia, em que minuto, em que mês, em que ano deixou de ajudá-la?
— Responde.
Quando o Osório se encontrou nessa tarde com a Ana Isa (e não tinha combinado encontrar-se, passaram ambos na Avenida à mesma hora em que se haviam visto dias antes, cada um deles na vaga esperança de que o outro se lembrasse de lá ir) esteve para lhe dizer qualquer coisa como «amo-te», mas desistiu. A verdade é que se sente em ali junto dela e dificilmente poderá imaginar que uma tal confissão o torne mais feliz.
— És feliz com a tua mulher? — Ana Isa arremessara-lhe de repente aquela pergunta (e talvez houvesse nisso uma certa indelicadeza, não intencional, com a Maria José), não preparara sequer o terreno e olhava-o com uma ruga na testa (Osório recorda-se daquela ruga nesse dia longínquo, quando, com mais uns amigos, decidiram seguir pelo areal fora em direcção aos Palheiros da Tocha — e veio então um nevoeiro cerrado e isolou-os, escondendo-os dos olhares dos outros, embora não das vozes, permitindo-lhes que se beijassem, se abraçassem...,

porque não se beijaram, porque não se abraçaram? E ainda hoje, ao pensar em tão imperdoável falta de ousadia, lhe dói o peito, e de todas as coisas que no passado não fez é essa a que mais lhe dá a sensação de não ter sabido viver, a sensação de que a sua vida, só por beijar a Ana Isa, teria sido completamente diferente, mesmo se esse beijo e esse abraço não conduzissem a nada, e nunca mais a tivesse encontrado. Mas seria outro homem, teria ganho confiança, teria um passado como assim não pode ter, um passado a encher-lhe o futuro).

— Responde-me — insiste a Maria José.

— Respondo-te, mas gostava de saber porque fazes agora essa pergunta. — Adivinhou ela os seus encontros com a Ana Isa? Mas adivinhou o quê, se nada ainda sucedeu?

Para a Ana Isa:

— Se sou feliz com a minha mulher? Que queres que te diga? — Desejava perguntar: «E tu? És feliz com o teu marido?», mas não queria responder (se declarasse a verdade trairia a Maria José e não tinha o direito de revelar a outrem o que dela sempre escondera. Mas nesse caso não deverá dizer à mulher que não é feliz para assim exprimir à Ana Isa o que então já não será um segredo e por conseguinte uma traição?). — Bem sabes, Ana Isa... Até os felizes deixam de sê-lo quando procuram saber se o são. Calo-me, prefiro nem sequer esboçar a pergunta... Digamos: não acredito na felicidade... — Ah, o prazer das grandes frases!

Maria José:

— Estive a ler um romance em que o marido se apaixona por outra e pensei que contigo poderia acontecer o mesmo. — Uma vez, uma única, Maria José abriu uma carta que lhe pareceu suspeita. Um simples N a assiná-la! Rasgara a carta, Osório e a tal N — Natália, Natalina, Natércia? — devem ter-se convencido de um extravio fortuito, decerto nunca lhes passou pela cabeça que a Maria José, tão séria, tão correcta!, a tivesse aberto.

— Sentirias ciúmes?

— Sentia... — Um dia há-de confessar-lhe que abriu a carta, não para o acusar de ter outra mulher, mas para dizer: «Não mereço a tua confiança, Osório».

— Fazias uma cena?

Ana Isa:

— Eis-nos aqui em amena conversa... — Observa-o, por um instante: uma das suíças mais alta do que a outra, o cabelo a precisar de tosquia. — Por que razão estamos ambos aqui?

— «Se nem na felicidade acreditas...»

— Encontrámo-nos por acaso... — «Sim, não acredito na felicidade, mas isso não é razão para não te procurar...»

Maria José:

— Duas, três cenas! — Senta-se. Para poupar a lavagem de um prato, irá comer o ovo na frigideira e espera entretanto que arrefeça.

— Estás portanto a pedir-me que minta? — em cima da sopa Knorr, fiambre, arroz, o inevitável ovo estrelado. E mais longe, através das portas abertas, um madrigal de Monteverdi: vozes claras, frescas, uma época de juventude, de alegria, de confiança, de deslumbramento, uma época que acaba de descobrir a beleza do mundo, a beleza dos corpos, a alegria de viver.

Ana Isa:

— Porque nos encontrámos por acaso? — «Ou acreditas afinal na felicidade contra o que tens estado a dizer?»

— Somos amigos. — «Claro, claro que acredito...»

— Decerto. Mas o que eu queria explicar era outra coisa.

— «Então porque disseste que não acreditavas?» Olha lá para baixo: primeiro o monumento aos mortos da guerra, depois o obelisco dos Restauradores, sobrepondo-se ao anúncio da Shell e, para além do chapéu do sinaleiro, dos olhos umas vezes verdes (como os do Amândio), outras vermelhos (ficarão raiados de vermelho os olhos do Amândio no dia em que souber...?), outras amarelos, que se dispõem pela Avenida abaixo e automaticamente estacam ou aceleram a fila de automóveis, procura ver uma galinha a debicar a terra. E porcos. E um homem com uma enxada às costas.

— Como? — Osório tira um lenço do bolso e leva-o ao nariz a defender-se de uma nuvem de gasolina queimada. Em Paris, na Praça da Ópera, o sinaleiro tem de ser substituído de meia em meia hora, senão desmaiaria intoxicado, leu já não sabe onde.

— Às vezes pergunto-me: — que espero eu dos outros?

Osório olha para os *outros* a descer ou a subir ali a Avenida e entre eles uma rapariga muito jovem de mãos dadas com um rapaz também muito jovem e de barba. Quase sem dar por isso, Osório alegra-se: aquele rapaz usa barba, pois esse é o modo, talvez o único modo possível, de afirmar em todos os instantes, fidelissimamente: «Não!»

Maria José:

— Uma paixão fazia-te bem. Paixão a sério e não uma... — Esteve tentada a dizer: e não uma aventura como essa história com a tal N. — Quando se esgotasse a paixão, voltavas para mim. — Gostaria de ouvir: «Tira um prato, não comas na frigideira, eu depois ajudo-te a limpar a loiça.» — Talvez me redescobrisses... «Não, tu nunca mais poderás apaixonar-te; poderás ter outras mulheres, deitar-te com elas, sofrer até por não as amares, mas não poderás amá--las...» Mergulha um pedaço de pão na gema do ovo. «Nunca poderás redescobrir-me...»

— Imagina que os teus alunos sabiam que comes na cozinha!

Ana Isa:

— Ou então... Que espero eu que os outros esperem de mim? — Também segue com os olhos o casalinho revolucio-nário (ele chama-se Ernesto, ela Gabriela, são alunos da Maria José, vão precisamente a falar da Maria José, a discutir que espécie de mulher será a Maria José, sem saberem muito bem se deverão ou não gostar dela). — Conta-me cá: neste mundo onde as coisas só valem se puderem ser materialmente apro-veitadas, que valho eu para ti?

Maria José levanta-se. Não havia água na mesa, enche o copo na torneira. Deu então pela falta do vinho (a ela tanto fazia, a ele, sim, e só uma grande preguiça ou o desejo de não a desgostar explica que ainda não tenha protestado). Dando--lhe finalmente o vinho:

— Assim, talvez te apaixonasses por mim... — Depois de olharem um para o outro durante algum tempo, acabaram por sorrir.

— Admites que a paixão pela outra se esgotava e eu voltaria para ti. Que segurança! Se eu me apaixonasse por outra... Posso não voltar, porque não? Bem, percebo... Julgas-te a mulher da minha vida, a única, aquela a quem sempre se volta, a continuidade, a permanência subjacente a todas as mudanças, a substância eterna, a mulher *sub specie aeternitatis*... — Que beberagem!

— Nunca te divorciarás de mim... — Desafiava-o, muito bonita, levemente despenteada, os lábios sujos de amarelo. Desafiava-o e até quase acreditava no desafio.

— Que confiança, Maria José! — Sentia-se feliz por ver a mulher assim tão bonita, tão serena.

Serenidade que levemente se toldou. Maria José acabara de comer o ovo, não tinha mais apetite, ou melhor: comia o menos possível para poupar trabalho e não sujar muita louça.

— És um preguiçoso — responde —, um homem incapaz de vencer os hábitos, de tomar iniciativas... — «Ah, se eu pudesse adormecer e sem dar por nada nunca mais acordasse!» Faltar-te-á sempre paciência para tratar dos papéis, falar com os advogados, deixar esta casa, os teus livros, as tuas coisas e até a mim... — Desafia-o? Como Osório não responda (sente naquelas palavras muito de verdade, pois sempre foi escravo das rotinas: ir ao mesmo café às tantas horas, ler o jornal, etc., etc.), Maria José prossegue: — Há outra razão. — Levanta a frigideira da mesa. — És um vaidoso, estás convencido do meu amor, serias incapaz de dar-me um desgosto definitivo, o que julgas um desgosto definitivo.

— Deixa-te de psicologias... Mas se quiseres posso contar-te uma história. — Decidiu confessar-lhe tudo.

— De amor? — Profundamente receosa.

— Que utilidade achas tu em mim para perderes tanto tempo comigo? — Mas Ana Isa (foi ela quem assim falou) também não sabe porque perde tempo com o Osório.

— Não admites que eu possa gostar de qualquer coisa que não tenha utilidade imediata? — A dúvida da Ana Isa enche-o de uma ternura nova, viu-a a fazer idêntica pergunta a toda a gente por falta de confiança em si mesma.

— Talvez... — Ao sentir o olhar do Osório nos joelhos descobertos, cruza as mãos a encobri-los.

— Poderás ser a minha confidente... — Afasta o copo do vinho. — Nada deixes de contar à tua mulher, pois ambos sois uma só carne e uma só alma... — Entretanto, Maria José abriu a torneira de água quente, o esquentador parecia explodir e abafou-lhe a voz. — Falei-te uma vez de uma rapariguinha que conheci em Mira, lembras-te? Antes de entrar para a Faculdade... — Ela assentiu com a cabeça. — Reencontrei-a há poucas semanas. Não aconteceu nada entre nós, mas já poderia ter acontecido, só não aconteceu porque nem eu nem ela quisemos, embora quiséssemos. — Observa-a em silêncio, como se pretendesse seguir os pensamentos da mulher. — Preferimos manter um futuro de reserva, não o gastar já no presente, entendes? Recorrer a ele apenas quando tudo o mais tiver falhado. — E para a Ana Isa, distinguindo ainda ao longe o casalinho revolucionário: — Nunca me falaste do teu marido. — Entoa, muito baixinho: *Pace, pace, mia dolce.*

— Já te disse, está no estrangeiro.

— Por muito tempo?

— Por muito tempo. — Certo dia, há mais de dez anos, o marido perguntou-lhe: «Se vivesses muito tempo sem mim, conservar-te-ias fiel? Não estou a condenar-te, o corpo tem muita força, pode obrigar-nos a fazer aquilo que o nosso senso moral condena...» Mas que é o senso moral?

— Um dia dir-lhe-ei palavras de amor. E ela também... Que sucederá então? Amar-nos-emos durante alguns meses, depois... — Continua sentado no banco; sem nada a que encostar as costas, apoia um ombro na parede.

— Como não estás casado com ela, tudo acabará quando os sentimentos afrouxarem, não é?

— Sim, tudo acabará e apenas porque não somos casados... — E voltado para a Ana Isa, contra-atacando: — Que valor me dás? Que esperas de mim? Ou só tu és desinteressada, amiga das pessoas por elas mesmas?

Maria José:

— A mesma razão por que nada acabará entre nós: porque estamos casados, é isso que queres dizer? — O rosto sereno, a pele macia (ilusoriamente macia: o rosto fatigado, muitas vezes pela manhã, de quem já fez trinta e sete anos).

Ana Isa:

— Espero de ti muitas coisas... — Aguarda por instantes que o Osório lhe pergunte «que coisas?», mas ele receou esse terreno movediço. — Por exemplo: nunca disse nada de verdadeiramente importante ao meu marido acerca de mim, e será a ti que direi, se um dia disser...

— E ele?

Maria José:

— Ouve... Saberes o que vai passar-se não te rouba a felicidade do que se passa? — Pondo a frigideira a escorrer no lava-loiça, vai buscar o prato do Osório. — Ou tens no fundo a esperança de que nem tudo se passe como prevês? — Mas não se preocupa com a resposta. — Ela é casada?

— É. Sentes ciúmes...

Ana Isa, inconsciente também, acompanha-o num murmúrio (*Pace, pace, mia dolce...*) e nesse instante, ouvindo-a, Osório cala-se, ela fica sozinha no palco. Sozinha pelo menos até ao momento em que se vê sozinha. Deixando então de cantar:

— Não sei se desejo dizer-te as tais coisas importantes ou até se tenho coisas importantes para dizer... — Um táxi parado em frente do Tivoli — Aí está: conversar contigo ajuda-me nem sei bem a quê, talvez a tomar consciência de mim mesma... — Osório olha, como ela, o casal idoso que sai do táxi, as malas que um *groom* alinha no passeio. — Sou incapaz de reflectir sozinha, de procurar saber o que penso ou não penso, compreendes? Preciso do estímulo doutra pessoa... Mas, sabes? Gostaria que contigo sucedesse qualquer coisa de semelhante, não te quero unicamente um objecto para mim... Também quero ser útil, de resto! — Sempre ambicionou uma mala de pele de porco igual àquelas. — Espera! Também quero, mas desejaria não ser útil apenas... — Cobre os ombros com um lenço branco, não por ter frio, mas simplesmente para ocupar as mãos. — Sentir que sou, posso ser para os outros, somente uma coisa, um objecto útil para isto ou para aquilo, mete-me medo. Se os outros não me considerarem também um ser humano, sentir-me-ei esvaziada... Sabes? Receio muitas vezes vir a ser para o meu marido uma simples coisa... — Está a mentir, a procurar obter um efeito, nem sabe qual, mas um efeito. De certeza, o Amândio não olha para ela como uma simples coisa. Pelo menos, ainda não olha... E quanto ao Ricardo... Ah, é isso: não estava a mentir, estava sim a pensar no Ricardo, não no Amândio, como se o Amândio não tivesse casado com ela, entretanto, como se o Ricardo ainda estivesse vivo. Repete: — Uma simples coisa, um simples objecto, a esposa clássica, percebes? — Continua a pensar no Ricardo, embora sem saber muito bem o que será ser uma simples coisa. E no Fernando.

— E ainda não és a esposa clássica?

Poderia responder «Já não sou» ou «Ainda não sou», mas isso desvendaria um segredo. Abre a mala de mão para se ver ao espelho. Precisa de ir ao cabeleireiro, conclui.

— A esposa clássica, a casa arranjada, a comida, os filhos tratados, a cama à noite... — Olha bem a direito, sem pestanejar, quando pronuncia a palavra cama. — Isto, independentemente de tudo o mais. — Falou para o espelho (salvo quando pronunciou a palavra cama), observou o movimento dos lábios com a mesma atenção com que, por outro lado, procurava ouvir o som das palavras. — Às vezes, eu olhava para o Ricardo e sentia ganas de lhe perguntar: «Que sou eu para ti?» — Procura o *bâton* no fundo da mala. — Naturalmente, depois de pensar um pouco, achei que ele era para mim uma coisa ou quase... Digo quase, visto não haver no mundo sentimentos bacteriologicamente puros. Até em relação às coisas, podem surgir alguns momentos de amor, certas pessoas gostam tanto das coisas que são capazes de se deixar morrer por elas. Mas falo da regra geral, percebes? — Depois de retocar os lábios com o *bâton*, comprime-os um contra o outro e faz a boca mais pequena, abrindo-a a seguir, sempre com os olhos no espelho. Em silêncio.

Osório também está calado. Tem os sapatos sujos (às vezes aparecem por ali engraxadores ambulantes). Um novo táxi parara à porta do Tivoli, mas não saiu vivalma, alguém deve tê-lo chamado pelo telefone, tanto mais que uma pretendente voltou a fechar a porta depois de a ter aberto, decerto avisada (com delicadeza ou não?) pelo *chauffeur*. «Que bom ser estrangeiro!» Ser estrangeiro significa sempre, ou quase, estar em férias, viver num mundo novo, mudar provisoriamente de pele e de alma. Que bom! Estrangeiro em Lisboa, descobrir uma cidade cheia de sol e colorida, não ver a realidade essencial: uma cidade morta e enterrada! E dois estrangeiros aparecem à porta do hotel e dirigem-se ao táxi.

A Maria José, deixando a água encher o prato e afastando-se para escapar à chuva de salpicos que se espalha em volta:

— Se sinto ciúmes? Talvez inveja — responde. Fecha a torneira. — Às vezes penso que alguma coisa me falta. Se tivesse a certeza de ser feliz, absolutamente feliz, trocando-te por alguém, trocava-te sem a mais leve hesitação. Mas não tenho, nunca terei. Como é possível que vocês partam para uma aventura que de antemão sabem perdida?

— É que desististe de viver, Maria José, não sabes jogar. Pertences a um mundo que é um jogo, mas não deste ainda por isso e nunca arriscas... — Pensa, não se atreve a dizer em voz alta: «Porque não procuras apaixonar-te? Sim, fora do casamento, para te sentires viver.»

— Às vezes, julgo que só eu sou um ser individual e vivo, com dentro e fora... E os outros também pensarão assim, toda a gente pensará assim... Não é de ficarmos arrepiados? — diz Ana Isa, guardando o espelho e o bâton. — Estar contigo por causa de ti, independentemente de tudo o mais!

— Que é estar comigo, independentemente de tudo o mais? — As palavras permitem frases que não significam nada, pensa. Resolve então interromper a Ana Isa, como se receasse que no dia seguinte ela estivesse esgotada, vazia, silenciosa. — Dá-me a tua mão. — A Ana Isa deu-lhe as duas e o Osório cobriu o rosto com elas. — Sim, neste mundo que nos obriga a lutar uns contra os outros, que esforço não temos de fazer para nos debruçarmos sobre eles com amor!

O Adriano Bemposta, que passava ali de automóvel e parou, forçado pelo sinal vermelho, viu-os nesse instante. Não sabia que se conheciam, embora os conhecesse a ambos.

Um dia, o Osório há-de dizer ao Alpoim, ao Alpoim neste instante lá à frente, no tempo, à espera dele:

— Se pensarmos acerca da nossa vida individual... De nós, de mim, e não da história dos homens... Que encontras? Penso, repenso, acabo sempre por chegar a uma conclusão dita e redita, embora também esteja dito e redito o contrário... — Com um sorriso, um certo pudor, falando a sério para se libertar, mas fingindo que não: — a dor, o sofrimento sem limites... Um sofrimento muitas vezes mascarado por instantes neutros ou até de felicidade profunda. Mas ao fim e ao cabo, toda essa possível felicidade ou indiferença ou calma se transforma em dor, não é? A velhice que avança, a morte à nossa espera, os próprios instantes de felicidade que se gastam, o amor que não pode repetir-se indefinidamente, nós que nunca somos quem desejaríamos ser... — Porque dirás isto, Osório, tu, que hoje, apesar de tudo, não falas assim? E não falas assim, muito embora não se possa dizer que sejas feliz, optimista, cheio de ilusões...? Mas não falas assim e ignoras até que hás-de falar assim. E então que vai passar-se, Osório, se alguma coisa vai passar-se, que vai passar-se, Osório, para que venhas a dizer aquelas palavras? Continuará: — É certo, talvez o homem possa descobrir uma escapatória se pensar em si, não como indivíduo, mas componente de um todo. Quando ouço o *Canto das Florestas* do Shostakovitch sou capaz de abrir caminhos através de pântanos, de desertos, de homens vazios, de mergulhar profundamente nos desejos e no amor dos outros. Afinal, como não reconhecer que as sociedades evoluem e progridem, vão dominando o mais possível o sofrimento, vencendo a doença, a própria velhice, a fome, fabricando tempo para os homens poderem dedicar-se a ser homens? Mas... — Dirás estas palavras e talvez hoje também pudesses dizê-las, mas afinal não dizes (se não as dizes é porque de facto não podes dizê-las, pois não tem sentido afirmar que talvez as pudesses ter dito, quando afinal as não disseste). Mas que se passará então para que venhas dizê-las? E dizê-las, levar-te-á a alterares a tua vida ou então tudo continuará na mesma (e nesse caso dizê-las é o mesmo que não as dizer, não as dizer é o mesmo que dizê-las?) — Aí está: o homem que puder colocar-se numa perspectiva histórica e social, na perspectiva dos outros, e puder superar o seu odioso eu, talvez consiga aproximar-se da felicidade, a felicidade da acção, talvez se sinta um homem novo. Por outro lado, e precisamente por sabermos que a realidade profunda é o sofrimento, talvez possamos encará-lo com um certo desdém, não é? Jogar com a inevitabilidade do sofrimento, ironizá-lo, pois a nós próprios nos ironizamos... Por isso mesmo talvez seja bom envelhecer... — Falará assim porque decidiu viver com a Ana Isa (nunca mais a procurou desde o regresso de Sevilha)? Não, não sabe ainda se irá ter com ela. E isso no futuro: hoje, tão longe daquelas palavras, ele que poderia dizê-las e não as diz (ele que ainda não foi a Sevilha), tem algumas esperanças. Em quê? Esperanças na felicidade, esperanças de que ainda não viveu a verdadeira vida, esperanças de que a Ana Isa ou até a Maria José, ou então outra qualquer, há-de surgir. Não necessariamente uma mulher: um acontecimento. Esperanças, talvez as mesmas que há-de ter daqui a algumas semanas quando disser que a dor é o fio com que a vida se tece. — Precisamente porque somos cépticos e pessimistas e portanto não podemos acreditar nas filosofias absolutas, sejam elas quais forem, sejam da dor ou da alegria, devemos considerar a afirmação de que o sofrimento é a realidade substancial, uma afirmação absurda, indemonstrável, desprovida de sentido... Um disparate, em suma!

O Alpoim — ele ainda está neste momento fora desta história e é como se não existisse, embora já tenha trinta e oito anos, ele, que não conhece a Maria José, a quem, aliás, virá a desejar profundamente — responderá:

— Que uma pessoa mais ou menos inteligente conclua que o mundo é amargura, fatalidade, incomunicação, não é difícil: é a evidência. Mas que, apesar de tudo, tente defrontar essas evidências, vergá-las, se atreva a dizer o contrário, isso sim, parece-me difícil, meritório, verdadeiramente humano.

O Alpoim, que, apesar dos seus trinta e oito anos, ainda existe apenas no futuro. O Alpoim, talhado pelos deuses para ser o moralista desta história (isto, iludido leitor, é uma história, não a realidade), o homem necessário para equilibrar algo que os deuses prevêem desequilibrado e lhes mete medo. O Alpoim, que vai falhar, lamentavelmente, o papel de herói quase positivo.

Textual:

— Porque desististe de viver, Maria José, não sabes jogar, pertences a um mundo que é um jogo, mas ignora-lo ainda e nunca arriscas... — Levantou-se e pôs no lava-loiça o copo e o prato (para não sujar mais loiça, comera o arroz, e depois a fruta, no prato da sopa). — Não és feliz comigo e submetes-te a esse destino sem tentar mais nada. Por mim, até digo: ainda bem, é bom saber-te sempre a esposa fiel a meu lado. Mas a verdade é que não és feliz e não buscas uma saída... Então porque esperas? Pela morte irremediável? — Pensa: pela tua morte ou pela minha? Encostara de novo o ombro à parede, mas, como os mosaicos estavam frios, resguardou-se, pondo um jornal entre a parede e o ombro. — Podes tentar a sorte fazendo-te escritora, compositora ou até irmã de caridade...

— Porque não professora? — Abre novamente a torneira e afasta-se, enquanto a água jorra sobre o prato. — Não, não poderei ser boa professora...

— Desististe, o que é imperdoável.

— Que espécie de mulher é ela? — Pergunta inesperada; continuara sempre, através da conversa, com o pensamento preso àquela mulher.

— Que hei-de responder-te? Que espécie de mulher és tu? Imagina que me perguntavam: «Que espécie de mulher é a tua mulher?»

— E tu respondias... — pergunta, limpando o copo, expondo-o à luz da lâmpada para ver se ficou bem transparente.

— Eu ajudo-te... — diz o Osório, tirando-lhe das mãos o pano e o copo (há quantos anos não a ajuda?) — Que respondia, queres saber? Talvez dissesse: a mulher mais maravilhosa do mundo! Por muitas coisas que me sucedam, voltarei sempre aos braços dela! Talvez dissesse que se nunca nos tivéssemos casado, se nos encontrássemos raras vezes e sem rotina, sem ter de falar de dinheiro, sem ter de falar da bacia da cozinha, sempre entupida, das torneiras estragadas, o esquentador avariado... — Depois de poisar o copo e o pano, emendou o jeito dos cabelos da Zé, a caírem-lhe sobre a testa e fugindo aos bandós. — Se tivéssemos ambos uma vida própria e não fôssemos obrigados a uma vida em comum e a ser um só corpo e uma só alma...

— Talvez — aceita, sem ousar retorquir: «Não sabes que eu não teria coragem de enfrentar o mundo de braço dado contigo, se não fosse casada?» Sentia-se estúpida e sabia até que poderia conviver com os amigos mais chegados. Mas a família? Os colegas do liceu? Não teria coragem, é isso.

Antes de entrar em casa, e passando por uma papelaria, Ana Isa comprou um caderno de capa de oleado. Depois, escreveu a meio da primeira página, com letra desenhada: Ana Isa e Osório.

Na segunda página começa: «Aqui estou a escrever, Amândio, sem a certeza de vir a mostrar-te este caderno. Mas, quem sabe? Mesmo sem essa coragem talvez um dia ele vá parar às tuas mãos. Quem sabe até qual poderá ser a conclusão desta história com o Osório? Talvez decidamos viver juntos, porque não?

E, no entanto, não falámos ainda em nada — isso é somente o futuro, um futuro possível, pois não sei bem quais as intenções do Osório, não sei sequer quais as minhas intenções.»

III

— Talvez uma cerveja...

À semelhança do que tantas vezes tem acontecido, o Osório quis ouvir o outro para depois o imitar.

— É boa ideia... — A partir desse dia, será sempre o primeiro a escolher, como se estivesse sozinho, como se não precisasse do auxílio de ninguém. E porque não começar hoje? Acrescenta, cheio de satisfação: — Um mazagran.

— Um mazagran para este senhor e uma imperial para mim. — Enquanto o companheiro dá estas ordens, Osório procura recordar-se dele, situando-o nos tempos do liceu. Sempre sem o reconhecer, mas com receio de ferir um velho camarada, imperdoavelmente esquecido, atirara ao acaso estas palavras, na esperança bem sucedida de se mostrar à vontade: «Quem encontrei no outro dia foi o Campos!», e o desconhecido respondeu: «Tenho uma vaga ideia... Um rapazinho loiro?» — «Moreno!» — «Não estou a ver...» Etc., acabaram por chegar a acordo.

O Alpoim convidara-o, o Alpoim que afinal já existia antes de aparecer nesta página quarenta e cinco, o Alpoim que já tinha trinta e oito anos (trinta e oito anos significam uma vida quase completamente modelada, dificilmente sujeita a novas transformações), o Alpoim à espera de entrar finalmente neste palco, de desempenhar o seu papel, de fazer o seu número, de

45

cantar a sua ária, de cumprir a sua missão. Osório dera já a deixa, um projector acendeu-se, espalmando no tabuado uma luz pronta a acolhê-lo. Ei-lo de braço estendido, a voz sonorosa, confiante, tranquila, de homem que nem tudo sabe deste mundo, mas sabe, pelo menos, alguma coisa; de homem que, embora sem fazer revoluções, se prepara para ajudar os outros a melhor suportarem a existência. A não ser que, poucos instantes depois de ter pronunciado as primeiras palavras, venha a esquecer-se do papel que os deuses lhe distribuíram. Convidara o Osório: «Vem daí tomar qualquer coisa... Estás com pressa?» Ana Isa não aparecia, Osório deixou-se arrastar pelo desconhecido e pela inércia. E agora, numa tarde de Inverno lisboeta — sem vento, com nuvens luminosas daquelas que ferem os olhos (nuvens escuras também), sentados numa esplanada, as bebidas na frente, atiravam cascas de tremoços aos cisnes do lago.

— Que faz em Lisboa?

— O Porto era muito pequeno para as minhas ambições...

— Trinca um tremoço e com um jeito de dedos bem medido dispara o grão, liberto da casca, para dentro da boca. — Vivo de expedientes... — Fixa-o bem nos olhos. — Talvez vá pedir-te dinheiro em nome da nossa velha amizade.

— Sou pobre... — Não levou o outro a sério, e não está preocupado por causa do dinheiro. Preocupado, sim, porque foi uma tolice ter vindo ali, devia descobrir uma desculpa para se raspar o mais depressa possível.

— Ah, defendes-te, fazes bem — responde, cruzando os braços. — Não te aflijas... Esta manhã já consegui vender um terreno que não existe, ou não é meu...

— Estás a brincar.

Aparecidos bruscamente, quatro garotos, um dos quais empunha um camaroeiro. Gritam de satisfação e correm para as margens do lago, debruçam-se sobre a água, à procura de peixes vermelhos. O mais velho (parece o chefe) mergulha o camaroeiro, enquanto os outros gritam. Mergulha-o e tira-o logo. Vazio! Osório fica à espera que um criado apareça subitamente a ralhar-lhes, mas tal não sucede, os criados parecem desinteressados e riem-se. «Tu não sabes, pá!», diz um dos rapazes, procurando arrancar o camaroeiro das mãos do outro.

Dias antes, ali mesmo onde se cruzara com o Fernando Alpoim, esteve (também não tinham combinado encontrar-se) com a Ana Isa.

— Conta-me a história do teu casamento — pediu ela.

— Foi um casamento de amor... — Irónico?

As pernas da Ana Isa (cruzadas, o joelho esquerdo inteiramente à mostra, a barriga da perna avolumada pela pressão do outro joelho, meio encoberto, um pé abandonado, o direito bem assente no chão). Poderia dizer-lhe: «Que bonitos são os teus joelhos» ou outra coisa qualquer. Adivinhando essas palavras, Ana Isa decidiu-se a descruzar as pernas, mas deixou-as como estavam. Não inteiramente como estavam: recolheu para trás o pé esquerdo, e a pressão do joelho sobre a perna oposta cresceu, inchando-a mais. Osório:

— Foi um casamento político...

— Que queres dizer?

No dia anterior, o Almeida perguntara ao Osório «quem era aquela rapariga tão interessante que estava contigo no Café Londres» e ao mesmo tempo deixou escapar um sorriso que, sem ser absolutamente indelicado, pressupunha pensamentos deste género: «Há alguma coisa entre vocês?» ou até «Já te deitaste com ela?» Deverá talvez avisar a Ana Isa: «É preferível que não nos vejam juntos.» Mas como defender um tal pedido, tanto mais que nada houve ainda entre ambos e que dirigir a conversa por esse caminho é já uma forma de se aproximar do fogo?

Nesse mesmo dia, a essa mesma hora mas um ano antes, o Amândio Ribeiro ensinava História aos companheiros: «Com a invasão dos Bárbaros, os mais notáveis espíritos de Roma proclamaram que o fim do mundo se avizinhava.» Sublinhando, com ironia: «Quantas vezes dizemos hoje o mesmo? Afinal os Bárbaros eram o futuro, somos nós, de certo modo...» Mas um ano depois estará deitado com a Ana Isa, estarão ambos nus e em silêncio, há longo tempo.

— Dormes? — perguntará.

— Pensava que nunca me meti, nunca me lembrei de me meter dentro da tua pele, enquanto estiveste preso. Muitas vezes disse cá para comigo: «Neste instante ele está preso. Pensará em mim? Que estará a fazer? Lê? Conversa com os companheiros?» Mas nunca procurei imaginar-me presa, nunca tentei saber, como se fosse eu que estivesse presa, o que sentias.

— Olha, aprendi um bocadinho de biologia, coisa que no liceu...

— E quantas vezes me equeci de que estavas preso? Passeava pela Baixa, pela Avenida, ficava em casa. E tu, preso, efectivamente preso, sem eu me lembrar... Não é terrível a facilidade com que nos esquecemos?

— Muitas vezes pensei: neste momento, ela sobe para um autocarro, paga o bilhete..., neste momento ela não se lembra que estou preso...

— Sim, perguntava-me se tu também não te lembrarias disso... — Estende as pernas, procurando-lhe os joelhos. Aproxima-se mais (o Amândio defende-se, ainda humilhado), abraça-o, roça levemente o busto pelo peito dele. Diz-lhe muito baixinho: — Nunca cheguei a perceber. O tempo custa muito a passar? — Afaga-lhe os joelhos, deixando o tempo passar velozmente. (Nesse momento, em frente do Técnico, e ao volante do Austin, acabado de chegar de Sevilha, esquecido da Ana Isa e da Maria José, lendo os cartazes empunhados pelos estudantes, o Osório sonha cobarde-heroicamente coisas como estas: procurará o Ribeiro, velho colega da Faculdade que há muito não encontra, para lhe dizer: «Já não creio, não estou inteiramente convencido da marcha irreversível da História, mas tenho vergonha de não acreditar, estou disposto a fingir que acredito, estou disposto a fazer coisas como tu, a mergulhar no subterrâneo, a ser outro homem, a ter outro nome...» Mas onde procurá-lo?). Ana Isa: — Que fizeste para te condenarem a tanto tempo?

O Amândio:

— Não assististe ao julgamento? — Continua a defender--se do corpo da Ana Isa, encolhendo as pernas. E através das cortinas vê duas mulheres à janela do prédio da frente (mãe e filha?).

— Sim, mas...

— Há pouco, quando saí do táxi, dei uma queda, ia partindo um pulso... — Afaga a cabeça da Ana Isa, descobre, aqui e ali, na raiz, alguns cabelos brancos.

— Já não estavas habituado a andar na rua?

— Bom, não exageremos... — O ombro da Ana Isa impede-o de ver as duas mulheres. É um ombro com um sinalzinho preto, nunca mais se recordara dele, um sinalzinho exactamente sobre o vértice da clavícula, como se fosse um ponto final. Melhor: o ponto de um ponto de exclamação. E com a língua desenha acima dele o resto que lhe falta.

Uma cócega húmida no ombro, a história com o Osório estava praticamente terminada, tinham esgotado o desejo de se conhecerem melhor (que mais havia num e noutro para descobrir?), de conversarem indefinidamente — e agora só duas coisas lhes restavam: a cama, simples meio de adiar a separação final, ou então deixarem de se ver. Ou decidirem esperar pela passagem do tempo, e que um dia, por acaso, estando ela sentada num banco da Avenida, Osório reaparecesse. E ela, repousada a apanhar sol, absorta, quase liberta de si mesma, quase não existindo, como se apenas tivesse olhos e ouvidos e pele, as pernas estendidas para a frente (os joelhos nus, levemente afastados e redondos), um pé muito recuado e com o calcanhar fora do sapato, as mãos espalmadas apoiando--se no banco, ela, absorta, sentiria de súbito uma nuvem, a sombra fria de uma nuvem arrancar-lhe o sol das pernas e dos braços e do rosto. A nuvem, a sombra: Osório com os cabelos inteiramente brancos (ou Osório sem cabelo) e uns óculos que não usava antes.

Amândio:

— Ouve:

— O quê?

— Poderás esquecer o que se passou...?

«Que é que se passou?» — pensa a Ana Isa. Diz:

— Se amanhã ele vier buscar-me vou com ele... Poderias viver comigo, assim?

Maria José:

— Vou dizer-te uma coisa... De repente, percebi. Essa história que me contaste no outro dia... A tal rapariga..., e que ainda havias de confessar-lhe que gostavas dela... É tudo mentira, tens a mania do teatro. — Não acredita no que está a dizer, mas agarra-se de repente à possibilidade de um milagre. De súbito, sucederá qualquer coisa neste mundo e muito do que se passou até hoje deixará bruscamente de se ter passado. Sim. Mesmo que seja verdadeiro aquele encontro com a tal rapariga, de um momento para o outro deixará de ser verdadeiro, de um momento para o outro deixará de ter acontecido. — É a mim que hás-de confessar o teu amor. Há tanto tempo que não me dizes palavras apaixonadas... Porque escondes a verdade? Adias esse momento, demora-lo para que eu espere... E é bom esperar! Estou à espera...

«Não, não é justo que eu já não goste de ti, Maria José. É injusto, reconheço que é injusto.»

Ela, os bandós desalinhados, mas serena:

— Estou à espera. Um dia virás ter comigo, tomar-me-ás nos braços... Nem saberás propriamente o que hás-de dizer. Será o teu olhar... E de repente... Digo bem, digo bem? Apertas-me nos braços, não porque desejes levar-me para a cama, unicamente para me teres nos braços.

«É injusto, é injusto.»

Os bandós desalinhados, mas serena, e com uma camisola azul:

— A outra não existe, a outra sou eu... — Pois o milagre será esse: a outra deixará subitamente de ter existido, eles nunca se terão encontrado em Mira (Mira até já não existe, a Mira dos palheiros, a Mira onde o peixe das caldeiradas era ali pescado em vez de vir de Lisboa, a Mira onde o Osório foi ao mar num daqueles barcos enormes de proa levantada). — Sou eu, não é? — Começa a folhear, distraidamente, a *Elle*. — Podemos sair esta noite...

Osório ouviu-a sem dizer palavra, surpreendendo — ou julgando surpreender — uma pontinha de ironia na voz da mulher, que entretanto continuava:

— Aonde? Vamos tomar café a Cascais, vamos de mãos dadas ver a baía, conversamos, aproveitaremos muito bem o tempo. Sabes? Amanhã às sete horas tenho de me levantar, passarei quase todo o dia no liceu... Só me voltarás a ver à noite, faltam ainda vinte e quatro horas. Compreendes bem que coisa terrível não é uma espera como esta? Vinte e quatro horas! Vinte e quatro horas! Se vamos dormir ou ler...! E temos de aproveitar o tempo, estar acordados o mais que pudermos, os anos de vida são tão poucos! Adormecer, nunca...

Sim, o telefone, pensa Osório impaciente. «Raptámos o seu filho e se...»

Osório explicava-lhe, cheio de paciência: conhecera a Maria José em Sintra num passeio de jovens (não apenas jovens universitários, operários também). Que, por sinal, era dia de eleições em França. (Logo à noite, ao entrar em casa, a Maria José vai lembrar-se: «Nunca cheguei a contar-te...» Terá as pernas cruzadas, o joelho direito inteiramente à mostra, a barriga da perna arredondada pela pressão do outro joelho meio encoberto, um pé abandonado, o esquerdo bem assente no chão. «No dia de Sintra, sabes? Quando fui comprar o bilhete, antes de nos conhecermos, vi-te. Estavas a pesar-te numa balança, ali ao pé da escada. Não sei porque me deste na vista. Como poderia eu adivinhar então que viria a ser tua mulher?»)

— Ficámos amigos, passámos a tarde juntos e no dia seguinte o meu mentor espiritual criticou-me asperamente por eu conversar com uma só pessoa num passeio destinado a alargar a convivência e a destruir as barreiras sociais. — («Nesse dia — dirá logo a Zé — havia eleições em França. As primeiras legislativas, salvo erro... Lembro-me perfeitamente do André. Estava encarrapitado numa árvore e dizia: Queres saber qual é o partido que vai ganhar as eleições? Nisto, a esgalha quebrou-se e ele caiu...») — Se nos tivéssemos visto nos dias seguintes talvez ficássemos logo pelo beicinho um do outro e tudo se resolvesse em dois tempos.

«Não teria sucedido o mesmo connosco?» — interroga-se a Ana Isa. E também: neste momento o Amândio está preso, pensa que não penso nele.

Osório continuava:

— Não sei porquê, guardámos para a última hora a combinação de um novo encontro. No comboio, quando chegámos a Campolide, uma estúpida qualquer, uma amiga dela, apareceu-nos, vinda do Inferno, e disse-lhe: «Não vens?» O comboio já estava parado, a Zé não teve coragem de responder que ia até ao Rossio. Levantou-se rapidamente e foi-se embora. Ainda cheguei a perguntar quando nos voltaríamos a ver, mas ela não foi além de um até à vista e desapareceu. Aliás, já depois, muitas vezes falámos desses terríveis momentos. — (Logo à noite: «É verdade! E eu que não me atrevi a ir contigo até ao Rossio!») — A Zé diz que não lhe perguntei nada, mas tenho a certeza... — («Insistes na tua, não me perguntaste quando nos voltaríamos a ver?»)

Ana Isa está a ouvi-lo: imagina-se lá em baixo no Passeio Público, uma saia de balão, sombrinha, iluminação de gás, a Lua, o Sol... E também um leque. Osório de chapéu alto, ela com o leque a esconder o rosto.

— Mas nada disso tem importância — continua o Osório.

— De positivo, sei apenas isto: com encontros ou sem encontros nos dias seguintes, hoje estamos casados.

Ana Isa:

— Porque não a procuraste logo?

— Ah, tinha a certeza, havia de encontrá-la, mais mês menos mês. Não é bem... Se tivesse de encontrá-la, encontrá-la-ia... Inútil fazer qualquer coisa...

— Sim, estão casados.

— E há muitos anos! Temos até um filho... Ia a dizer que não éramos felizes, mas nem é verdade: vivemos os dois como vive toda a gente. Toda a gente, não, muito melhor! Raras vezes nos zangamos, não nos damos mal, estimamo-nos... Vivemos como viveríamos se tivéssemos casado sei lá com quem e não um com o outro. Sim, até nos estimamos! — Dois autocarros verdes e amarelos, parados, atentos ao olho vermelho. Atrás deles e a crescer, um comboio de automóveis. Murmurar-lhe: «Mas se fosse contigo, Ana Isa, tudo teria sido muito diferente, não haveria apenas estima entre nós...»

— Lembras-te, quando jogámos futebol contra o Colégio Camões?

— Nunca joguei futebol, a minha miopia... — Mostrava-lhe os óculos com lentes grossíssimas.

Desajeitadamente (o tempo passa, os garotos continuam debruçados sobre o lago, revezam-se no camaroeiro):

— Não digo tu; nós, o liceu... — Um rapazinho com óculos de lentes muito grossas?

O desconhecido:

— Jogámos xadrez, algumas vezes.

De repente, Osório acorda: não consegue ainda vê-lo, compará-lo com quem está ali na frente, parecem-lhe ainda dois seres estranhos um ao outro, mas recorda-se das partidas de xadrez.

— Não te lembras de mim.

— Perfeitamente.

— Como me chamo?

Sem hesitar e ao acaso (ao acaso, realmente?):

— Fernando.

O outro encara-o, quase incrédulo:

— Como sabes?

— Sei...

O Alpoim tira mais um tremoço, atira a casca ao lago.

— Que intestino, que magnífico estômago não terão os cisnes para beber esta água suja... Quando vejo um espectáculo destes — continua o Osório —, sinto sempre uma certa veia folosófica e entrego-me às chamadas perguntas eternas. Nós, que somos os reis da criação... A vida transitória, etc., etc. — Observa os cisnes que nadam rapidamente em direcção às cascas de tremoços.

— Que tens feito? — quer saber o Alpoim.

— E tu?

— Passaram-se pelo menos vinte e cinco anos. Ah, eu tenho feito muitas coisas. Como tu, de resto.

Osório:

— São mais as coisas que fizeste do que as que não fizeste?

— Não me preocupo muito com isso. Nunca fui um homem ambicioso e nunca pensei que o mundo pudesse ser salvo por mim, exclusivamente por mim. Tu pensaste..., é essa a razão por que nada fizeste? — Aí está: aos trinta e oito anos, precisamente neste instante, o Alpoim deixa os bastidores onde se cansava havia tanto tempo e, descendo ao palco, inicia-se no papel da sua vida, o papel de moralista que lhe estava destinado nesta história (não tanto talvez para defender a moral, mas para dar um certo equilíbrio, uma certa variedade à história, claro está).

Osório, que não sabe quem é o Alpoim, arrisca:

— Triunfaste na política, no dinheiro, no amor, nas três coisas à uma?

— Não te recordas de mim, é bem evidente. Eu era poeta. Sabes de algum poeta triunfante que se chame Fernando Alpoim? — Como o Osório não se atreva a responder, continua, sempre com ar muito sério: — Também tinhas certas ambições literárias.

— Gostava de ler, confundia o meu amor pela literatura com o gosto de escrever. Supunha que quem gosta de bons livros sabe necessariamente escrever... — Desejou ouvir qualquer comentário e, entretanto, enquanto esperava, bebeu a cerveja que ainda cobria o fundo do copo. — Recentemente, estive para recomeçar a escrever, sempre é uma maneira de nos iludirmos a nós próprios quanto ao fracasso das nossas vidas... Mas desisti. Ser romancista não ajuda a diminuir esse fracasso, é apenas um meio de confessá-lo publicamente.

— Mesmo Dostoievsky?

Os quatro garotos gritam numa agitação que atrai todos os olhares.

— Mesmo Dostoievsky.

Um deles corre, segurando com orgulho a rede na qual brilha e salta um peixe vermelho.

— Desististe então? — E dando uma volta à conversa: — Nunca pensei que conseguissem pescar!

— É verdade! — Desfazendo a volta: — Não desisti. Verifiquei que fora um erro. Não era suficientemente desavergonhado para me confessar na praça pública — responde, atento aos rapazes que se afastam aos pulos e aos gritos.

Ana Isa dissera:

— Imagina que nos tínhamos casado.

— Nós? — Entoa baixinho *Se vuol ballare signor contino*. A primeira vez que, embora de forma indirecta, encaravam a possibilidade de ter gostado um do outro?

— Tens a certeza de que nos estimamos? Somente? Somente, sem mais nada?

Observando-lhe os joelhos, ah, poder dizer-lhe «tenho, meu amor», observando-lhe os cabelos em silêncio.

Ela:

— Foi bom não nos termos casado. — Distrai-se: é tão bom sentir o sol nas pernas!

— Porquê? — *Se vuol ballare...*

Ana Isa não responde («foi bom não termos casado um com o outro, para ainda nos podermos amar, o amor permanecer ainda à nossa frente»), Osório teve medo da resposta, mantém também em silêncio («se nunca mais tivesse encontrado a Zé, se só agora, tantos anos volvidos, a encontrasse, amar-nos-íamos então, teríamos os dois um futuro à nossa frente, em vez de um passado atrás de nós...» Um encontro na Avenida, quem sabe? E ela: com as pernas cruzadas, o joelho esquerdo inteiramente à mostra, a barriga da perna arredondada pela pressão do outro joelho, meio encoberto, um pé abandonado, o direito bem assente no chão... E, primeiro, a Zé olhá-lo-ia sem o reconhecer. E quando já ele se sentia humilhado, recordava-se de súbito: «Lembras-te? Encontrámo-nos uma vez em Sintra...» — «Havia eleições em França. O André estava empoleirado numa árvore...»

— «A esgalha partiu-se...» — «Como foi possível que nunca mais nos víssemos?» — «Tu é que tiveste a culpa...» Não, tratar-se-iam por você: «A culpa foi sua...» — «E entretanto que aconteceu?» — «Esperei todos estes anos por si...» — «Tive sempre a certeza de que nos voltaríamos a ver...»).

— Continuo a escrever versos... — Atira outra casca para o lago. — Sou feliz por isso, embora não me atreva a publicá--los. Feliz ao escrevê-los, não depois quando os leio... — Subitamente: — Não te aflijas, não vou pedir-te uma opinião. Só servem para mim, mas isso é importante, compreendes? E então, se me perguntares o que tenho feito, posso já responder-te: versos. E não só, tenho feito outras coisas...

— Já disseste, vives de expedientes... — Um sorriso incrédulo.

— Mais coisas...
— Casaste?

Um dia, o Osório há-de propor à Ana Isa:
— E se fôssemos a Sevilha?
— Vamos. — Pensará: «Não, não acredito que venhas comigo a Sevilha, algo acabará por acontecer e impedirá a nossa ida. A tua mulher? Por tua causa, unicamente por tua causa, pois estás neste momento a dizer o primeiro disparate que te passou pela cabeça, depressa te arrependerás».

Ele: «É melhor não ir a Sevilha, é melhor teres a ilusão de que seria bom se fôssemos a Sevilha.

IV

— Alis Ubbo — exclama o Osório, batendo com um pé no chão, a tentar deslocar uma pedra que se lhe alojara no sapato, exactamente debaixo do calcanhar.

— Hem?

Descem a Rua Augusta, vêem através do arco a estátua do D. José e um navio de guerra muito próximo, cinzento, e a deitar fumo. Antes, quando se encontraram, ela disse:

— Já não andas de automóvel? Percebo: queres ouvir as conversas, queres saber o que vai pelo mundo. — Um encontro não explicitamente combinado: à despedida, três dias mais cedo, ela dissera: «Até à vista». E ele: «Deixamos tudo ao acaso?» Ela: «Ao acaso...» E hoje, ao entardecer, sentaram-se num banco um pouco acima do Hotel Tivoli, embora no passeio do outro lado. — Sabias que a Amália cantou em Cannes?

— E que a miséria obriga os transmontanos a emigrarem clandestinamente para França? — Demora-se a observar-lhe o triângulo branco da camisola, desenhado muito nítido pelo casaco preto, depois a boca, e só então os olhos.

— O mundo é estranho, Amândio... Tínhamos quase tudo arranjado, andávamos há três meses a preparar a tua libertação...

Abaixo das duas mulheres minúsculas, na janela da frente, estão os seios nus da Ana Isa, bem maiores do que elas.

— Que dissseste? — pergunta. Ainda humilhado, ainda incapaz, inclina-se sobre o peito da mulher (branco, a contrastar com os ombros, bem queimados da praia), passa-lhe lentamente, repetidamente, os lábios pelos bicos dos seios e um sopro de vida renasce-lhe no baixo ventre. Levanta a cabeça para repetir: — Que disseste?

— Queríamos libertar-te. — Agrada-lhe sentir os lábios, a língua do Amândio à flor do peito.

— Quem? — Uma ressurreição fruste, a sensação de que tem baixo ventre e já não, como quinze minutos antes, a noite completa, a ausência absoluta.

— Eu e ele... — Puxa os lençóis para o pescoço, subitamente envergonhada com os olhos do marido (não ousou pronunciar ali na cama, inteiramente nua, o nome do Osório).

— Podíamos já ter-te libertado, não sei... Adiámos tudo, mesmo sem falar nisso, pois descobrimos que nos amávamos, mas que esse amor não duraria muito, compreendes? — não diz: «Pusemo-nos à espera que esse amor se esgotasse para te libertarmos então...»

— Aqui, onde temos os pés, não sabias?, era uma enseada, pelos vistos amena, o Tejo cobria estas ruas. Os Fenícios apareceram por cá, gostaram da enseada, ficaram para comerciar com os indígenas. Duas ou três casitas e Lisboa tinha nascido, Lisboa, Alis Ubbo, Enseada Amena! Vinham do Mediterrâneo, a fúria do cabo de S. Vicente e do Atlântico amenizou-se neste porto e nas praias de areia escura. — Tem uma pedra debaixo do calcanhar, mais uma vez bate com o pé no chão, tentando desviá-la. Quem sabe, de resto, se ela não será o coração que ficou de uma pedra maior do tempo dos Fenícios?

— Enseada Amena.

— Amena, abrigada entre dois montes: o do Castelo, que não tinha ainda nenhum castelo, e o de São Francisco, que também não tinha nenhum convento. És capaz de tirar as casas e de imaginar apenas árvores?

— Conheceu então o meu marido quando ele tinha quinze anos...

— Dos dez aos quinze.

— Eram muito amigos?

— De modo nenhum, nunca fomos amigos. O seu marido deve ter-lhe dito que não se lembrava de mim...

Osório protesta:

— Lembro-me perfeitamente.

— Não, nunca chegámos à fala — acrescenta o Alpoim, que fora jantar a casa do Osório para conhecer a Maria José. — Menti no outro dia, sabe? Quer dizer, talvez tenhamos conversado e convivido um com o outro, mas eu não me lembro...

— Não te lembras? — Osório sorri, sem saber que pensar, se o Alpoim estará ou não a divertir-se à custa dele. Vai buscar um cinzano e dois copos (a Zé não bebe).

— Não, não me lembro. Não andávamos na mesma turma, de resto. — Passa a mão pela cabeça rapada à escovinha (para esconder uma calvície quase completa?).

— Qual dos dois mente? — pergunta a Maria José. — Ou estão a entrar comigo? — Talvez não estejam a entrar com ela, talvez o papel do Alpoim seja esse: não o do herói, mais ou menos moralista, mas a personagem a que recorrem os deuses com pouca imaginação para darem um certo *suspense* à vida.

— Mente o seu marido, minha senhora — responde, cruzando os braços, como certos actores em apuros. Para o Osório: — Recordas-te do Adriano Matos? — Osório levantara-se entretanto para ligar o calorífero. — Aqui há uns meses estava eu com ele no Café Chiado e tu espreitaste para dentro, mas não nos viste. Ele ainda te chamou. — Para a Maria José: — Perguntou-me então se eu não me lembrava do seu marido, teimando que eu o conhecia, que até jogáramos xadrez.

Mas não. — Volta-se de novo para o Osório, ainda de gatas à procura da tomada eléctrica, escondida debaixo de uma estante num canto quase inacessível. — Não consigo lembrar-me de ti. Tal como sucede contigo...

— É verdade que não te lembras dele? — pergunta a Maria José ao marido, que sacode com as mãos as joelheiras das calças.

— Para falar com franqueza, já não sei... — responde, enquanto se senta. — Primeiro, não... Depois, talvez por sugestão, admiti que sim. E agora...

Maria José, cruzando as pernas:

— Porque procurou então o meu marido? Porque estão os dois aqui se não se lembram um do outro?

— Que importância tem isso? Cheguei a Lisboa há poucas semanas, precisava de arranjar amigos. Para sermos amigos, precisamos de nos ter conhecido no passado, não é?

— Claro que não. Mas tem de haver razões para... — Engasga-se e como não sabe o que há-de dizer ajeita as saias, procurando com esse gesto inútil compensar, num ouro plano, o desejo de nada deixar incompleto.

— Só há amizade se houver alguma coisa a ligar profundamente as pessoas. De contrário... — O Osório, tentando ajudá-la. Nunca tinha observado com atenção o rótulo das garrafas de cinzano e se lhe tivessem pedido que o descrevesse de cor não saberia. E no entanto quantos litros de cinzano já bebeu?

— Meu caro, foi um erro não nos termos conhecido na juventude, mas estamos a tempo de refazer o passado.

Irritado? Divertido? Osório procura adivinhar o que pensará a mulher e é grave que depois de tantos anos de casado desconheça tão completamente as reacções dela.

— Porque quiseste conhecer-me? — diz então.

— Não gostaste de me conhecer? — E bruscamente: — Ou receias que eu seja da polícia?

— Que disparate!

— Que disparate, porquê?

— A polícia sabe que não vale a pena perder tempo comigo, no fundo entro no jogo do regime. Digo mal, mas como não faço nada, salvo assinar de vez em quando uns papéis, até ajudo... Sou o exemplo vivo, e falso, de que o regime é liberal, pois deixa em liberdade os inimigos...

— Sim, todos nós fazemos as nossas concessões — diz lentamente o Alpoim. — Bom... O Adriano elogiou-te muito... E a si... — Virara-se para a Maria José, que distraidamente calçava e descalçava um sapato. (Ela há-de dizer depois ao Osório que fale com o Adriano, o Osório há-de responder que o Adriano morreu uma semana antes.) — Sei até que se conheceram num passeio a Sintra — acrescenta.

Sem decidir ainda se deverá ou não fixar até os mínimos pormenores o rótulo da garrafa, Osório confirma:

— Sim, ele também foi.

Ana Isa:

— Como será isto dentro de mil anos? — Teve um sorriso, semicerrou os olhos. Sem grande imaginação, vê-se daí a mil anos a correr num campo de papoilas e com uma sombrinha na mão.

— Passarão por aqui, dentro de mil anos... — Hesita: — Quem sabe? Um homem e uma mulher como nós. Dirão qualquer coisa mais ou menos assim: aqui os Fenícios... Ou até: aqui, os Portugueses do século XX...

— Que pensarão de nós?

— O mesmo que dos Fenícios. Já alguma vez pensaste nos Fenícios, lembrando-te das monstruosidades a que estavam sujeitos em nome de Baal? Já alguma vez sofreste pelos Fenícios, pelos terríveis, absurdos sacrifícios que lhes impunham os deuses...? Para ti, os Fenícios são apenas os maiores navegadores da Antiguidade e nada mais. Nós seremos... Nem sei! Quando pensas nos tempos do Marquês de Pombal estás verdadeiramente preocupada com o Tribunal da Inconfidência?

Inquietas-te, verdadeiramente? Provavelmente, até simpatizas com o Marquês, só porque expulsou os Jesuítas e mandou construir o Terreiro do Paço... E o Mosteiro de Mafra lembra-te o D. João V e não os operários mortos...

— Em que pensarão...?

— Sim, falarão dos Fenícios e dos Portugueses do século XX, mas tudo isso será um pretexto, uma forma de falar, de recordar que alguns anos antes se conheceram numa praia, estar-se-ão absolutamente nas tintas para nós.

— Não, dentro de mil anos os homens não precisarão de recordar o passado. — Distraidamente, agita ao vento um lenço branco de seda.

— Recordarão sempre o passado, Ana Isa.

— Não. Sentir-se-ão preocupados com o futuro, preocupados com o presente: o deles, claro. Se nós costumamos recordar as praias do passado é porque não temos presente.

— Recordar-se-ão do passado. Do deles. Do nosso, quando formos recordados, será para dizerem: «No século XX, ficava aqui a Rua Augusta.»

— Ficava? — Um risco ao meio, e depois os cabelos negros ondulavam (com duas volutas barrocas, pensava Osório), quase até os ombros.

— Ficava. E a cidade será dois ou três metros mais alta do que hoje, como na Mesopotâmia. Construída sobre as ruínas da cidade actual e sobre as ruínas de mais outras cinco ou seis cidades futuras e destruídas... Sobre os nossos próprios corpos, sobre os nossos sentimentos também.

Começara a chover, havia já alguns minutos, mas só agora Ana Isa se decide a abrir o chapéu-de-chuva, para não estragar o penteado — e ao mesmo tempo procurava abrigar o Osório, que lhe dizia:

— Não me importo, gosto de sentir escorrer a chuva pela cabeça abaixo.

De repente, um desejo de aventura apossou-se da Ana Isa:

— Se libertássemos o Amândio?

— Esta cidade tem sido sempre arrasada por nós. Por nós e pelos tremores de terra... — Depois de alguns passos em silêncio: — Quantas vezes nós somos os outros? — E brincando: — Quantas vezes os outros são nós? Mais sério: — Aqui, debaixo dos nossos pés: ruínas, várias Lisboas mortas. Vamos enterrando as casas, os templos, as ruas, o passado, o presente, o futuro. Vamo-nos enterrando a nós mesmos. É uma cidade soterrada: casas fenícias, templos romanos, visigóticos, mouros, joaninos... Queres abrir um buraco, vamos espreitar lá abaixo? Nem é preciso: já estamos lá em baixo, antes mesmo de lá estarmos, já estamos no buraco. — De súbito, pensou: «Amanhã vou conversar com a Zé, falar-lhe da minha vida, destruir este muro que nos separa, esta falta de interesse em ser íntimo dela, em compreendê-la, em ser compreendido...» Encolhendo os ombros: — É uma cidade que detesta o futuro e portanto reconstrói-se sempre sem pensar no dia de manhã. Sabe que não tem futuro, Ana Isa. De duzentos em duzentos anos, mesmo que os homens não dessem cabo dela... Um terramoto, não é? Duzentos anos não compensam nenhum esforço grandioso.

Ana Isa, tentando virar do avesso a conversa (estará alguma pessoa conhecida a observá-los? Ana Isa não se importa — esforça-se por pensar que não se importa, procede como se não se importasse — mas ao mesmo tempo aborrece-se. Ontem, a Guida perguntou-lhe: «Com quem estavas tu um dia destes no Monte Carlo?»):

— Um homem vive muito menos, vive somente sessenta anos e mesmo assim acha que todos os esforços compensam...

— Quem sabe? Quase dez anos passaram sobre os duzentos da conta... O último a sério foi em 1755... Talvez dentro de um minuto tudo fique destruído...

Maria José estava a olhar para uma montra, quando ouviu estas palavras:

— Pode crer que lhe ficará muito bem. — O Alpoim, referindo-se ao vestido que lhe parece ser o alvo dos olhos dela.

Pouco depois, a Maria José perguntava:

— É verdade que não se lembra do Osório?

— Não... — Irónico: — Acha talvez uma ofensa à brilhante personalidade do seu marido.

— Tudo isso é uma história sem pés nem cabeça.

— Há um pormenor que talvez desconheça, você é professora dum meu sobrinho.

— Quem é?

— O Ernesto, recorda-se dele? Anda no sétimo ano, usa barba...

Maria José lembra-se perfeitamente do Ernesto (anda sempre com a Gabriela).

— Sim, um tanto cábula, mas esperto. De princípio, irritou-me. Tinha muitas opiniões, embora não soubesse nada de nada: sabe sempre o que não é preciso saber.

— Que entende por ser preciso?

— Essa, a dificuldade. Mas há uma espécie de alunos que às vezes me irritam. Dão erros incríveis, merecem um oito, um sete... Só sabem falar de Shakespeare, etc., são muito progressivos, conhecem toda a vida do Fidel Castro, mas não aprenderam a conjugar um verbo regular. Às vezes fico fora de mim, estes indivíduos que se propõem revolucionar o mundo não percebem que...?

— Valerá a pena ficar fora de si?

Tinham-se abrigado numa porta, enquanto esperavam que a chuva passasse, e entretanto iam dizendo coisas impessoais (o *Père Goriot* é um livro extraordinário, no Algarve há muito calor no Verão, mas eu prefiro o calor à chuva, assisti uma vez a uma trovoada em Coimbra, Salzburg é uma cidade maravilhosa, já ganhei dez contos na lotaria, não conhece a *Princesa de Trebizonda* do Pisanello?). Coisas impessoais. Só porque havia muita gente ali ao pé deles? Maria José pensa: onde começa a conversa pessoal, onde acaba a conversa impessoal? De facto, falar do Pisanello de Verona (e da dificuldade em encontrá-lo, estava escondido numa sacristia fechada a sete chaves e não na capela indicada pelo *Guide Bleu*) é pessoal ou impessoal? E talvez pudesse contar-lhe isto (mas não conta): o padre lá do liceu, um padre idoso e inteligente, com quem conversa muitas vezes, percebera nessa manhã que ela não era casada pela igreja e mostrara-se sinceramente entristecido (não por palavras, mas por uma incontrolável expressão do rosto — era demasiado delicado para revelar por palavras a sua mágoa). Quando se encontraram à saída, ia ela a correr para apanhar o autocarro (contra os desejos do reitor para quem correr era impróprio de uma professora), o padre disse-lhe num ar que se pretendia brincalhão: «Vou pedir a Deus pelo seu casamento», e a frase tinha um duplo sentido, pois muitas vezes, em conversas anteriores, Maria José aludira, embora de forma vaga, a certas dificuldades conjugais. Mas aquela frase irritou-a, não tanto por parecer uma ingerência indevida na sua vida particular, mas, sobretudo, porque trazia a terreiro uma personagem que não havia sido para ali chamada: Deus. Maria José desejava salvar o casamento com o Osório, mas queria que essa salvação fosse obra dos dois; se Deus estava a interessar-se por eles, sentia-se roubada, tinha a sensação de haver uma terceira pessoa, um estranho, a adivinhar-lhes os pensamentos, a forçá-los a dizer certas coisas, a impor-lhes uma presença antipática, até por não acreditarem nele. «O nosso casal não precisa da ajuda de Deus», dissera. Uma resposta seca, aquele homem metia-se onde não era chamado.

Passara o aguaceiro.
— Vai para cima ou para baixo?
Ela hesitava:
— Ia buscar uma encomenda ao Terreiro do Paço, mas não sei. Acha que levanta? — perguntou, olhando para o céu.
Começaram a descer o Chiado. Em silêncio. «Só quando se diz sofro ou não sofro a conversa é pessoal?»
— O meu sobrinho...
— Foi por causa dele que procurou o meu marido, quer meter uma cunha?

— Talvez... — Um pingo de chuva perdido e gorduroso deslizou-lhe pelo pescoço abaixo. — O Ernesto fala-me tanto de si que desejei conhecê-la — acrescenta, mexendo os ombros para a gota ser aborvida pela camisa, interrompendo assim a sua fria e gordurosa marcha.

Intervalo impessoal:

Nunca fui ao Minho, só leio os jornais da tarde, vi uma vez um satélite artificial, até julguei que fosse um disco voador, o *nouveau roman* pode ser muito interessante mas é uma chumbada (como a música electrónica), a reforma ministerial de que se fala, em que pé está o processo de Beja?, parece que os advogados...

Continuação da conversa pessoal (mas poderá dizer-se que Beja é um tema impessoal?):

— O Adriano contou-me que vocês eram um casal perfeito, o casal mais perfeito. Será excessivo dizer que fiquei com curiosidade? Fui sempre céptico acerca do casamento. Simultaneamente céptico e fervoroso crente. Pelo menos, a minha experiência individual foi feliz. Mas que posso dizer? Não chegámos a estar casados cinco anos. Talvez se estivéssemos casados mais tempo começássemos a ser infelizes.

— Ela morreu?

— Morreu... Antes, porém... Antes de morrer tinha-se ido embora. — Os olhos da Maria José: «Então não foram felizes?» — Percebi depois que eu era feliz, ela não... E ainda hoje isso me espanta: como pude viver durante cinco anos com uma mulher, ser inteiramente feliz, e não ver que ela não era? — Mesmo sem parar, observa de longe uma máquina fotográfica, talvez uma Leica. E se nunca comprou nenhuma foi, não tanto pelo preço, mas por nunca ter descoberto nada que merecesse uma fotografia. — Isto pouco interessa — acrescentou e ao mesmo tempo pensava: porque não tiro fotografias à Maria José? Continua: — Que poderemos fazer para salvar o casamento? Aparentemente, vocês dão-me a resposta. — Sim, a fotografia dela com os bandós desfeitos pela chuva!

— Qual resposta? Amamo-nos, compreendemo-nos. Sempre que qualquer de nós tem uma dificuldade expõe-na ao outro, conversamos... — No Terreiro do Paço. A meio do Tejo, saindo, um velho cargueiro (inglês?) muito sujo, com um ar simpático de proletário dos mares.

— Schooner ahó-ó-ó-ó-ó-ó-ó-ó-ó-ó-ó! — Um grito para dentro. Em frente de um velho cargueiro (inglês?) muito sujo, com um ar simpático de proletário dos mares. E de súbito: «se alguém nos visse...?»

Osório:

— Olho para o meu futuro, olho para o teu, olho para o futuro dos homens... Às vezes, parece-me que ele já está escrito, a velha ideia do destino, do destino estabelecido desde o princípio dos séculos, mesmo quando ainda não havia homens, mas já havia de os haver! Está um terramoto à nossa espera? Conheces a história das negras que lavam a roupa nos rios infestados de crocodilos? Desconhecem o medo: se tiver de ser será, que importa estar com mais cuidado? Sou como elas, penso que se tiver de ser... E talvez elas hoje já nem sejam assim, mas eu sou, permaneço um primitivo, só muito superficialmente deixei a pré-história...

Ana Isa, brincando:

— Porque não te sentas então à espera que as coisas aconteçam por si mesmas?

— Não, não é isso... Penso que estão sempre escritos muitos futuros e não um só... Que tenho à minha frente, sei lá!, mil futuros possíveis, que a história tem dois biliões de futuros possíveis... Que vivemos uma dessas óperas em que o tenor pode escolher à vontade esta ou aquela ária, que somos livres de cantar a ária A ou a B ou a C, mas não qualquer outra. Não, não é bem isto. Penso que a natureza tem certas preferências, prefere a ária A, empurra-nos para a ária A, que é a ária da inércia, a mais fácil. Que a natureza é reaccionária, compreendes? E o nosso dever é este: cantar a ária B ou a C em vez de cantar a ária A, sugerida por essa lei do menor esforço a que chamamos natureza. O que é muito difícil! Uma espécie de ciência: canalizar a força reaccionária da natureza num sentido progressista. Mas tamanho esforço é doloroso, muitas vezes, não será? E nem todos temos coragem de combater, é sempre mais fácil invocar a natureza das coisas para desistir da luta ou então deixamo-la para os outros. A ária A é tão fácil, chega a ser bonitinha, todas as mais são extremamente difíceis!

— Há outro perigo. — Sim, um velho cargueiro (inglês?).

— Pensar que a natureza é progressista e que as coisas se fazem por si mesmas...

— No fundo, é o que acabo de dizer, mas explicado doutra maneira. De resto, tudo isto são imagens sem sentido.

Um velho cargueiro (inglês). Maria José murmura, sem ouvir o Alpoim (que também não está a ouvi-la, teria preferido tirar-lhe uma fotografia):

— Eh-lahô-lahô-laHÔ-lahá-á-á-á-á!

V

Osório (uma pergunta idiota que tem de ser dita em voz pausada para não se tornar inteiramente ridícula; será pois de toda a conveniência ensaiá-la muito bem, antes da estreia):
— Gostavas muito dele? — Estão no Alto da Serafina. Uma chuva miúda obrigou-os a procurar refúgio no automóvel. E Osório não acreditara que Ana Isa aparecesse, embora tivesse ido à Avenida com esperanças de a encontrar. «Porque se tu apareces com esta chuva, se te arriscas com esta chuva e me procuras com esta chuva, então é porque... Porque, o quê?» E agora, lá em baixo, a cidade. Não a Lisboa colorida e luminosa dos dias de sol, uma Lisboa parda e molhada, o rio cinzento onde um grande barco italiano (o *Vulcânia?*) se prepara para acostar. Ela não lhe responde, pergunta:
— Apareces todos os dias na Avenida, àquela hora?
Osório abre o rádio e põe toda a atenção na busca de um programa musical.
— Apareces todos os dias? — Ana Isa não lhe perdoa uma resposta.
Ele, sempre a procurar a música e recitando para dentro, não em voz alta: «Aqui, acolá, acorda a vida marítima, / Erguem-se as velas, avançam os rebocadores, / Surgem barcos pequenos de trás dos navios que estão no porto.»

— Apareces todos os dias? — Insiste, para que o Osório não possa deixar de responder.

— Não... — Todos os dias lá vai, todos os dias espera por ela. — Ontem, estive...

— Sim? — Do rádio, a música desprende-se agreste e seca.

— Se soubesse, tinha lá ido... Ah, mas não podia!

— Que disseste?

Ana Isa não lhe confessa que ontem tomou um autocarro de propósito para passar pela Avenida — e saber se ele estaria a esperá-la.

A cena final de *Aarão e Moisés*. Só o Osório a reconhece (e reconhece-a pois ouviu: «Aaron!», gritado por um cantor e relacionou o nome com a agressividade da música, que aliás nunca ouvira antes). Ana Isa está distraída: se de súbito Osório lhe confessasse o seu amor (mas sentirá ele amor?), que havia de responder-lhe? Que sim? Que não? Ao longe, no rio cinzento, o paquete italiano (dois anos depois há-de ler no jornal a notícia da última viagem do *Vulcânia*, prestes a ir para a sucata) parecia morto, abandonado, entregue a dois rebocadores pequenos, mas tirânicos.

Osório insiste:

— Gostavas muito dele? — Distraidamente repete: «Aqui, acolá, acorda a vida marítima, erguem-se as velas...» Às vezes, o fio de uma melodia introduz-se-lhe nos ouvidos logo pela manhã e nunca mais o larga; hoje, foram estes versos.

Depois de o Amândio ser condenado a dois anos e meio, a Ana Isa resolveu casar com ele. O Amândio recusara, e um dia descobriu ao longe um belo paquete branco e até julgou ouvir música e mesmo vozes. Certa vez que fora a Sintra e aos Capuchos, há quase vinte anos, viam-se as Berlengas perto da linha do horizonte (nunca mais voltou a vê-las, dos Capuchos) e ouviam-se também as vozes que trepavam a montanha, vindas talvez de Galamares. Recorda-se: era o dia das primeiras eleições legislativas francesas posteriores à guerra, e um companheiro (não o conhecia) que subira a uma árvore dera uma queda. Um paquete branco passava para além das grades, o Amândio sentiu uma terrível inveja dos passageiros e acabou por render-se: casaria com a Ana Isa (e duas semanas depois, ela deu-lhe a chave da porta de casa).

— Gostavas muito dele? — Carrega num botão, o limpa-vidros começa a funcionar, o casario de Lisboa e o Tejo tornam-se repentinamente luminosos e coloridos.

Ana Isa não ouve a música, atenta ao que havia pensado nesses dias perdidos: casara como quem entra para um convento e porque lhe parecera indigno continuar no mundo enquanto o Amândio era afastado dele.

— Sim...

— Correram vários anos... Não estás arrependida?

— Se ele não está arrependido do que fez e o levou à prisão, terei eu o direito de estar arrependida?

— Não te pergunto se terás o direito, pergunto se estás... — Avoluma o som do rádio que por um instante se calara, que recuperou a voz com duas pancadinhas dadas com jeito.

— Como responder? Às vezes duvido... — Continua sem dar pela música, sem dar até pela momentânea avaria do rádio e pelo breve silêncio que se seguira. — Mas não posso arrepender-me, percebes? Não posso dar-me ao luxo de admitir que vivi errada...

De um Fiat cinzento, acabado agora de chegar, saíram cinco pessoas sem medo da chuva, dois homens e três mulheres. Dir-se-ia que se preparavam para assaltar um banco, num filme de *gangsters*, tal o ar ensaiado e resoluto com que tinham saltado para o chão. Puro erro (ali não havia bancos ou máquinas de filmar), uma das mulheres pergunta: «Que é aquela luz, lá adiante?» E um deles responde: «A Sacor». Entretanto, um outro recita: «O Hospital de Santa Maria, o Instituto do Cancro, o Aeroporto, o Ritz...»

Ana Isa:

— Talvez possamos escolher entre vinte árias futuras, mas o passado já o cantámos, não é? Tenho de me agarrar à ideia de que foi o melhor possível, pelo menos pelo que me toca e dependia de mim. De contrário... — Sente calor, abre uma fresta do vidro da porta, abre até a própria porta.

— Um mau passado pode, apesar de tudo, compensar-se com um bom futuro.

— E que é um bom futuro? — Continua a não dar pela música (a não ter consciência de que também está a ouvir música — «mas não é sem pés nem cabeça e verdadeiramente indigna, pensa o Osório, uma época em que, graças aos discos, pode ouvir-se Schoenberg ou Mozart com a atenção virada para outra coisa, a comer ovos estrelados, a ler o jornal, a conversar, até a escrever, e isto diariamente?»).

Nessa manhã o Osório recebeu uma carta da Gerda: no fim do mês, possivelmente, chegaria a Lisboa. De súbito, ele, que não sente remorsos por enganar a Zé, começa a sentir remorsos por enganar a Ana Isa. E a Gerda chegará da Suécia, vestida de branco.

— Cada época tem as suas modas, até as suas maneiras de sentir. Hoje, está em voga a incompreensão, o implacável isolamento, a quase impossibilidade da comunicação entre os homens, sobretudo quando se trata de um homem e de uma mulher que gostam um do outro. Veremos um dia destes defendida a tese, se é que já não o foi, de que o amor é uma barreira entre o homem e a mulher, que impede a comunicação... — É o Alpoim que assim fala, cumprindo a sua missão de moralista. Na frente dele, de braço dado, a Maria José e o Osório. O intervalo, no *foyer* do Império. Perante o silêncio (e os sorrisos) dos outros dois, continua: — A literatura e o cinema repetem e voltam a repetir uma coisa de forma alguma evidente, e que à força de repetida se vai transformando numa segunda natureza. Quem se atreverá hoje a defender, sem receio de passar por imbecil, que as palavras podem aproximar-nos uns dos outros, são até um instrumento ultra--sensível para exprimir sentimentos? Eu diria até que as palavras são de tal modo comunicantes, de tal modo exprimem as almas, que muitas vezes, depois de falar alguns momentos, me sinto inteiramente nu... Exprimi tudo, nada me ficou, através das palavras escorreram para fora de mim todas as emoções... — Irónico? Uma longa pausa, a medir os efeitos de um tão longo discurso. E depois: — Gostam do filme?

— Muito. — A Maria José, a Maria José que ainda não sabe que deve pensar.

— Percebo — diz o Alpoim. — Têm vergonha de não sentir com a moda, vocês que não sentem com a moda.

— Finge-se preocupado. — E eu precisamente admirava-os por não terem vergonha de se entender! Será certo que a arte modela os sentimentos e, as pessoas, mesmo sem darem por isso, imitam os heróis dos romances? Vou escrever um poema em que todos os heróis se compreendam. Os leitores desejarão imitá-los...

— Terá leitores?

Já depois de o Alpoim os deixar, ao cimo da escada — sombria, as pernas claras, o rosto claro, a Ana Isa. Estiveram juntos nessa tarde, foram dar um curto passeio de carro. Por que razão Osório desviou os olhos, para mais tendo a certeza de que ela percebeu tudo...?

— Que é um bom futuro? — perguntara a Ana Isa, cujo passado, bem vistas as coisas, não fora inteiramente mau (pudera viajar, tinha uma boa casa, bons discos, por exemplo). Ignora ainda que logo à noite, no cinema, verá o Osório e que ele fingirá não dar por ela (a marcar bem a existência dos dois mundos — o da esposa, da família, o mundo decente; e o da amante futura).

Osório (ignora também que evitará os olhos da Ana Isa):

— Claro que não sei. Quando se tem filhos... Às vezes, ao observar o Eduardo, penso: aí estás, não és quase nada ainda, e afinal dentro de ti cresce uma semente que há-de condicionar completamente o meu futuro. Mais do que as explosões solares com toda a sua grandeza, mais do que a reeleição do

74

Kennedy... — O Fiat já se fora embora, a chuva adensa-se, seria espantoso se conseguisse apagar o facho da Sacor, Osório liga outra vez o limpa-vidros, no vidro coalhado abrem-se dois leques transparentes e através deles o paquete italiano (o *Vulcânia*, dois anos depois desfeito em sucata?) atraca finalmente. Cala-se, percebe que a Ana Isa desvia os olhos, que se lembrou do filho morto. Adivinha, ela vai dizer: «Então não tenho futuro?», mas a Ana Isa, que pensou «Então não tenho futuro?», diz docemente:

— Que música é esta? — E logo: — Fecha, peço-te... — Ir para o meio da chuva, senti-la escorrer pelos cabelos, pela cara, pelo corpo!

O Osório gostaria de ouvir a Ana Isa falar um pouco mais sobre a música, mas ela não fala (nem mesmo tomara consciência de que aquela música talvez deixasse de irritá-la se lhe desse um pouco de atenção).

— Ouve — recomeçou ele —, só há uma maneira de expulsar o desespero: trabalhando.

— Decerto. Mas um trabalho qualquer? — Distraidamente, reabre o rádio.

— Um trabalho importante, um trabalho em que toda a nossa personalidade se ache empenhada, um trabalho em que nos possamos reconhecer a nós próprios, que seja um pouco de nós próprios... — Gerda virá vestida de branco («Oh, vem de branco do imo da folhagem!») irá buscá-la ao aeroporto, levá-la no carro para o Monte Estoril. E continuará sem saber se é casada ou não, se tem filhos ou não (embora creia que sim, uma certeza extraída do sexo, vasto, líquido, profundo).

Ana Isa tem o rosto escondido, o Amândio vê-lhe os cabelos escuros, os ombros, as costas, o volume das nádegas lá em baixo, as pernas — metade das pernas, a outra metade abaixo do joelho cobre-a o lençol. E à janela — mas não se cansam? — as duas mulheres.

— Que vamos fazer? — repete a Ana Isa. No dia seguinte ao do cinema atacou o Osório: «Tu viste-me. Porque fingiste que não?» Foi um tudo-nada grosseira: «Achas que não sou digna de ser cumprimentada quando estás com a tua mulher?»

— Uma viagem... Depois veremos... Não em Portugal, não posso mais viver em Portugal... — Um gancho caído no travesseiro. Põe-no ao acaso nos cabelos da mulher.

— Que disparate! Porque não podes?

— Porque... — Uma única vez foi ao estrangeiro, levado pelo pai a Madrid, quando ainda não tinha vinte anos. — Não, não quero viver cá, Ana Isa. — Sim: uma fábrica na Alemanha.

Olhando-o atentamente: recearás que os outros saibam que eu e o Osório...? Tens vergonha de enfrentar os outros, vergonha do que eles pensem de ti, dos nomes que vão chamar-te? (Osório respondera-lhe: «É verdade que te vi. Não sei explicar-te, Ana Isa. Mas, se te cumprimentasse, a Zé havia de querer saber quem eras. É certo que já lhe falei uma vez de ti, há muito tempo. Que em Mira conheci uma rapariga e assim e assado. Dizer-lhe um nome, Joana, por exemplo? No fundo, não sei que havia de dizer, percebes? Ouve: não me respondas, não quero que me respondas. Mas um dia hei-de confessar-te que gosto de ti. Cala-te, cala-te... Adiemos esse dia, está bem? Mas é isso: que havia de explicar à Zé? Que tu eras aquela Ana Isa que eu conhecera em Mira e que um dia lhe havia de dizer o que em Mira nunca dissera, que gostava dela?»).

— Viajaremos... — Apoiando o queixo nas costas da Ana Isa, beija-lhe os ombros e entretanto afaga-lhe o seio elástico que se esmaga contra o colchão. Depois afasta-se, atento a uma ideia que lhe encheu a manhã, durante a viagem: vai para a Alemanha, empregar-se-á numa fábrica, se for preciso. Mas esta ilusão desfaz-se de encontro a um frémito breve que lá em baixo o agitou para logo desaparecer; e põe toda a atenção nesse pedaço de si mesmo que há meia hora o traiu, talvez tenha morrido por essa tarde — e preocupadamente pensa se aqueles dois anos sem mulher (ou apenas com mulheres imaginadas) não o terá... Atento, receoso de que a Ana Isa se sinta desiludida, ensaia uma explicação:

— Dói-me a cabeça, a viagem cansou-me terrivelmente.

— Ouve: só há uma maneira de expulsar o desespero: trabalhando.

— Decerto. Mas um trabalho qualquer?

— Um trabalho importante.

— Haverá neste mundo trabalhos importantes para dar a três mil milhões de seres humanos? — A música renasce, Ana Isa continua surda.

— Talvez quando se oferecer a cada um a certeza de que trabalha para a comunidade, para ele e para os outros, e não unicamente para um patrão ou meia dúzia de patrões. No dia em que cada homem souber que o seu trabalho, pequeno ou grande, é parte integrante de um todo. — Em frente, o pára-brisas coalhado de gotas, mas não uniformemente coalhado. Lá, onde as borrachas do limpa-vidros passaram como dois leques, a chuva adere mais gorda e pesada, agarra-se pior, escorre velozmente. (Com um cálice de vinho do Porto na mão, um vestido leve, amplamente decotado, com umas grandes alças, os ombros à mostra, Gerda parecia lamentar ter vindo afinal de tão longe para ver uma chuva que teria sido bem mais barata em Stokholm. E quando se levantou, Osório levantou-se também. E seguiu-a, meteu-lhe a mão no braço, arrastando-a, forçando-a a correr para o automóvel, arrumado ali adiante. Estava hospedada no Monte Estoril. E dentro de dias — mais um ano se passara, entretanto — iria esperá-lo ao aeroporto. Sente então um desejo violento de se deitar outra vez com ela, de correr com ela de mãos dadas pela praia fora, de nadarem os dois.)

— Sim — diz a Ana Isa. — No dia em que cada um de nós puder acreditar no seu próprio trabalho... — Torna-se atenta à música, procurando identificá-la. — Que é isto?

VI

— Ouve... Se temos de fazer alguma coisa para nos sentir-
mos satisfeitos, ajuda-me: vamos buscar o Amândio. Será,
além do mais, um trabalho arriscado. Não gostavas de uma
aventura assim? A escuridão da noite, passos muito ao de leve,
um assobio, silêncio, silêncio angustiante... Talvez até um
tiro! Ah, e cães, cães-polícias... E polícias sem cães, a passar ali
ao nosso lado, junto da gruta em que nos escondemos, mas
sem darem por nós, apesar de um ataque de tosse que inesperadamente... E um barco à espera, noite escura... Eu poderia
até ficar ferida, embora sem importância... Não gostavas?
— Falaram assim algum tempo, a conversa acabou por seguir
novos rumos. Nem deram por ter mudado de rumo e quando
se despediram estavam completamente esquecidos daquela
aventura.

Três dias depois, a ideia intrometeu-se por momentos na
conversa, deslizou facilmente de início, veio a tropeçar noutros
temas, sumiu-se, apareceu de novo, foi rebolando suavemente
até embater no processo de Beja, perdendo-se outra vez.

Mas hoje a Ana Isa insistiu, aquela aventura sempre a
perseguira e fascinara. Porque não estudavam o problema?
Lembrava-se do filme do Bresson, lembrava-se do Casanova.

Então um dia foram à Azinheira, onde estava o Amândio.
Ana Isa visitou o marido, mediu com os olhos a grossura das

paredes (construídas para resistir à artilharia, embora do século XVIII), perguntou ao marido como enchia o tempo, mas sem lhe explicar o que preparava (se é que alguma coisa preparava). E Osório prestou-se ao jogo e até se entusiasmou, não tanto por achá-lo realizável, mas sobretudo pelo prazer de imaginar uma aventura heróica.

Pois bem: nesse dia, enquanto Ana Isa visitava o marido, Osório deu uma volta pela praia (um dia de Inverno, com gaivotas a grasnar e nuvens esbranquiçadas, sem chuva e luminoso — tão luminoso que teve de pôr óculos escuros —, com barcos a saltar nas ondas). Sentou-se na esplanada de um café que dava para a praia, ajeitando bem a boina na cabeça e enrolando um lenço de seda ao pescoço. Pedindo um conhaque para aquecer.

Esteve ali em férias com a Zé, uns doze anos antes. Ainda não tinham o Eduardo, passavam quase todo o dia a apanhar sol (era Setembro, um Setembro quase sem banhistas), podiam abraçar-se, podiam beijar-se à vontade: ninguém os via, ninguém os incomodava — eles é que incomodavam as gaivotas e os pássaros que se tinham assenhoreado da praia (uns estranhos pássaros que corriam muito, à beira da água, pareciam patinar na areia lisa e espelhada). Não pensavam ainda se eram ou não felizes e deixavam que o tempo corresse sossegadamente. Teriam preferido ir a Itália, é certo (a Itália, da qual Ana Isa diz que melhor do que ver as cidades famosas é pronunciar-lhes os nomes: Montevecchia, Ramponio Verna, Bardolino, Umbertide, Cortemaggiore, San Gimignano), mas o dinheiro não abundava e adiaram a viagem por um ou dois anos (na realidade, seis).

A Zé acabara de se formar e conversavam muitas vezes: agora que iria fazer? Não havia estágio em Lisboa, e como lhe faltasse o dinheiro para passar dois anos em Coimbra, tinha de se decidir: concorrer sem estágio ao lugar de professora eventual, deixar que os anos corressem, conformar-se com aquela situação instável, acordar um dia, ao fim de poucos anos, sem a possibilidade de conseguir colocação em Lisboa, sem coragem de tentar finalmente o estágio (mesmo que já tivesse dinheiro para os dois anos de Coimbra). «Que espécie de professora virei a ser?» (Embora formada em Germânicas, começou por ensinar francês, nesse primeiro ano — e a sua pronúncia vagamente arraçada de inglês era insuportável e causou-lhe algumas vergonhas.)

Ainda no ano anterior, ele insistira: «Resolve-te...» Entretanto reabriu o estágio em Lisboa, mas era tarde: os anos tinham passado, desabituara-se de estudar para exame, enchera-se de medo, submeteu-se ao risco permanente de no ano seguinte já não ter lugar ou de tê-lo apenas na província e ser, portanto, obrigada a desistir (a esperança em todo o caso de que a explosão demográfica e escolar a favorecesse, alargando indefinidamente os quadros de professores).

Doze anos antes, no último dia de férias, o Osório sentara-se ali sozinho (*ali* está certo, o sítio não tinha mudado. Mas o café era outro, fora demolido, e embora mantivesse o mesmo nome, perdera as velhas mesas de mármore, as cadeiras de madeira e de coiro, com pregos amarelos, revestira-se de fórmica, de cores berrantes, de uma aparatosa e doirada máquina italiana de café). Partiria para Lisboa no dia seguinte. Ah, esse sopro de gelo que subitamente nos trespassa meia hora antes de partir, depois de algumas semanas de sol, de areia quente e de uma mulher amada! Sopro gelado que para o Osório não era apenas a tristeza por finalmente deixar aquela terra, nunca mais voltando a viver aqueles dias! Afinal, um sabor a envelhecimento, a impressão de que este mês tão proximamente vivido é já história (a história passada, a história dele), é já o passado, algo que deixou de ser real, que pode ser posto em dúvida, unicamente matéria para saudades. E essa tristeza desaparecerá quando abandonar esta terra, ficará apenas como lembrança depois de me ir embora. E o que é triste, sim, é eu continuar ainda na Azinheira, mas como se já a tivesse deixado; recordá-la, continuando ainda cá! É essa tristeza, afinal prematura, que me perturba. Sei: dentro de dez ou vinte anos, hei-de sentir um aperto na garganta... E pensar nisso hoje, dez ou vinte anos antes, significa que não me sinto no presente. É como se estivesse morto, como se não tivesse casado há poucos meses, como se eu e a Maria José nos tivéssemos já cansado um do outro (nós que até hoje não nos cansámos um do outro). Isso: todo este sentimento se mistura com um certo receio de morrer, com a consciência de que não se volta ao passado e de que a morte está lá à frente à nossa espera. A tentação de escrever um desses poemas ridículos e intragáveis «Homem que tens os pés bem assentes na terra!», um desses poemas ridículos e conformados, negadores de que a morte nos apavora e proclamam «Acolhe-me ó doce morte, acolhe-me nos teus braços, a mim que não tenho medo de ti, pois és natural, pois é próprio do homem morrer...» Mas quem resiste a pensar: um dia estarás numa cama. O corpo alagado, a febre. À tua volta a tua mulher e o teu filho. Com a consciência de que vais morrer, de que nunca mais te levantas, de que não irás juntar-te aos ruídos lá em baixo na rua, nem voltarás ao cinema ou à praia para apanhar sol e banhar-te nas ondas? Com a consciência de que nunca mais te sentas num café, de que nunca mais beijas uma mulher, de que nunca mais sentirás preocupações com o ganha-pão (teu e o da Maria José) ou porque mais dia menos dia o Pentágono manda bombardear a China e a guerra inevitavelmente rebenta...? Angustiado ou afeito à morte? Olharás para os vivos que te rodeiam com inveja ou indiferença, desejoso de que tudo se resolva o mais depressa possível? Lúcido e sabedor de que a morte é o fim ou quem sabe se o princípio? Ou talvez a tua morte não tenha essa serenidade. As dores sem limites de uma doença... Sim, e desejes morrer, peças aos médicos, não a vida, mas as trevas, porque não podes mais... Ou nem será na cama (e como isso custa a crer!): talvez um desastre e tu esmagado entre a ferragem do teu automóvel, mas vivo ainda longo tempo, enquanto à tua volta, armados de maçaricos, os bombeiros vão cortando os ferros que te aprisionam e te retalham o corpo. Poderás então lembrar-te de que um dia, muitos anos antes, num café da Azinheira, pensaste nesse momento futuro, então ainda tão distante e agora presente? Recorda-te: vê bem o mundo à tua volta: a mesa de mármore, onde apoias o cotovelo, aquela velha máquina de café, cilíndrica e cromada, o sol, esta rapariga tão bonita na tua frente e que não é tua e nunca mais verás, mas que também há-de morrer (talvez já tenha morrido nesse dia, talvez — ó incalculáveis desígnios de uma natureza sem desígnios! — esteja a morrer também exactamente nesse instante).

— Sim, tudo ia em bom andamento... — Ana Isa vê através dos vidros da janela as duas mulheres. A rapariga anda no liceu, quinze dias antes viajou com ela no autocarro e conversaram. Gosta muito de Ciências Naturais e de Matemática, mas a professora de Inglês, chama-se Maria José, é muito antipática. — Sabíamos que a nossa história seria breve. Uma vez passada, eu poderia amar-te de novo. — Não tem a certeza de estar a dizer a verdade, mas o que se diz é sempre verdadeiro se estiver a ser dito com a convicção de ser verdadeiro.

— Dir-me-ias o que havia entre vocês?

— Não te disse? — de costas ainda para o Amândio, cola as plantas dos pés às pernas dele, pernas ossudas, cobertas de pêlos escuros. — Não, não dizia... — No fundo não sabe muito bem do que está a falar.

— Enganavas-me.

— Enganava-te. — Pêlos escuros que lhe fazem cócegas nos dedos. — Enganava-te por não saber se compreenderias que amar outro homem não era enganar-te, era apenas amar outro homem. — E para o Osório, atento às ondas: — Esperavas há muito...

Osório, vendo-a vestida de preto (como sempre) e com o sentimento de que um mundo obscuro de superstições, de literatura, de arte, esvoaça sobre ele. Pensou (ao mesmo tempo, sorria de pensar assim): «Tu és a morte, vens não sei de onde para me enganares com alguns instantes de felicidade e depois levas-me para... para o Érebo» (propositadamente recorrera à cultura clássica: com isso a si mesmo se convencia de brincar — mas brincaria?). Pensou também (um pensamento idiota): «Mataste o Ricardo para casares com o Amândio».

— Que tens? — Ana Isa.

— Nada... — O Osório.

E o Amândio:

— És vaidosa. Julgas que eu sofreria se me dissesses que me enganavas e por isso ainda não confessaste a verdade. Julgas que eu continuava ligado a ti. Nunca te lembraste, foste tu que quiseste casar comigo? — Ela deixou de afagar-lhe as pernas com as pontas dos dedos dos pés. — De súbito, um homem descobre: a vida é tão breve! Há mais, algumas vezes pensei: a vida é tão breve que podemos perfeitamente sofrer, isso não tem qualquer importância, nem pode chamar-se sofrer a uma coisa tão brusca, tão rápida... Talvez não acredites: consegui sentir-me quase feliz, muitas vezes. Que importava ser feliz ou não se a vida era tão curta? Consegui a paz... A morte virá um dia, não ficará memória nenhuma da minha felicidade ou infelicidade. Mas ficará outra coisa: os meus actos, as consequências dos meus actos... Ficarão outros homens para caminhar sobre essas consequências e, nesse sentido, a morte é uma ilusão, nós não morremos nunca... — Frases feitas?

Osório dissera:

— Nada... — Talvez pudesse dizer: «Nada, apenas quarenta anos, quarenta anos, quarenta anos e mais vinte (estatísticos), quarenta anos de saúde e mais vinte em que o meu corpo começará a dar de si, em que o meu coração já não será o mesmo (por exemplo: nunca tenho paciência de esperar na bicha pelo elevador da Glória, subo sempre a calçada a pé; da primeira vez que for para a bicha e tiver paciência de esperar — paciência de esperar, isto é, um coração que já não aguenta a subida —, será legítimo concluir: «acabaste, meu velho!») e não só o coração: o fígado, o estômago, os rins... E que poderá importar também que te sintas jovem na cabeça e nos sentimentos? Que poderá importar que vejas as pernas, os joelhos macios das mulheres nas esplanadas se já não tiveres a ilusão de conquistá-las?»

O Amândio continuará:

— Às vezes, sentia-me quase satisfeito por estar preso e desobrigado de viver no mundo. Liberto de competir com os outros, compreendes? Via muitas vezes, com horror, aproximar-se o momento da liberdade...

Ana Isa afaga-lhe os cabelos muito lentamente, apertando-se com força contra aquele homem afinal quase desconhecido, quase uma aventura súbita, aquele homem que é seu marido.

E apertará com força a mão de Osório.

— Gostas muito do preto, vestes-te sempre de preto — diz ele.

Escolheu o preto no dia da morte do filho, depois nunca mais tirou o luto (ou tirou o luto, mas manteve o preto). Responde-lhe, sem revelar a verdade:

— Porque me fica bem.

— Um dia destes vou oferecer-te uma camisola amarela ou um lenço vermelho. — Ela não responde, atenta às gaivotas poisadas à beira-mar. — Não acredites no que vou dizer-te ou acredita somente em metade... Há bocado, quando te vi vestida de preto, mulher de luto — («Lá num alto penhasco enegrecido e bruto») —, sabes o que pensei? Que eras a morte e vinhas buscar-me...

— Quero que continues a crer que vale a pena lutar, não quero que sejas outro homem, quero-te o mesmo...

O Amândio, em voz muito baixa:

— E continuo... — Percorre-lhe com o indicador a linha bem vincada da coluna vertebral, procurando sentir na polpa dos dedos a descontinuidade das vértebras da Ana Isa. — Mas passou-se qualquer coisa. Como se me tivessem quebrado a espinha. — Suspendera o movimentos dos dedos. — Não é bem isso. Tomei uma decisão terrível, nunca te poderei dizer qual... E depois disso pergunto-me se não estarei a mais neste mundo.

— Todos estamos a mais. — Frase fácil (leu-a mil vezes — como a contrária — em bons e em maus livros), que a deixa envergonhada.

— Não... Muitas vezes achamo-nos inúteis, o que é diferente. Sim, senti-me muitas vezes inútil, quem não se sentiu inútil, alguma vez? Os parvos? Mas agora é diferente, como se estivesse a comprometer as minhas crenças mais profundas. Porque podia ser um céptico, Ana Isa, e então seria feliz. Quem não crê em nada é feliz. — (Se o Osório estivesse ali poderia talvez dizer: «No fundo, sou um céptico, um céptico desde a planta dos pés à ponta dos cabelos, um céptico visceral, impossível de converter. Mas tenho vergonha, não me conformo com aquilo que não posso deixar de ser, o cepticismo, a mim, não dá a paz...») O Amândio, que afinal não estava a conversar com o Osório, continuará: — Quem não crê em nada é feliz. — E ignorando os argumentos (imaginários) do outro: — Talvez seja uma artimanha para sobreviver, mas dá resultado. Ora o meu caso...

— Porquê? Estás livre... — Algumas horas antes, ainda no automóvel, ainda no regresso de Sevilha, o Osório havia perguntado à Ana Isa: «Tens sido feliz?» Pergunta disparatada, Osório não ignorava que ela se sentia no fundo dum poço, desejaria morrer se tivesse coragem de deixar-se morrer. Mas a Ana Isa ainda acrescentou, e em um sorriso, sem a mentira de um sorriso: «Porque perguntas isso?» E ele: «Por causa da tua cara. E porque ninguém sabe ser feliz, sobretudo quando ama, e é pouco provável que tu saibas o que os outros não sabem.» Ela pensou então gritar-lhe «cala-te!» ou «odeio-te!», mas em vez disso foi buscar ao íntimo de si mesma um sorriso. Olhou para ele e sorriu. Sorriu. (E sorrir — pensa — é bom, quase tão bom como pronunciar a palavra «sorrir», mas incompara-velmente pior do que sentir na boca palavras como escarlata da Flandres, noz-moscada do Malabar, Benevenuto Cellini, Sirmione, Taormina, Heidelberg, lódão, ulmeiro.) Sorriu e disse: «Estou a sorrir. A sorrir. A sorrir.» E sorriu de facto. (Entretanto, Osório pensava, ao mesmo tempo que ultrapassa um Seat guiado por uma mulher de meia-idade e com cabelos escuros muito compridos: «Amanhã já o terçolho me deve ter passado». Amanhã, quando já não estiver com a Ana Isa.)

— Não — tinha dito o Amândio, sem a ouvir. — Sinto que o mundo continuará a andar se nós lhe dermos corda, percebes? Para a frente ou para trás. Mas fui posto de parte ou pus-me de parte, não sei. Há muitas coisas que ainda poderei fazer, mas as pessoas em que acredito perderam a confiança em mim.

— Perderam, agora! — Escutara as últimas frases, enquanto pensava se Amândio seria um nome bom de pronunciar. Era. Mas Osório? Amândio ou Osório, qual destas duas pala-vras lhe dá maior prazer? Amândio tem a vantagem do «m», uma labial que ao ser pronunciada quase parece — embora a imagem seja de mau gosto — um beijo. Mas Osório, aquele «s» que, ajeitado pela língua, subitamente se escapa através de uma pequena fresta entre os dentes, como o vento, ele próprio vento, numa janela?

— Não importa, um equívoco terrível... Supõem que os denunciei.

— Que horror! — Afaga-lhe mais os cabelos. Osório:

— O Gomes Ferreira, creio, diz algures que a Morte não existe, cada um tem a sua própria morte... Aí tens: pensei que tu eras a minha morte, a minha, a pessoal, e que não perten-cerá a mais ninguém... — Diz isto num tom alegre, quase como quem brinca. Uma onda mais violenta, e as gaivotas que pareciam um rebanho a pastar junto da água levantaram voo.

— Que horror, dizes bem — responde o Amândio. — Se soubesses quanto sofri para esconder tanto segredo!... Podia

ter apanhado uma pena menor, se dissesse o que não disse...
Um homem como eu, Ana Isa, é capaz de deixar-se morrer...

— Unir-nos-emos os dois para que a verdade se faça.

— Como? Como provar a verdade, quando temos de desconfiar uns dos outros? Se as coisas correm bem não há problemas. Mas não é o caso: alguém falou, alguém denunciou...

— Dizem que foste tu?

— Sou um dos que poderiam ter sido, acham mais natural que seja eu do que os outros...

— Porquê?

— Nem sei bem. Mas agora não interessa...

— Interessa, iremos os dois.

— Dizer como as coisas se poderiam ter passado? Para provar seja o que for são precisos ouvintes, ninguém quererá ouvir-me, e eu não posso ir para o jornal, a praça pública. Faria o mesmo se suspeitasse de alguém. Impossível dar oportunidades quando essas oportunidades podem sair caríssimas.

— Deixaremos Portugal.

A Morte. Ana Isa põe-se a pensar (algumas gaivotas poisam mais longe no oceano) como se fosse a Morte, entregue ao jogo delicioso de se sentir muito diferente do que é. Mas a inspiração é frouxa: que deverá pensar a Morte? E não sabe. — Ficaste zangada? — Onde leu isto? Nos instantes últimos que precedem a morte, uma súbita felicidade invade os homens.

— Que disparate! — Como os pés mergulhados nas ondas, um homem avança lá em baixo. — Vi o Amândio, parecia bem.

— E tu? — Mas não é da morte que o Osório tem medo. Medo, só de uma coisa: da velhice, da doença.

— Esforcei-me também por parecer bem. Mas mentia, sabes? — Continua atenta às gaivotas, e às nuvens tão brilhantes que acabam por ferir os olhos. Faz então com as mãos uma pala sobre a testa. — Não parecia; era verdade, sentia-me bem.

— Mas como queres que eu viva desejoso de dar corda ao relógio e ao mesmo tempo me abstenha daquilo para que nasci? — O Amândio cala-se com o sentimento de estar desligado implacavelmente da vida, o sentimento de que só um gesto individual lhe resta (mas não crê nos gestos individuais, úteis somente para dar ao próprio a ilusão de que faz alguma coisa, embora possam, em última análise, entravar a marcha do mundo).

— Farei qualquer coisa, Amândio. Sabes, mulher pode muito, vence barreiras, fura, chega ao centro da Terra, se for preciso...

O Amândio fechou os olhos, escorrega as mãos ao longo do corpo daquela mulher, num desejo mais imaginado que real.

Osório dirá à Zé (constipou-se, uma constipação arranjada a mudar uma roda, debaixo de chuva — precisa de comprar dois pneus novos, mas como arranjar a massa?):

— Este erro de insistirmos... Que poderemos esperar? — «Tu, que és a morte, a minha morte», descobre inesperadamente. Tu é que me dividiste em trinta e quatro pedaços. E fica à espera: o filho foi para casa dos avós, dentro de momentos a mulher vai dizer: «Se fôssemos ao cinema?» Ouve a voz dela, uma voz baça através do telefone: «O seu filho encontra-se em lugar seguro... Mas se você não me levar ao cinema...» Um rapto, um verdadeiro rapto. O *gangster* continuaria: «Se não me levar ao cinema... Estou cansada, um dia de trabalho, preciso de me distrair e amanhã o pequeno não pode voltar para casa da minha mãe...» — Precisamos de coragem... Seja como for, não se atiram fora tantos anos...

Debruçada sobre o fogão, estrela dois ovos que se fundiram num oito.

— Queres de facto pôr um ponto final em tudo?

— Não é uma questão de querer — diz. «Dantes ajudava-te a limpar os pratos. Qual foi exactamente o dia em que deixei de os limpar? Demos por isso ou só o descobrimos, passados alguns meses? Porque talvez seja esse o dia em que tudo acabou.» — Devemos... De resto falo teoricamente, bem entendido... — Mas também: qual foi o dia em que a Maria José deixou de ir à janela dizer-lhe adeus?

«O dia em que deixei de ir à janela dizer-te adeus?» — diz de si para si a Maria José. — «Esqueceste que já antes tu próprio tinhas deixado de olhar para a janela e que esse é o dia importante, o primeiro em que te vi seguir pela rua, seguir sempre em frente, até que dobraste a esquina a pensar noutra coisa?» Ainda com a frigideira na mão, lança-lhe um olhar intenso, embora rápido.

Ele:

— Não vou deixar-te, não penso ir-me embora... — Não pensará de facto? — Devíamos, devíamos, é uma questão de honestidade.

— Sempre teoricamente: e o teu filho? — Separa os dois ovos com uma faca, dividindo o oito ao meio. Depois, esforça--se por despegá-los do fundo da frigideira, tarefa nada fácil.

— Ah, como sempre, pensas no filho, não em nós. Quantas vezes me pergunto... Um filho deve unir um casal. — Estende o prato à mulher para receber o ovo que lhe cabe (quase desfeito, ela foi inábil). — Não! Separa-nos! Está entre nós muitas vezes...

— Hoje levei-o para casa da minha mãe...

— Muitas vezes desejei sentar-me a teu lado, abraçar-te, nem sei que mais... Mas o Eduardo existia, eu ouvi-ao lá dentro a brincar. Quantas vezes nos separou, Maria José? Quantas vezes sem ele não teríamos sido felizes?

— Como podes falar assim do teu filho?

— Isto não significa de maneira nenhuma que não gosto dele... — «Faz um esforço, Osório, salva o teu casamento...» Lembra-se de ter lido, certa vez, mas é um disparate: «Não ser feliz é o único meio de o homem se sentir viver, de se sentir ele mesmo, pois que um homem feliz é levado a ignorar onde começa e onde acaba a sua própria pessoa...» Literatura!

— Então?

— Gosto do Eduardo. — Preocupa-o que a Maria José possa supor que não gosta do filho. — Bem sabes... — Engole uma garfada de ovo estrelado e outra de arroz. Que péssimos jantares!, mas seria deselegante protestar.

— Bem sei.

— Bem sabes. Mas a verdade é esta: ele põe-se muitas vezes entre nós e eu precisava de ficar sozinho contigo. Sozinho, compreendes?, seria inteiramente livre para te amar, inteiramente livre de outras responsabilidades...

— E antes de o Eduardo nascer? — Nasceu tarde, nove anos depois de casarem.

— Há uma coisa que sempre desejei, uma coisa que, se eu morrer antes, então terei perdido completamente a minha vida. Sabes o que é?

— Sempre teoricamente? — Maria José não pode prever o que lhe prepara o marido, mas sente-se assaltada pelo pânico. Aquele «sempre teoricamente...?» parecia uma forma de aliviar a tensão, recorrendo a uma frase dita cinco minutos mais cedo.

— Não. Muito praticamente... — Ficara desconcertado, esteve quase a perder o fio da meada, permanece em silêncio um instante. Bebe um golo de vinho, faz um desvio: — Imagina o que me sucedeu hoje!

Maria José, sentindo adiado o perigo, senta-se, cruzando as pernas:

— Diz.

— O Brandão pediu-me que acompanhasse um amigo dele, um ricaço francês... Sabes porque veio a Portugal? Tem um grande parque à volta de um *château* com numerosos animais *à l'état de nature*. Já comprou pássaros raros que só existem no Amazonas, se calhar são vulgaríssimos papagaios, além de bichos tão extravagantes como veados, burros, raposas e não sei que mais... Anda desejoso de um casal de zebras, quer vê-las à solta! E garantiram-lhe que as havia em Portugal. Ei-lo então no seu Bentley a caminho de Portugal para tentar caçá-las vivas nas savanas do sul do país...

O Amândio levanta a cabeça. Isso, um barulho estranho, não tem sequer a certeza de ser um barulho, pode ser uma ilusão.

— Não ouves?

— Um táxi, o motor Diesel...

— Não, não...

Quem sabe? Um barulho provocado pela pressão do sangue nos ouvidos — não há quem ouça, às vezes, uma campainha inexistente, sobretudo no silêncio da noite?

Osório termina a história do homem das zebras, mas essa história verdadeira é um desvio, um passo atrás para ganhar balanço. Insiste (antes ainda repara na camisola da mulher: azul, sem mangas, ficando-lhe muito bem. Quis perguntar se era nova, mas receou, eco de respostas passadas: «Não, tu é que nunca deste por ela, nunca dás por mim. Estou farta de a vestir!»):

— Sim, há uma coisa com que sempre sonhei... — Maria José baixara os olhos. — Sabes o quê? Um pouco de loucura, de descontraimento absoluto...

Qual fora o receio da Maria José? Sentindo-se aliviada, mergulha, suspirando, o miolo do pão na gema do ovo (comeu primeiro a clara, guardou a gema para o fim).

— Um pouco de loucura, isto é: levantar-me agora e dizer diante de ti uma porção de disparates. Que disparates? Nem sei... Frases sem sentido, dar pulos, assobiar, fazer cabriolas, gritar como um pele-vermelha, pôr um penacho na cabeça, dizer palavrões, ser louco sem vergonha de o ser...

— Porque hesitas?

— Receio a sua opinião, senhora professora — diz lentamente, pegando-lhe na mão abandonada e procurando assim atenuar a gravidade daquelas palavras. — Sou como a galinha presa por uma perna... — Imagem de uma antiga namorada, embora não consiga recordar-se das condições precisas em que ela a empregou. — E se morro sem coragem de ser absolutamente louco, absolutamente espontâneo, selvagem, natural, inteiramente natural sem disfarces e sem gravata, sem uma sombra de civilização... Compreende, senhora professora? Está bem que eu use gravata na rua, até gosto de usar gravatas bonitas. Não quero que os outros me considerem selvagem, o bom selvagem... Mas diante da mulher amada, e tu és a mulher amada, preciso de sentir-me inteiramente nu. E não tenho coragem, Maria José! Para to confessar, sim. Bom, isso já significa que para mim és mais do que um simples estranho. — E como ela continue em silêncio (sem saber que diga, sem compreender muito bem o que ele diz): — Além de ti, a quantas pessoas teria coragem de falar assim? Talvez a nenhuma... O que significa apenas que tu és a única pessoa de quem tenho a certeza de ser minha amiga, não quer dizer mais nada. Sim, gostaria agora de dar meia dúzia de cabriolas, mas sou incapaz. No outro dia estive para dá-las diante do Alpoim. Não. Além do mais, percebi que só podia ser louco em frente de uma mulher, afinal essa loucura faz parte do amor completo, da pura entrega, do amor que estoira com o que há de postiço em nós, o amor sem reservas, sem pudor, sem remorsos, absoluto! Não sentes o mesmo, muitas vezes? Com certeza, Maria José. — Desalinhados, os cabelos dela caíam para a testa, e Osório, ao ajeitá-los, afaga-lhe também o queixo. — Nunca te vi dar pulos diante de mim, nunca te ouvi dizer disparates, as tuas palavras nascem sempre extremamente ajuizadas, senhora professora. — Louco ou não louco, ainda nessa noite terá de escrever um texto para a *Semana Portuguesa*. A chegada do peixe à lota, durante a noite: «Noite, todo o mistério da escuridão! Tudo envolto no negrume das sombras! Mas há quem não descanse. Sacrifício, esforço, tudo nos é dado para a cidade continuar a viver!...» E mais adiante: «É com a alegria do dever cumprido, num país que ressurge, graças ao impulso de um governo que à pesca tem dado muito do seu esforço generoso, que estes homens anónimos...»

— Talvez eu tenha desistido... Talvez tenha encontrado uma relativa felicidade na desistência. — Como mil vezes antes sucedeu, afasta-se da torneira enquanto a água, salpicando tudo em volta, cai num prato. Quase perguntou: «E com essa mulher atreves-te a ser louco?», mas, de súbito, sentiu-se extremamente calma e segura: «Não, com ela ambém não te atreves a ser louco...»

— Converte-te, Maria José. Converte-te... Não lhe chamas assim, mas tu crês em Deus e submetes-te a Ele.

— Não creio na vida eterna, sabes perfeitamente. — Fecha a torneira. Definitivamente calma, definitivamente segura.

— Mais grave ainda. Crês em Deus, mas não crês na vida eterna. Crês em Deus, mas crês que Ele deixa morrer os homens, que não lhes dá nada, depois de lhes ter tirado tudo. Crês num Deus terrível, um Deus que só os abandona cadáveres, que os atira aos vermes depois de lhes ter sugado todos os sentimentos, todas as ilusões.

VII

— Que fazes tu?

Aí está — pensa o Alpoim —, que fazes tu?, significa sempre «em que estás empregado, como ganhas o pão?» e nunca «diz-me qual é a tua vida profunda, a outra, a das horas vagas, aquela em que o tempo te pertence inteiramente e fazes coisas para teu próprio prazer». Atirara uma casca de tremoço para a água, nenhum cisne, nenhum pato se mostrou interessado. E quem não deveria comer tremoços era ele, não os cisnes, ele que sabe muito bem que tudo — salvo peixe cozido com batatas — lhe faz mal.

— E tu? — responde, devolvendo a pergunta.

— Cá vou andando... — A resposta de quem acha desnecessário dizer como ganha a vida, sem que por isso se atreva a dizer como sonha com ela?

— Tenho quem ganhe por mim. — Vai continuando a entreter-se com os tremoços, a comê-los e a atirá-los aos patos. Afinal há lá em casa um remédio que lhe resolve todos os problemas ou quase todos. — Nunca viste um homem sentado num passeio sem fazer nada enquanto um cãozito amestrado dá cabriolas...?

— Tens um cão a dar cabriolas? — Da primeira vez, chegou a ver no Alpoim um hábil vigarista.

— Melhor... Tenho por minha conta dois homens e meio..., ou dois homens e um quarto, não sei bem. Não os conheço

94

sequer, não precisei de amestrá-los, comprei-os já feitos, já adultos, já ensinados, e até podem morrer à vontade que nem dou por isso, nem tenho de me preocupar, são imediatamente substituídos... No fundo, são imortais!

Doze anos, talvez. Uma rapariga suja (mas com olhos muito bonitos, muito claros, muito verdes: inesperadamente belos numas feições grosseiras). Mostra um cartão que mal se dignam ver, sem sequer suspenderem a conversa.

— Não disseste que foste obrigado a abandonar o liceu?

— Um cartão misterioso, com várias filas de circunferências vermelhas.

— Empreguei-me. — A rapariga pede-lhes qualquer coisa, mas eles não procuram saber o quê. — Supõe agora que enganei o meu patrão e que pacientemente fui desviando umas massas... Supõe que algum do dinheiro destinado ao filho... — Bebe a cerveja até ao fim.

— Roubaste o filho? — Fareja a mentira, coisas destas só se confessam quando são mentira.

— O filho é que me roubava a mim, pois era que eu dava as cabriolas enquanto ele se sentava no passeio. Aliás, nem sequer se sentava no passeio, divertia-se. Num mundo de lobos e de cordeiros, decidi ser lobo. Nem sempre se pode escolher, pois não? A quase totalidade dos homens são lobos ou cordeiros apenas porque sim, e não por uma questão de escolha. — Aguarda uma palavra do Osório, mas Osório está em silêncio a desenhar uma espiral no tampo da mesa. Continua então: — Apesar de tudo, tenho uma vantagem sobre a maioria dos lobos: não pretendo defender os valores eternos por ser lobo e comer cordeiro. De facto, não creio que a carne de cordeiro seja absolutamente necessária ao progresso do mundo e à defesa dos valores do Ocidente. — Desiste de ouvir uma resposta. — Com um desgosto profundo por ser lobo... Um desgosto hipócrita e fácil, quem sabe?

O Osório pensa noutra coisa: irá com a Ana Isa a Sevilha, há-de conseguir convencê-la (ela já está convencida) a ir a

Sevilha. Então, certa noite, tomá-la-á nos braços e, finalmente, todo o peso de um passado que não chegou a completar-se, o dia da Barrinha e dos balõezinhos coloridos, a tarde em que ela pediu que lhe pusesse as mãos nos ombros para ver como escaldavam (depois de um banho de sol), a vez em que a viu nua, a manhã de nevoeiro que os escondeu dos amigos, quando seguiam pela beira-mar até à Tocha, tudo isso há-de explodir, há-de tornar-se presente: irão para o hotel, irão para o mesmo quarto... Sem dar atenção ao Alpoim, interroga-se quase envergonhado: como será ela na cama? Voluptuosa, fria? Tímida, ousada? Passiva, empreendedora?

— Não te lembras? Uma vez em Mira combinámos uma viagem... — dissera.

Viajariam até Sevilha daí a um mês, embora neste momento nenhum deles tenha tentado pôr de pé semelhante projecto.

— O teu fato de banho também é escuro? — Agora estarão em Sevilha. Osório folheia uma *Elle*, que Ana Isa tinha acabado de comprar, e observa um friso de lindas raparigas, todas com fato de banho, todas mais ou menos apoiando-se apenas numa perna, num jeito maneirista. Acrescenta: — Uma vez vi-te nua... Estavas a despir-te na barraca e antes tínhamos jogado voleibol, não te lembras dos outros? O Dr. Melo..., era médico e nunca mais o vi. Entraste na barraca, estava um vento! Acabámos o jogo por causa do vento. De repente, uma rajada maior abriu a barraca, foi um instante só... — Avançam de mãos dadas pela rua mal iluminada. — Estavas nua.

— Eu sei.

— Ah, eu não tinha a certeza. Terias dado por que...? Foi tudo tão rápido, o toldo baixou-se imediatamente.

— Vesti-me logo, depois sentei-me numa cadeira e pus-me a pensar. Como olharia para ti quando saísse? Fingir que não sabia? De resto... Viras-me de facto? — Continuam de mãos dadas, pararam a olhar as estrelas muito brilhantes na rua escura. — Havia ainda o problema da luz. O sol ficava contra os teus olhos, a sombra dentro da barraca. Nunca cheguei a ter uma certeza...

— Eras bela... — Diz isto com os olhos postos no chão, não sabe, nunca saberá se a Ana Isa corou. — Nessa tarde... Sim, porque isso foi a manhã, não foi?

— Antes do almoço.

— À hora da sesta costumavas dar um passeio à Barrinha ou até à praia. Pegaste-me na mão uma ou duas vezes, lembras-te? Como agora... — E apertou a mão da Ana Isa com mais força. Há muitos anos esteve ali em Sevilha, naquela mesma rua, mas com a Maria José. Era Verão, um calor asfixiante, ela recitou a poesia de um velho poeta mourisco natural de Estômbar (não consegue recordar-se do nome do poeta). — E o dia em que nos deram os balões? Azuis, encarnados, verdes, amarelos... Trouxeram-te uma caixa cheia e fomos andar de barco para a Barrinha. Enchemos os balões e ficámos a vê-los, empurrados pelo vento. Eram mais de uma dúzia. Voavam muito brilhantes, iam depois cair na água, fugiam, coalhavam a lagoa, todos muito coloridos... Os patos bravos assustaram-se e os caçadores puseram-se aos berros contra nós.

— Foi a madrinha que mos trouxe, tinha ido a Coimbra nessa manhã.

Deitada de bruços, com a cabeça no travesseiro e os olhos abertos, atentos a uma jarrinha alemã que comprou ainda no tempo do Ricardo. Se o Ricardo não tivesse morrido, ela nunca chegaria a casar com o Amândio e talvez tivesse entrado num filme. Não: o Ricardo só pensou no filme quando adoeceu; antes, não dera por ela... Sente nos ombros a boca do Amândio, um bafo quente nas costas — quente como o sopro que muitos anos antes encheu os balões coloridos que se espalharam pela Barrinha. O Osório, aí está! Se não casasse com quem casou, ter-se-ia casado com o Osório, estaria hoje casada com o Osório? Que teria sido preciso acontecer para que tivesse casado com o Osório e não com os outros dois? Amândio beija-lhe os ombros, preso ao desejo de passar-lhe as mãos pelo peito (pelos seios), pelo corpo todo, de lentamente ir estendendo as mãos até aos joelhos, derradeira meta alcançável se não quiser (e ainda não quer) mudar de posição. «Senti sempre que quando saísse me confessarias: já não precisas de mim, agora digo-te a verdade: mantive-te numa ilusão, casei-me contigo para poderes resistir melhor, para teres a ilusão de que alguém estava cá fora à tua espera, alguém que não te esquecia, que todos os dias te recordava, que ia visitar-te, sentia a tua falta. Mas agora já não precisas de ser enganado, agora podes ficar sozinho.» Quinze minutos antes, durante longo tempo e em silêncio (ou soltando algumas palavras isoladas: Ana Isa, Amândio, querido, querida), lutaram, repousados os espíritos, até o instante mal calculado em que, quando nem sequer tentara ainda fundir-se com o corpo da Ana Isa, o desejo fora tão forte, tão rápido, que o prazer irrompera nele, inesperado e súbito, sem que pudesse defender-se.

Ana Isa repetira: «Temos de ir buscar o Amândio». Insiste com firmeza, não está a brincar, leva a coisa a sério (ou pensa que a leva a sério) e o Osório não sabe que fazer. Nem que pensar. Tamanha insistência revela talvez que ele se iludira, a sua aventura com a Ana Isa não se destinava a uma conclusão. E assim, aquela ideia que antes lhe parecera uma certeza («adiarei tudo até que um dia acabaremos por dormir juntos») perde agora a força, Osório sente que confiou excessivamente em si mesmo, afinal muito menos irresistível do que imaginara (em boa verdade não era tanto o destino que lhe parecia inevitável, o amor-próprio obrigava-o a acreditar que aquela mulher finalmente havia de pertencer-lhe). Em todo o caso, e embora de maneira vaga, sondou dois ou três amigos acerca das possibilidades de semelhante empresa. Sondou também o Alpoim, interessado não tanto em que ele fosse capaz de resolver o problema, como em experimentá-lo. («Nunca cheguei a perceber — diria à Zé dois dias mais cedo, enquanto mergulhava o pão na gema do ovo — que espécie de homem é o Alpoim.») Se o Osório soubesse onde vivia o Ribeiro, seu velho amigo, talvez procurasse ouvi-lo. Mas não o vê há muitos meses (talvez mais de um ano, talvez mais de dois anos, talvez mais ainda).

— Lá mataram o Sylvanus Olimpio...

Fora a casa do Alpoim, que começara por lhe mostrar o escritório com as paredes inteiramente cobertas por estantes de livros que iam de A a Z (se o alfabeto tivesse mais uma letra ou se o Alpoim tivesse mais um livro as estantes não chegariam, pensou o Osório).

— Mataram muitas outras pessoas.

— Este era ministro.

— Sim, se o tiro que atingiu o presidente do Alto Volta em Lomé tem atingido o presidente Kennedy em Washington ou o De Gaulle em Paris ou o Ben Bella em Argel ou o Kruschtchev em Moscovo?

— Que queres dizer? — pergunta o Alpoim, enquanto uma cólica, tão fina como uma agulha, lhe atravessa velozmente os intestinos até que desaparece.

— Muitas vezes pensei que um primeiro-ministro representava necessariamente qualquer coisa — continua o Osório — e que, bem ou mal, se estava no poder é porque a História assim o exigia. E também quando era apeado. Mas que é a História, essa tal História tão exigente? Hoje acredito que um primeiro-ministro pode manter-se no poder contra a História e unicamente por ninguém ter coragem de o tirar de lá. Deixei de conceber a História como um todo. Ou melhor: penso que ela foi um todo até há algum tempo, paradoxalmente até o instante em que o Mundo se encurtou. Penso que a História passada não poderia ter sido outra, mas que depois do telégrafo, do avião, das metralhadoras, da propaganda política mais ou menos científica, das polícias eficientes, tudo pode acontecer. Para bem ou para mal, claro. Se os conspiradores contra o

Hitler tivessem ganho a partida? — E num espanto (algo teatral), após um curto silêncio: — Como? Estamos então à mercê de um tiro que falha ou acerta? Dantes pensava: o acaso pode pesar somente nos acontecimentos individuais e a curto prazo; hoje penso que pode pesar decisivamente...

— Com o Sylvanus Olimpio ou sem ele tudo continuará na mesma.

— E com o Kennedy ou sem o Kennedy? Com o Kruschtchev ou sem o Kruschtchev? Com o João XXIII ou sem o João XXIII?

— Com eles ou sem eles a política de apaziguamento continuará, não pode deixar de continuar. Na época atómica não é possível outra.

— É possível, um tiro num desses homens, e quem diz um tiro diz um golpe de estado ou até um cancro, pode abrir as portas a outra política: a da guerra... Sim, hoje penso que o acaso, um tiro atirado ao acaso, pode influir na história profunda dos homens e por longos séculos... Nem sei se penso exactamente isto. Penso e não penso. — O Alpoim, sentindo de novo a agulha muito fina e veloz. — Apesar de tudo, quer-me parecer que na História passada há uma grande linha progressiva e que poderá continuar a manifestar-se numa escala de mil ou dois mil anos. Mas cada um de nós vive num curto prazo e esse é que é o problema. E não posso escapar a viver num universo que para mim dura apenas sessenta ou setenta anos e é assim e não assado porque o Hitler subiu ao poder, ele que poderia não ter subido ao poder se tivessem sabido bater-lhe com uma porta na cara. Mesmo se me garantirem, e não sei quem poderá garantir, que dentro de mil anos nada disto terá importância... Sabes? Hoje rimo-nos quando lemos os textos dos pensadores romanos que se arrepiavam nos fins do Império, crentes de que a civilização estava perdida. Rimo-nos pois sabemos que a catástrofe foi provisória, a civilização não somente sobreviveu como até se valorizou mil anos depois. Mas tais pensadores tinham razão ao arrepelar os cabelos. Viviam naquela época, tal como os filhos e os netos, e não nas épocas futuras...

— Não quero interromper-te, mas se fôssemos dar uma volta?

—Muito bem... — Levantou-se. — Sim, se quiseres posso dizer como o Verchinine do Tchekov ou alguns portugueses dos Descobrimentos: «Daqui a mil anos haverá uma vida nova e feliz...» Não me sinto tão seguro como eles, mas posso perfeitamente dizer o mesmo, qualquer coisa segreda em mim que... Que os acasos infelizes se anularão uns aos outros. Mas não se anularão, pelo contrário, os acasos felizes? — Depois de uma pausa: — Bom... Admito, não sei porquê, mas admito, os acasos infelizes hão-de anular-se. Mas eu, que vivo só setenta anos? É como se disséssemos a um desgraçado, a morrer de fome numa enxovia: «A nossa cidade é admirável! A média geral é de dois automóveis e meio por cabeça, uma galinha e três quartos por dia...» Mas esse desgraçado não tem automóvel, nunca come galinha... Achas que se sente feliz por pensar que a enxovia é um átomo, um cisco sem importância na cidade? — E com um encolher de ombros: — Ora! Estou-me nas tintas para o futuro e para os homens futuros!

— Estás-te nas tintas para o presente e para os homens presentes? — Decidiu-se: comprará amanhã uma máquina fotográfica.

— Não é bem a mesma coisa. Os homens presentes já estão vivos, estão neste momento a sofrer ou a alegrar-se. É-me fácil ter simpatia por eles. Os futuros... Como ter simpatia por quem ainda não nasceu, por quem ainda não está a ser gerado?

— Serão homens, isso não te basta? — Uma máquina fotográfica para fotografar a Zé.

— Não.

Em Sevilha:
— Nesse dia em que te vi nua, não apareceste à hora da sesta. Aliás, não era a primeira vez que faltavas, se assim fosse eu concluiria imediatamente que tinhas ficado envergonhada...

Avançam mais alguns passos em direcção ao rio (e o caminho, embora não seja essa a intenção do Osório, é o mesmo que seguiu com a Zé).

— Não tenho ideia... — diz a Ana Isa. — Mas é possível. Quando me sentei no banco, antes de sair, pus-me a pensar: Que vou fazer? Finjo que ignoro...? Ou mostro-me corajosa, dou a entender que sim, mas que não fiquei perturbada? — Sente, de súbito, uma estranha impressão: aquele homem viu-a nua. Três homens a viram nua, mas o Osório também. O Osório, um dos quatro homens que a viram nua.

Escolheram o silêncio, entregues ao prazer de ouvir os próprios passos. Ana Isa vai imaginando: se não namorasse, teria casado com o Osório em vez de...? E no entanto... No entanto, conheceu o Osório porque estava noiva... Era por estar noiva que ia com a madrinha passar férias a Mira todos os anos. Tentando vencer tamanha dificuldade, procura então imaginar uma situação em que tivesse sido possível conhecer o Osório sem ter conhecido o noivo. Como? Se os pais não morressem tão cedo, não seria entregue aos cuidados da madrinha. Mas porque não haviam também de ir passar as férias a Mira? E encontraria igualmente o Osório. Dificuldade: como conhecê-lo? Conheceu-o pois a madrinha meteu conversa com ele. De contrário, sem a madrinha, e portanto sem o noivo, não teriam, quem sabe?, chegado a falar um com o outro, embora passando as férias na mesma praia. E que seria então preciso acontecer — continua — para se terem conhecido e amado sem a morte dos pais, sem o noivo, sem a madrinha, sem...? — Diz:

— Nunca te tinha visto em Mira, porque foste lá nesse ano? — Ajeita o penteado com as mãos.

— O meu pai gostava de conhecer as praias portuguesas, uma por ano, seguindo o gosto do Raul Brandão nos *Pescadores*.

— Se não fosse o Raul Brandão não nos teríamos conhecido?

— Sabe-se lá! Eu ter-te-ia visto no Saldanha, ter-te-ia visto no banco da Avenida.

— Metias conversa comigo? — Hoje ou amanhã irá ao cabeleireiro.

— Deixavas que metesse conversa contigo?

Sete anos antes, naquela mesma Sevilha, naquela mesma rua, a Maria José dissera:

— O tempo vai passar. Que será feito de nós, dentro de sete anos? — É estranho que sete anos para a frente pareçam muito e para trás pareçam quase nada, pensa. — Voltaremos outra vez a Sevilha? — Falava lentamente, após um dia de calor esgotante. — Reparaste? No hotel julgam-nos casados de fresco... — Estavam casados havia quatro anos. — E tu, Osório? Ainda te sentes casado de fresco?

Ele pensou: dentro de sete anos faltar-me-ão somente doze para ter cinquenta, enquanto hoje ainda me faltam dezanove, ou talvez estejamos todos mortos, talvez um novo tremor de terra tenha destruído Lisboa, para não falar de uma bomba atómica. Nem sabe porquê, mas lembrou-se da Ana Isa. Lembrou-se que um dia, subitamente, ela há-de sair do nevoeiro, o tal nevoeiro do dia em que tentaram ir pela beira-mar de Mira à Tocha. Concluiu também: a Ana Isa estará neste momento em Sevilha, de contrário como teria pensado nela? Nunca leu nada sobre telepatia e outros fenómenos mais ou menos misteriosos, nunca se preocupou com tais coisas, mas agora agarrava-se a esta ideia: «Não foi por acaso que me lembrei da Ana Isa, ela está perto de mim e pensa em mim, um sexto sentido permitiu-me adivinhar-lhe a presença...» Decide procurá-la com a certeza de se encontrarem nessa tarde.

— Nunca tinhas vindo a Sevilha? — Um terçolho humilhante obriga-o a usar óculos escuros e de momento a momento força-o a perguntar-se: «A Ana Isa deve achar desagradável andar comigo assim com este terçolho...» Para mais, Ana Isa não falou ainda nisso (por sabê-lo humilhado?)

— Não.

103

* * *

E depois, depois, quando já disse «Não, não me sinto feliz...», quando já disse «Se te sentias feliz, porque havia eu de sentir-me infeliz?», quando já disse «... Julgavas que ias ser feliz», o Amândio responderá:

— Bem vistas as coisas, estive preso por nada. — Do outro lado da rua, as duas mulheres à janela.

— Sim, que lucrou o mundo? Tanto sacrifício, vidas estragadas, homens presos, vidas na ilegalidade, quando afinal os homens nasceram para viver num mundo vulgar, sem o perigo iminente da prisão.

— Não, Ana Isa. Não há sacrifícios inúteis, e aquilo a que chamas sacrifício, nem é sacrifício, sacrifício é uma palavra do mundo passado. — Não têm nada que fazer aquelas mulheres?

— Sacrifícios, sim. Em vez de matar um cordeiro, os homens preferem ser eles a morrer, mas o deus do progresso é como Saturno: são mais as vezes que é cego e surdo que as vezes em que recompensa os homens... — Réplica que poderia ter sido dita pelo Osório, pensa ela, fazendo com as mãos do Amândio uma concha onde mergulha o rosto.

— Tudo acaba por dar lucro neste mundo e a gente vulgar precisa de saber que outros homens não desistiram. Até tu, Ana Isa. E isso é importante, mesmo quando há erros. Enquanto souberes que entre os três mil milhões de homens que pisam a Terra há um preso, um único basta, por protestar contra a injustiça, sentir-te-ás moralmente obrigada a...

— Há milhares e não me sinto obrigada... E que importa sentir-me obrigada, se na prática permaneço indiferente?

O Amândio desiste de continuar a conversa por aquele caminho, mete-se por um atalho:

— Aquilo de que verdadeiramente me podiam acusar era zero... Percebe: entre o que eu tinha feito e zero quase não havia diferença. Mas nada neguei, aceitei responsabilidades que não me pertenciam para poupar amigos mais úteis, mais...

— Quiseste ser um herói. — Puxa o lençol para o pescoço.

— Até certo ponto. Quando um homem não tem mais nada, quando um homem se sente vazio e inútil, que há-de fazer se quer conservar ainda um resto de respeito por si mesmo?

— Tinhas-me a mim.

— Como saber que te tinha a ti? Há quanto tempo nos conhecíamos? — Tu, por quem eu traí os meus companheiros.

— Conhecemo-nos em casa de um amigo comum... — Tinham acabado de se sentar num café, Osório ergueu um braço para chamar a atenção do criado (não gostava de dizer *psiu!*, ou de bater com uma moeda no tampo da mesa). — Dois meses antes, morrera o meu filho, mas eu já tinha dominado a crise. Aí está! Pensava: estou com trinta e três anos, viverei só até o fim da vida. Horrorizava-me pensar que talvez nunca mais casasse... Compreendes isto? Vergonha de os outros olharem para mim como uma solteirona, a mulher que mais nenhum homem pretendia. — Com a aproximação do criado, calou-se para prosseguir em seguida com a voz mais baixa (o receio de a ouvirem na mesa ao lado): — Imagina que, por ser solteira, muitas vezes não sabia como ocupar o tempo! — Osório aproveitou um guardanapo de papel para fazer um barco, extraindo da memória velhos gestos esquecidos. — Antes, quando o Ricardo ainda era vivo, encontrávamo-nos com outros casais: íamos ao cinema, a festas, a casa uns dos outros, às vezes até íamos a Madrid! De um modo geral sentia-me dependente, quem estabelecia as relações era o meu marido, dava-me com as mulheres dos amigos dele, não era ele que se dava com os maridos das minhas amigas. E quando..., quando morreu, fui sendo esquecida pouco a pouco. Passei a dar-me exclusivamente com mulheres solteiras. — O criado trouxe-lhes o café, Osório continuou a fazer o barco (as mãos estavam esquecidas, já não sabiam como dobrar o papel). — Mas as mulheres solteiras são horríveis, vivem terrivelmente o desgosto de não ser casadas, mesmo quando inteligentes. Sentem-se velhas. E se lhes surge a hipótese de uma aventura que poderia fazê-las felizes por uns tempos, na maior parte dos casos fogem, têm medo de perder definitivamente a possibilidade de casar. Ser solteira ainda é mais terrível do que casada.

— Casaste com um homem que estava e estaria preso alguns anos. — Lembra-se que a Ana Isa nunca revelou o nome do marido. — Como se chama ele?

— Para quê? — Não responde. Tira-lhe o papel das mãos, depois com movimentos rápidos e certeiros (sem uma palavra), ensina-o a fazer o barco. — Não me casei por cálculo, mas... — sorri e empurra o barco de papel na direcção do Osório. — Ainda que estivesse disposta a casar por cálculo, não era mal visto... Os amigos dele viriam ter comigo, existe uma grande solidariedade com as mulheres dos presos. Todos se sentem na obrigação de...

— Porque é que nunca me procuraste? — Faz outro barco e põe-no a par do primeiro.

— Que sabia eu de ti?

Osório tenta responder, mas nada encontra, como se os fios que ligam uma ideia a outra ideia se tivessem partido.

Ana Isa:

— Falamos do passado, falamos do passado, falamos do passado... — Diz isto a rir, mas sem vontade de rir, desejaria (nunca ousou confessar que desejaria) ouvir-lhe dizer: «É de ti que gosto, vamos viver juntos...»

— Quando não se tem presente, quando nem sequer se tem futuro, de que se há-de falar senão do passado?

Mas a Ana Isa está a pensar, nem sabe porquê: só há uma coisa bela, verdadeiramente bela neste mundo — é a música. Muito baixinho canta: *Contessa, perdono...*

VIII

Que é ser pai, ser marido, pertencer a uma família? Nem é pai, nem marido, não pertence a nenhuma família, pois continua a ser o que era antes de casar e se não é diferente do que era, então continua solteiro. (Não inteiramente: o Brandão, de quem depende para a *Semana Portuguesa*, foi pouco delicado — coisa sem importância, de resto — esta manhã. Se o Osório não fosse pai, nem marido, nem pertencesse a uma família, tê-lo-ia mandado à merda, mais as estúpidas actualidades cinematográficas. É pai, é marido, tem família, quer dizer; não o mandou à merda.)

Lê o jornal: um comunicado sobre a Guiné, o conflito sino-soviético, um novo satélite, esperanças quanto à cura do cancro, o Benfica-Sporting, uma carta particular sobre Portugal publicada pelo *New York Times* (e citada no título do jornal português como se fosse a opinião do próprio *New York Times*); não tem paciência de ler um livro, não tem um grande livro para ler ou, pelo menos, um livro que neste momento lhe prenda a atenção. Mas para lhe prender a atenção, que espécie de livro deveria ser?

Lá dentro, a voz do Eduardo mistura-se com o correr da água e, de quando em quando, com uma advertência ríspida (entre ríspida e carinhosa) da mãe: «Quieto, não ouves? — Tu apanhas! — Já te disse que se não estás quieto...»

Que espécie de livro? Talvez o livro do homem que é casado e até gosta da mulher, mas um dia percebe que não é casado, pois se sente solteiro (e não é solteiro, pois é casado). O livro do homem à beira dos quarenta anos, mas que nunca deu por ter crescido, ter deixado os vinte e tal, transposto os trinta, os trinta e um, e dois, e três, e quatro, e cinco... O livro do homem que sempre foi muito velho para ter vinte anos, mas é muito novo para ter quarenta?

Folheia sempre o jornal (um tremor de terra na Anatólia). «Mas se não existe esse livro capaz de te interessar, que vá direito ao que te aflige neste momento, se esse livro está por escrever, porque não o escreves tu, não é esse o papel dos escritores, escreverem os livros de que sentem a falta?» Esta pergunta aperta-lhe um nó na garganta. Nunca tentará escrever semelhante livro, pois nunca suportaria o fracasso de escrever uma obra menor (a única ao seu alcance!), e nem sequer teria paciência de escrevê-la até o fim.

O jornal (o problema da continuação da Avenida). E a Maria José, a abrir a porta:

— Então, ontem à noite, foste ao cinema.

— Como sabes?

— Viram-te... — Uma voz mais irónica do que zangada.

— Porque não me levaste?

— Resolvi no último minuto. Sucedeu-me, de resto, uma coisa incrível, imagina tu... — Conta-lhe: à esquerda, tinha-se sentado um casal de namorados. O Osório dera pela entrada deles e ouviu-lhes os comentários idiotas, desejou estar muito longe. Ao que parece, ela via mal (um chapéu de senhora muito alto na frente) e trocaram os lugares. Mas antes o homem virou-se para o Osório e disse, de resto numa voz cerimoniosa: «O cavalheiro garante-me que não se mete aqui com a minha rapariga?» — Fiquei enfiado...

— Ela era interessante?

— Vistosa.

— Não gostarias de te meter com ela?

— Que ideia!

— Supõe uma rapariga bonita, inteligente... Não és um aventureiro?

— Sim, sou um aventureiro — confessou a rir. Meses depois, em Sevilha, Ana Isa há-de fazer-lhe a mesma pergunta.

— Quer dizer: sofro terrivelmente por ter uma única vida que segue em direcção ao fim, que segue continuamente sem poder voltar atrás, para eu viver outra vez certos momentos, embora doutra maneira, compreendes? De muitas maneiras diferentes, mas poder sempre voltar atrás... — Maria José sentou-se junto dele, pegou-lhe na mão, tacteando-lhe os dedos e o pulso. — Ah, se a juventude entretanto não desaparecesse! Se ao menos eu fosse romancista, conservaria sempre a juventude, viveria muitas vezes histórias novas e sempre jovens! Mas se fizesse um romance, seria um romance cheio de sequências inacreditáveis, de duelos, de conversas surpreendidas inesperadamente a uma esquina pelos interessados, de abordagens, de mulheres salvas no último instante, sei lá que mais! Com tantas inverosimilhanças como nos romances do Dostoievsky, do Balzac, do Thomas Hardy...

— A inverosimilhança pela inverosimilhança?

— Também. Mas não só. A inverosimilhança para obter certos efeitos, para melhor salientar certas ideias, certas emoções... Não é o que fizeram o Dostoievsky, o Balzac, o Thomas Hardy?

— Defendes o folhetinismo...

— Sim e não. Muitas inverosimilhanças, mas por puro prazer, e sem tirar nenhum partido delas, compreendes? Por outro lado, penso que devem criar-se dificuldades, obstáculos à leitura, para o leitor vencer certas resistências e ler com espírito alerta e não passivamente. Para que o leitor preguiçoso desista e só o outro fique. Sou partidário até de um certo valor pedagógico da arte literária... — A pressão dos dedos da Maria José cresce, como se ela desejasse dar-lhe confiança (e é terrível: «Maria José nunca se queixa, vive quase inteiramente para mim e sem um lamento, muito mais para mim do que para o Eduardo, pois nele busca a ternura que em mim não encontra»). — Ainda um dia hei-de escrever romances... Não já. Só quando descobrir de ciência certa que a minha vida foi um fracasso. Nessa altura procurarei multiplicá-la com livros, tentarei demonstrar pela escrita e por uma certa lógica, a mim e aos outros, que não sou um fracasso. Mas serei sempre um fracasso, ainda que escreva o *Tom Jones*.

— Quantas vezes tenho pensado assim! — Agarra-lhe também a outra mão.

— Tu? — Fecha os olhos e fala com os olhos fechados (mas não os ouvidos fechados: O Eduardo canta, lá no seu quarto, «A saia da Carolina tem um lagarto pintado...») — Talvez sejas como eu uma aventureira. Aventureira que se desconhece. — E, com os olhos fechados, procura imaginar a Zé, reconstituindo-lhe o rosto, os bandós, a testa serena, as sobrancelhas arqueadas. — Talvez não seja verdade que todos os homens são racionais. Digamos antes: todos os homens são aventureiros.

— Sócrates é homem, Sócrates é aventureiro.

De tarde, Ana Isa dissera-lhe:

— Leva-me a ver coisas que já não existem... Não é lá o teu mundo? — Ouvira, ainda em casa, uma balada de Machauld, gostaria agora de ouvi-la outra vez ou de, pelo menos, tê-la fixado, poder senti-la nos lábios, num misto de músculos que se estendem e distendem, gozando assim fisicamente, mecanicamente, gustativamente, a linha melódica.

Na Rua da Saudade, encostados às grades que limitam um dos passeios, pararam a ver o casario de Lisboa. Depois, prosseguiram a marcha e por duas vezes os saltos dos sapatos da Ana Isa prenderam-se ao chão, ela quase caía se Osório não se apressa a ampará-la. Quando sucede o mesmo com a Maria José, irrita-se: «Não sabes andar, porque não usas saltos rasos, se não sabes andar?» Mas logo há-de pedir-lhe que procure uma máquina de escrever em conta, pois a sua velha máquina está nas últimas. E apontando para o outro lado da rua:

— Eis ali o teatro dedicado a Nero.

Ana Isa observa uma casa que nada tem a ver com Roma e, à falta de outra imagem, vê o teatro de Epidauro. Epidauro, que conhece apenas de pronunciar-lhe o nome, acentuando muito a sílaba tónica.

— Enterrado como tudo, ali debaixo daquelas casas...

— Osório espia-lhe a curva do peito, a ondulação que a camisola escura sustenta. — Nunca vemos Lisboa, mas um monumento funerário. Ou uma lápide: Aqui jaz Lisboa, morta e ressuscitada, definitivamente enterrada em mil novecentos e vinte e seis...

— E nós?

— Isso: vivemos enterrados numa cidade enterrada, somos vermes, alimentamo-nos do passado, do futuro que não teremos, incapazes de...

— Ouve... Já em Mira gostavas de mim? — Pergunta inesperada, para romper aquela conversa fúnebre. E há-de fazer-lhe idêntica pergunta daí a um mês e tal, em Sevilha.

— Mira provém do nome árabe *mir*, sabias? *Mir, emir,* que significa...

— Fiz-te uma pergunta.

— Não sei... — Apavora-o que a Ana Isa diga imediatamente que gosta dele e abrevie assim aqueles tempos tão felizes. — Não sei... — Refugia-se numa confissão abstracta:

— Às vezes, penso que o amor por uma mulher permite, enquanto existe, enquanto vive e cresce, enquanto não é hábito... Permite que sondemos o fundo da nossa alma, entendes?

— A curva do peito outra vez, muito nítida, muito pura, a camisola preta e justa. Ah, o que é bom na sua história com a Gerda é que nunca falaram de amor. Consulta as horas e descobre, exactamente na linha onde a mão se articula com o pulso, uma mancha clara, espécie de calo provocado pela coroa do relógio. Há quantos, quantos anos está a pele a ser ali mordiscada pelo relógio, esse mesmo relógio que lhe dá também cabo dos punhos das camisas, lhe vai roendo a vida? Ana Isa:

— Havia já não sei onde uma mesquita árabe...

Subitamente receoso. Osório tira o relógio, passará a usá-lo no bolso — e se aquela maceração, com o continuar dos anos, se transformasse num cancro? Não, o medo da morte; medo, isso sim, só do sofrimento e da velhice.

— Desejas fazer as tuas orações a Alah? — pergunta.

Depois de jantar, Osório há-de encontrar-se com o Alpoim (irá de táxi, contra os seus mais recentes planos orçamentais).

— Esse tal — diz-lhe o Alpoim — que vive na enxovia não será culpado da sua miséria? Deve lutar, exigir aquilo a que tem direito.

— Que queres dizer? Que nós, cidadãos do século XX, temos a obrigação de exigir ao ano três mil que reparta connosco o bem-estar e o progresso...? É uma alegoria sem sentido.

O Alpoim ressuscitara um discurso ouvido ao Osório dias antes: «Creio que dentro de mil anos haverá felicidade sobre a Terra... Mas eu, eu que somente vivo setenta? É como se disséssemos a um desgraçado que vegeta numa enxovia e morre de fome: a nossa cidade é admirável! A média geral é de dois automóveis e meio por pessoa, uma galinha e três quartos por dia... Mas esse desgraçado não tem automóvel, nunca come galinha... Ele sente-se feliz por pensar que a enxovia é um átomo, um cisco sem importância na cidade?»

— Não sei que te diga — continua o Alpoim. — Pelo menos, estou de acordo contigo num ponto: eis-nos num desses momentos difíceis, quando os homens chegam a pôr em dúvida as vitórias mais indiscutíveis...

Interrompeu o discurso à espera da resposta do Osório, mas o Osório parece distraído (nessa tarde, a Ana Isa quase lhe disse: «Gostamos um do outro...» Ou não? Ou nela, isso que

parece amor, é antes um morno sentimento de amizade?).
Distraído, indefeso, portanto, e o Alpoim encara-o como se
fosse a primeira vez, e descobrindo que nunca o observara a
sério, nunca dera por aqueles cabelos brancos, nem por aquelas orelhas excessivamente grandes, nem pela maneira habitual de comprimir o lábio inferior contra o de cima. Distraído, indefeso, o Osório, que nunca mais quis saber se sim ou
não haviam convivido no liceu. Precisamente o contrário do
que sucedera com a Maria José, ao perguntar ao Alpoim dias
antes: «Sempre é verdade que você não conhecia o Osório e só
foi ter com ele por lhe dizerem que nós éramos um casal
perfeito?» — «Lembro-me dele, conversámos muitas vezes»,
respondera. Ela: «Então porque disse que...?» — «Porque me
senti humilhado... Nunca lhe aconteceu? Estivemos vinte
anos sem nos vermos e muitas vezes pensei no seu marido.
Que seria feito do Osório? Triunfara, não triunfara, o nome
dele não aparecia nos jornais. Eu ignorava que a literatura
cinematográfica da *Semana Portuguesa*... De súbito, encontro-o,
sinto crescer o peito de alegria, mas ele não se lembra de
mim... Humilhado, porque não? Se ele se tinha esquecido de
mim é porque o convívio comigo não o marcara, não tivera o
mínimo interesse. E para mim, teve...» Ela: «De certa maneira, o meu marido é um homem sem sentimentos...» — «Não,
não... Não é a primeira vez. A maior parte dos meus antigos
colegas não se lembram de mim, nunca me reconhecem. Por
isso, quase sempre, quando vejo um velho colega, desvio os
olhos para evitar o choque de não ser reconhecido...»
   Continua a observar o outro, em silêncio (em que pensará
ele, se não deu ainda pelo silêncio do Alpoim?), olha-o com
inveja por ter a mulher que tem (gostaria de fotografá-la) e
continua, com a certeza de falar para uma parede:
   — Depois da euforia das luzes do século XVIII veio uma
crise, certas esperanças falharam, e os homens decidiram-se
por um apelo às sombras. Compreende-se: alguma coisa no
iluminismo precisava de ser revista... — Nem sabe porquê,

não é ao Osório que está a dirigir-se, imagina-se a falar com a Maria José: — Mas nas suas grandes linhas gerais a verdade pertencia aos iluministas e a orientação deles impôs-se de novo... Qualquer coisa falhou novamente e eis-nos outra vez numa época de romantismo e de desilusão, pedindo auxílio às forças obscuras... Mesmo sem querer, pensamos: «Nada vale a pena, os homens serão eternamente sujeitos aos fascismos, ainda que estes se modernizem, o homem é inimigo do homem, um ser solitário e egoísta...» Descobrimos que qualquer coisa falhava no novo iluminismo? Decerto... Não é razão para desesperos, mas para resolver os novos problemas.

Osório estava a ouvi-lo. Interrompe-o:

— Descobri um dia, o progresso não era inevitável, o socialismo não era inevitável... Precisava do auxílio dos homens para se realizar. Nesse dia, vendo-me tão cobarde, vendo a fragilidade do meu querer, receei que todos os homens fossem iguais a mim. Que portanto a desigualdade entre eles, entre nós, é inevitável...

— Percebo. Tinhas tirado Deus do altar e posto lá o socialismo inevitável. Transformaras-te num místico, não precisavas de agir, bastava-te viver contemplativamente. Um reaccionário, em suma! Ou então... Estou a ouvir as tuas meditações, quando tiveres sessenta ou setenta anos: «Vivemos num mundo de sombras, um mundo onde nada tem importância... Um mundo transitório que não deve prender-nos a atenção, acima do qual nos devemos erguer para contemplar as verdades eternas, as verdades não meramente sensoriais...» Brinca, pôs um certo calor na voz, gostaria que a Maria José o ouvisse nesse momento. — Restabelecerás Deus no altar.

A Ana Isa não tentara interrompê-lo, seguem a pé, à procura da mesquita árabe.

— O amor é uma forma de ser sincero... — Hesita: às vezes é sincero com um amigo e... — Não. É uma forma de falar.

— De falar? — O tacão da Ana Isa prendeu-se outra vez no passeio, novamente Osório a segurou. Repete: — De falar? — Dá uma gargalhada sonora, o rosto ilumina-se-lhe (nunca a vira tão bela como nesse instante).

— De falar — repete com lentidão, sorrindo também.

— Deves amar muito, falas tanto! — Segura os cabelos com as mãos, um vento áspero, vento de Primavera.

— Nem todo o falar é amor... Por exemplo: quem diz a verdade não ama.

— Percebo: o amor é uma mentira. — Continua muito bela, alegre como nunca a tinha visto, depois de se reencontrarem.

— Não digo isso... Quando o apaixonado perde o desejo de mentir, de fantasiar, de representar uma comédia simultaneamente verdadeira e falsa, o amor morreu.

— Simultaneamente verdadeira e falsa... Que queres dizer?

Cheio de entusiasmo, a sensação de haver finalmente descoberto algo que nebulosamente lhe tem girado em torno do cérebro, de que tudo se fez claro para ele, de ter conquistado um segredo fundamental, uma chave que vai abrir o futuro, determinar-lhe a existência, Osório explica:

— O amor é uma comédia e os amorosos, a partir do momento em que amam, começam a representar um papel, a ser diferentes do que são. — Voltam a ser o que são quando o amor morre, pensa. Voltam a ser solteiros se estão casados (é isso: chegou a estar casado com a Maria José durante alguns meses). — Um papel, percebes? Um papel muito mais profundo que o papel normal no dia-a-dia. — Ana Isa: as pernas que alternadamente se adiantam uma à outra, claras entre o basalto negro da calçada e a sombra escura da saia de coiro — Amar é de certo modo sonhar, ser o que gostaríamos de ser, superar a nossa existência quotidiana de pessoas mortas e que, bem enterradas, vão sendo comidas pelos vermes desta cidade morta! Amar é pôr imediatamente um pé no palco... E por isso o amor nunca pode ressuscitar no casamento, o casamento vulgariza as coisas, torna-as quotidianas, identifica-se com o nosso eu superficial de todos os dias... — De novo a curva do seio e a camisola preta, as pernas que alternadamente se adiantam uma à outra. E Ana Isa a pensar: «Mas é isto um diálogo, diálogo este monólogo?» Por instantes, agarrou-se à ideia de que o Osório acaba de admitir o fracasso do casamento com a Maria José e que... ele continua: — Amar é sair de nós próprios, da nossa eterna seriedade, mergulhar na loucura, na irresponsabilidade absoluta, coisas incompatíveis com o viver diário, não será?

Intervalo: um miudito muito loiro — doze anos? — aproxima-se para pedir um tostão. Ana Isa procura na mala e dá-lhe dez tostões, mas o miúdo fica à espera que o Osório dê também alguma coisa.

— Não te deram já? — zanga-se a Ana Isa.

Osório continua:

— Mas não só o casamento... O convívio de dois amorosos, mesmo fora do casamento, vulgariza-se fatalmente. Pouco a pouco, ambos reentrarão nos seus eus vulgares, perderão o desejo de representar... E até nem poderão representar, pois já se conhecem, já não podem crer nas fantasias do outro... Já se conhecem e o bicho-homem, depois de bem conhecido, tem muito pouco interesse, pouquíssimo lastro... — Por acaso, a Ana Isa lembra-se de que a Manuela lhe perguntou, horas antes: «Com quem estavas ontem no Café Londres? Ele tinha olhos claros». — Por isso o amor é mortal, mortalíssimo... E não apenas mortal com a mesma mulher ou o mesmo homem, o amor vai-se gastando sempre, vai-se usando através das mulheres amadas. Ou dos diferentes homens, esqueço-me de que sou homem. Não se pode abusar, impossível senti-lo muitas vezes. — Pegando no braço da Ana Isa, acaricia-o lentamente até ao cotovelo, depois abre a mão, estica os dedos, toca-lhe levemente no seio (e ela não protesta). Ao mesmo tempo que diz: — Quantas? Duas? Três? Quatro? Uma antes dos vinte anos, outra aos trinta, outra aos quarenta? Acabávamos por decorar um papel... — Não já um leve roçar de dedos, uma pressão mais forte (e ela sem um protesto). — Penso, aliás, se não daria algumas vantagens o uso de línguas estrangeiras... — Sem querer, pensou na Gerda, mas que representa a Gerda para ele? Simplesmente a cama, uma cama diferente e provisória, não o amor. A Gerda, que chegará dentro de quinze dias. — Amar da primeira vez em português, naturalmente. Da segunda, em francês — liberta a mão do braço da Ana Isa —, depois, em italiano...

Ana Isa começou a rir, desejosa de vê-lo dar uma gargalhada (qualquer coisa nos gestos do Osório lhe mete medo):

— Em que língua vamos nós conversar?

Mas se o Amândio há-de deitar-se daí a um mês com a Ana Isa — e vê no prédio da frente as duas mulheres à janela —, será por amor. Escondendo a verdade, propõe:

— Amanhã iremos a Carcavelos. — Irão. E há-de lá estar o Fernando Alpoim, sentado numa esplanada, com umas folhas de papel no bolso, e a inspiração no corpo e na alma.

— Carcavelos?

— A uma praia qualquer, tanto faz. — Neste momento nenhum dos três, e pouquíssimas das outras dezenas de pessoas que lá hão-de estar, sabem que hão-de estar. — Não te lembras que fomos lá uma vez e que até passou um casal meu amigo e...?

Por amor. Um mês antes, terá confessado à polícia muitos segredos que soubera esconder até aí, passando assim uma esponja por cima de dois anos de resistência. Confissão quase completa (no momento exacto em que Osório, monologando acerca do amor, afaga o peito da Ana Isa), embora sentisse coragem para aguentar mais um ano, até o fim da pena. Mas propôs uma troca. Citou nomes (apesar de tudo, escondeu alguns) e no dia seguinte baixava ao hospital e um mês depois estava deitado a ver duas mulheres apoiadas nos seios da Ana Isa.

— Não sei como, mas recomecemos... — Não confessou ainda a verdade. Prolongará ao máximo esses momentos, ela ainda tudo ignora (quinze, vinte minutos?). — Recomecemos... — Como olhará para ele ao saber a verdade? Ana Isa está deitada de bruços, tem o queixo apoiado nas mãos e no horizonte a barra da cama. «Recomeçar o quê?» Também ela se ilude, também ela pensa recomeçar. Recomeçar: começar, nunca. Diz então (mais para se ouvir a si mesma que por crer no significado das palavras):

— Recomeçar, não. Vamos começar. — Quem recomeça tenta ainda defender o futuro sem grandes sacrifícios. Se tu começas, terás de abstrair do passado, ignorar-te, ser outra, e precisamente o que todos desejamos não é ser outros, mas que a vida seja outra, embora continuemos os mesmos.

— Recomeçar... — O Amândio observa-lhe a penugem clara, quase inexistente, dos ombros. E com os dedos, muito ao de leve, tenta sentir essa penugem, não os ombros (a pele humana — leu algures — tem mais pêlos que a do chimpanzé). «Traí os meus camaradas para estar contigo. Uma noite, percebi que não podia esperar mais, desejava abraçar-te, eras minha mulher há dois anos e...» Quantos minutos ainda lhe restam antes de confessar-se?

— Sentes-te satisfeito? — perguntara a Ana Isa, certo dia, ao Ricardo. Casados havia dois anos, ele tinha resolvido passar o fim-de-semana em Mira para recordarem os tempos ainda tão próximos (tão distantes) das férias. Alugaram um barco, a Ana Isa remava, ele pusera a espingarda nos joelhos e olhava em frente com atenção. «Sabes que vim aqui com o Osório? Largámos balões e foram cair na água... Não me teria casado contigo se o Osório quisesse. Os restos dos balões devem andar por aí.»

— Muito satisfeito... — Sorria, verdadeiramente feliz. Respondia que sim, imaginando que a Ana Isa lhe perguntara se estava satisfeito *agora*, sem compreender que ela lhe pergunta se está satisfeito com a vida, com o casamento, com...

— Satisfeito, satisfeito deveras? — O barco progredia devagar na água escura e transparente, funda, lá muito funda com peixes brilhantes a marcarem bem os diferentes níveis da fundura. Dizer-lhe: «Mato-me se toda a minha vida for assim; não posso olhar para o futuro e ver-me sempre a teu lado, alvo da tua ternura, deslizando mansamente por entre os anos tão longos, os dias mais longos ainda, tão mansamente que acabarei por já estar morta e não terei dado ainda por que morri...» A hesitação em dizer, acaba mesmo por dizer:

— E se já tivéssemos morrido?

— Agora?

— Sim, estaríamos enterrados... Ter morrido, embora sem o saber. — Recolhera os remos, deixava o barco entregue à corrente, mergulhara as mãos na água verde, brilhante, opaca, onde não se vêem peixes. Mas se algum peixe, um peixe encantado, lhe mordesse os dedos e imediatamente tudo se transformasse? — A morte será isso, quem sabe? Não ver que já morremos, andar no meio dos vivos, como se ainda estivéssemos vivos, mas implacavelmente mortos...

— Temos aqui esta espingarda, experimenta... — Sorri, cortando a metafísica, sem compreender que não deve cortá-la.

— Se soubéssemos, teríamos um medo terrível. E se os vivos soubessem que vivem no meio de gente morta, já a decompor-se... — «Acho que és inteligente e bom, mas estou cansada, separemo-nos...»

— Então, talvez não haja vivos... — Acrescenta, com outra voz: — Rema um bocadinho mais... — Finge-se atento ao canavial, à espera que levatem voo os patos bravos. «Digo-te que estou satisfeito, não por estar (estaria se tu também estivesses, mas como sei que não estás, não estou), e sim porque dando a entender que estou, talvez te sintas obrigada a dar também a entender que estás...» Até o último momento, manterá esse edifício instável, como o equilibrista que corre de um lado para o outro a fim de salvar o que já não pode ser salvo. «Tens uma mulher fresca, bonita, que sabe rir, que se veste bem, lês a inveja nos olhos dos outros homens e das outras mulheres, nada poderá atingir-te...»

— Se eu te dissesse... — Ele continua a fingir-se atento ao horizonte verde das canas. Com as mãos na água (talvez um peixe encantado...), Ana Isa pensa: «Se eu te dissesse: liberte-mo-nos um do outro. Ou então vamos simular que não somos marido e mulher, vamos simular que somos amantes e nos encontramos às escondidas, imaginemo-nos enganar um marido e uma mulher, viveremos em permanente risco...»

Uma noite bonita com uma Lua muito grande e um halo amarelo-esverdeado à volta. O Osório e o Alpoim, porque a tinham visto da janela, resolveram sair, cansados de ficar em casa.

— Põe-te ao serviço da História... — Era o Alpoim que falava.

— Aí está: tenho dúvidas de que os meus actos influam na marcha do mundo... Mas que é a História? — Isto, por exemplo: levantou-se às sete da manhã e até às dez horas traduziu seis páginas a quinze escudos a página. Depois, foi tomar café e ler o jornal. Apareceu o Lima, que lhe contou...

— Não divagues! Se não te pões ao serviço da História, serás infeliz, infeliz sem remissão, pois...

— Não sei qual é a minha vocação histórica. — À tarde, teve de fazer o elogio do Carnaval de Ovar. «Em Ovar, a formosa vila nortenha...»

— Eis a dificuldade: procurá-a! Reencontrar-te-ás quando a descobrires, pois todos temos uma...

— Quem disse que nesse caso é preferível ser infeliz e que ser feliz dá muito trabalho e não compensa o esforço? — da *Semana Portuguesa*, correu para a Avenida Fontes Pereira de Melo a ensinar História (precisamente História) ao Henrique.

— Tu, com certeza.

O Osório, depois de alguns momentos de hesitação e de olhar para a Lua:

— Qual é a tua vocação histórica? — Trabalhou várias horas durante o dia, não teve um único minuto de prazer nesse trabalho (o Henrique é bom rapaz, mas muito estúpido, Osório vê-se obrigado a repetir tudo muitas vezes). Insiste: — Qual?

O Alpoim esperava por aquela pergunta (mas nem sabe porquê, esperava-a como se fosse a Maria José a fazê-la. E, no escuro da noite, pode facilmente fingir que aquele vulto ali a seu lado é o corpo da Maria José). Responde, pegando-lhe no braço:

— Que pensa você? É uma vocação modesta...

— Você? Porque dizes você?

— ... nem todos têm uma grande missão.

— Oxalá a minha seja pequena para não me exigir muito esforço. — Talvez esta: depois de descrever o Carnaval de Ovar, formosa vila nortenha, ocupou-se do aniversário, já não sabe de que lei, e rabiscou estas palavras plagiadas de um discurso, lido recentemente no jornal: «Se todo o homem que lavra deve trazer o seu arado preso por um fio de luz a uma estrela do céu, assim...» — Mas a tua?

— Se eu conseguisse ajudar alguém a encontrar a dele...

— E eu sou esse alguém? Que sorte, que fácil missão te coube! — Terão desculpa os comentários da *Semana Portuguesa*? Talvez para descansar a consciência, convence-se muitas vezes de que quanto mais idiotas, melhor; melhor o público acabará por compreender a vacuidade de um certo estilo que envolve o país, soprado de cima. Mas esta desculpa é apenas uma desculpa.

«Não és esse alguém.»

— Fácil ou difícil! Um dos vícios dos nossos modernos românticos é serem partidários do tudo ou nada. Gostariam de fazer muitas coisas se delas resultassem efeitos grandiosos. Como são modestos os efeitos da pequenina missão ao alcance deles, pensam que não vale a pena. — Espirrou: está a constipar-se, uma noite fria, húmida, um vento frio. — Os românticos não são modestos, eis o mal! E o do mundo.

— Dormes? — pergunta o Osório.

A Maria José vê uma réstia de luz passar pela janela: noite de luar talvez — mas como não espreitou para o céu (só no Verão, na praia ou no campo, se lembra de olhar as estrelas), não pode ter a ceteza. Deverá fingir que dorme ou revelar que ainda não conseguiu adormecer? Que pretenderia o marido àquela hora?

— Não... — E talvez o Osório lhe murmure: «A estas horas? Porque não dormiste, meu amor? Dize-me o que te preocupa e ajudar-te-ei...» Responder-lhe-ia: «Passei o tempo a pensar em muitas coisas, mas agora andava às voltas com um exercício escrito que tenho de preparar para amanhã...»

— Qual é a minha vocação histórica? — Diz a rir-se, e Maria José, que não pode ver-lhe a cara para concluir se ele fala a sério ou a brincar, leva algum tempo a compreender. Terá bebido?

— Que fizeste até tão tarde?

— Passeei com o Alpoim.

Ela não acredita. «Com uma mulher», pensa.

— De que falaram?

— Conversámos sobre o que deveríamos fazer para salvar o mundo. — Frase irónica ou, pelo menos, desejosa de se fazer passar por tal. Mas por que motivo, Osório, não te atreves a discutir a salvação do mundo sem esse tom a mascarar certa vergonha? Será a salvação do mundo tão risível que obrigue os homens a sentirem-se ridículos por falarem dela? (Por falarem dela, sim — responde o Osório. — Só não serão ridículos se, em vez de falarem...)

— Percebo. Dedica-te à família.

Maria José não se enganou. O Osório ao acordá-la àquela hora da noite (ao supor que a acordava) não pretendia conversar, embora ao subir as escadas tivesse pensado: «De hoje em diante conversarei longamente com a Zé, falar-lhe-ei de mil e uma coisas.» As mãos do Osório tacteiam no escuro o corpo dela, começa a desapertar-lhe os botões (são três) do pijama. Mas não é isso também uma forma de se dedicar à família?

IX

Omne animal triste post coitum. Ambos em silêncio, neste momento ele desejaria levantar-se, ir-se embora, descer à rua, como se na verdade sentisse repugnância pela mulher (que é dele pela segunda vez). Um instante apenas, enquanto ela, de novo com um repentino pudor, puxa o lençol para o pescoço. Pudor que é a consequência imediata de ter pertencido àquele homem e de persistir no seu cérebro, desde a infância, a ideia de que é uma humilhação insuportável perder a cabeça perante um estranho (sim, um estranho, pois todos os outros são estranhos de quem temos de encobrir os mais íntimos sentimentos), o sentimento de que a despiram em plena rua.

Embora vazia, a janela do prédio da frente continua aberta. Poderá a Ana Isa alguma vez deitar-se com um homem sem sentir esse desgosto de si mesma, desgosto invencível, desgosto posterior, nunca anterior, desgosto que sempre e durante meia dúzia de minutos a deixa transida? Esse entendimento, esse orgulho, essa unidade completa que só o amor físico poderá oferecer, pois vence toda a vergonha, todo o receio daquilo que o outro poderá pensar, esse absoluto em que o eu e o tu se fundem por breves instantes, em que ela não mais será um ser individual e egoísta, conseguirá a Ana Isa alguma vez obtê-lo? Então reza em silêncio a não sabe que deus: «Não digas nada, Amândio, permanece calado, não te mexas, deixa o tempo correr sem a mínima palavra.» Fecha os olhos. Na rua, um apito desagradável, apito de automóvel, apito que se repete, insiste. É proibido, não sabes?, é proibido apitar assim, parece incrível que se possa ter uma tal falta de respeito pelos outros (sobretudo quando os outros somos nós), uma coisa destas seria inconcebível num país civilizado e era bem feito que aparecesse a polícia e te multasse, mas os polícias só aparecem quando não são precisos (estão todos ao pé do Técnico, lá em cima na Alameda). Um estúpido qualquer que combinou passar pela casa de algum amigo (amiga, amiguinha, com certeza) e não está para sair do carro, bater à porta, prefere a comodidade de incomodar os outros. Insiste, insiste. Só em Portugal! Insiste. Um polícia, um polícia! Fosse uma questão política e já tinham aparecido duas dúzias. Que país! Insiste, insiste. E de súbito uma voz feminina (a tal amiguinha?): «É só um instante!» Deve estar debruçada à janela.

Só um instante! O Amândio também ouviu. Está a pensar no homem do automóvel: pelo trabalhar do motor, pelo som da buzina, parece um carro desportivo. Um homem sem preocupações verdadeiras, um homem que nunca traiu camaradas, até porque nunca esteve preso e nunca ajudou camaradas. Um homem feliz que pode ter a consciência descansada, pois nunca arrisca o mais pequeno gesto de amor por ninguém. E daí a pouco... Decerto, uma casa nos arredores, irão os dois para lá, deitam-se... Invejoso (invejoso, invejoso, invejoso, porque não?), o Amândio pensa nesse homem que dentro de meia hora estará nos braços daquela mulher (desconhecida e, portanto, extraordinariamente bela) que acaba de dizer: «É só um instante!»

Só um instante! Ana Isa está a vê-la: ainda não pôs *bâton*, descobriu no último momento que o cinto (observa-se ao espelho) não diz bem com o vestido e abre uma gaveta à procura de outro. Não se decide, tira este (preto), experimenta aquele (vermelho) — o carro buzina outra vez, cheio de impaciência, o motor ruge (bielas, cilindros, ventoinha) desejoso de se lançar pelas estradas fora —, acaba por se render ao primeiro (verde).

— Que vamos fazer? — Descobre que a Ana Isa mudou de penteado e essa facilidade com que as mulheres podem mudar de penteado é um processo de mudarem de rosto, e mudando de rosto não é um pouco delas mesmas que muda também? Transformação que os homens só podem conseguir se deixarem crescer a barba ou o bigode (muitas vezes, esteve para deixar crescer a barba, mas desistiu ao concluir que deixá-la crescer era uma tentativa ingénua de se enganar a si próprio).

— Será que ainda não descobrimos o que havemos de fazer? Então porque nos encontramos? — responde-lhe a Ana Isa. Deveria sentir-se feliz. Está ali com o Osório e só de estar com ele o coração bate-lhe mais forte. Mas não sabe porquê, uma onda indefinida e áspera cresce-lhe no peito, e Ana Isa deseja dormir, ignorar completamente o que se passa, acordar daí a uns meses com a situação (qual situação?) resolvida.

— Nunca pensaste — continua o Osório — que a tua vida tem um determinado objectivo e o resto são ornamentos inúteis, encher o tempo até que esse objectivo se concretize? Como se um romancista, um mau romancista, bem entendido, soubesse logo na primeira linha o fim do romance, mas fosse obrigado a escrever trezentas páginas até chegar à última! — Quando atravessavam a rua, perante o aparecimento de um automóvel mais veloz, hesitaram, mas a Ana Isa acabou por se adiantar, deixando o Osório colado ao chão. Depois, passado o perigo, aproxima-se da Ana Isa, que, com um sorriso de vitória nos lábios, o espera (pode olhá-la assim de longe e à vontade e ver como é bonita e como é bom ser esperado por ela).

— Medroso... — Estende-lhe a mão num gesto inconsciente, suspende o gesto (se alguém os visse?). Mas todo aquele movimento (o automóvel, a corrida, a separação, ele parado à borda do passeio com o seu fato castanho e um sorriso, ela a observá-lo e a saber-se observada) não foi suficiente para esquecer a pergunta do Osório, feita ainda no outro lado da rua «... e o resto são ornamentos inúteis, encher o tempo até que esse objectivo se concretize?»

— Não. Estou aqui contigo, encontrei-me contigo, e o meu objectivo é esse. Não quero preencher o tempo à espera do futuro. Quero o futuro agora...

— Conheces o nosso futuro? — Pergunta de homem em pânico, receoso de ouvi-la dizer: Conheço.

— Não.

— Imagina que o futuro era cairmos nos braços um do outro! Vamos cair imediatamente nos braços um do outro para apressar as coisas? — Baixa os olhos, fica a ver-lhe as pernas muito claras entre a calçada escura e a saia preta.

Ana Isa encolhe os ombros (mas tu não vês, louco, que se não vivermos agora, guardar a nossa história para o futuro é já uma forma de perdê-la?) e afasta a conversa, regressando ao princípio:

— Façamos qualquer coisa... — Resolvera falar assim sem saber muito bem o que dizia, com a esperança de que o Osório, pegando-lhe na palavra, a convidasse para um passeio a Cascais ou a Sintra. Ou então na esperança de ele se recordar daquele passeio à Praia da Tocha, e da neblina, e das vozes sumidas e sem corpo dos companheiros, quando ambos se descobriram subitamente sós. Não. Osório dissera:

— Comecemos por dizer palavras sábias. Aristóteles, por exemplo. Ou outra coisa qualquer.

— Estou a ouvir.

— Aí tens: que pretendes ser?

— Bem, eu própria... Não é assim a resposta da maior parte dos parvos a quem os jornalistas perguntam: se não fosse quem é, quem desejaria ser? Desejaria ser quem sou... — Fizera a pergunta com uma voz, respondera com outra. — Não leste no outro dia? O jornal: «Está satisfeito com a sua profissão?» Perguntas feitas ao acaso, a desconhecidos. Uma rapariga respondeu: «Sempre sonhei ser caixeira de uma loja na Baixa e consegui realizar o meu ideal.» O meu ideal, hem?

Osório não deixou a conversa prosseguir naquele tom e deu uma volta ao leme:

— Diga-me, minha senhora... *Madame, madame* é melhor: que deverá então a *madame* fazer para ser quem é?

— Nada! — Uma voz soturna, a voz do Robles Monteiro a dizer «Ninguém!», no Nacional.

Osório observou-a um instante, observou-lhe a saia preta de coiro, a camisola preta. Viu-a nua, certa manhã que já lá vai (e todavia não consegue lembrar-se dessa imagem, descobre agora; a lembrança da Ana Isa nua é unicamente verbal, não a guardou nos olhos).

— Vejo que deve dar muito trabalho fazer-se igual a si mesma, *madame*. Talvez seja mais simples fazer-se diferente. Digamos: algo de construtivo...

— Uma bomba atómica no Rossio! Pum!

— Então qualquer coisa de destrutivo, *madame*. Hoje devemos ser destrutivos.

Ana Isa entusiasma-se:

— Há alguma coisa que possamos fazer? Alguma coisa digna de nós? E destrutiva?

— *Madame*... Procuremos...

Caminham na Rua da Escola Politécnica; de súbito, ele vê, no empedrado já de si branco do passeio, uma pequena mancha ainda mais clara. Reconhece-a: testemunha o sofrimento de um homem. Ali, exactamente ali, costuma encostar-se à parede um cego de casaco cinzento, e que nunca pede nada, não canta, não fala, passa o dia sozinho, chama a atenção de quem passa batendo com a bengala de ponta de ferro no chão. Osório, observa-o há mais de quinze anos, nunca lhe pôs na caixa preta uma única moeda. Se o cego hoje estivesse lá, ter-lhe-ia dado esmola. Quanto? Aposto: tira ao acaso do bolso uma moeda — cinco escudos.

— Que sabe fazer a *madame*?

— Nada. Mas se for preciso... Por exemplo: o meu corpo para impedir que fechem a porta de Lisboa, e possamos finalmente conquistar a cidade!

— A porta de Lisboa está fechada há muitos anos, *madame*, e não se vê o meio de abrir uma fresta por onde meter o pé... A não ser que a *madame* queira empurrá-la. Ou isso exige muito trabalho? Percebo: os outros que abram a porta... Assim, como assim, mesmo com a porta fechada, cá se vai vivendo, não é? Não seja cínica, *madame*. Há-de haver fatalmente neste mundo qualquer coisa que possa fazer... Por exemplo: assinar um desses papéis a que estamos habituados. Ajuda, ajuda pelo menos a descansar as consciências.

— Porque não assinas tu?

— Papéis, de assinar, estou um pouco cansado, *madame*.

— Porque não fazes um gesto de que não estejas cansado?

— Perigoso, *madame*, gestos esses são.

Na frente deles, um empregado da Câmara, acocorado a arrancar com um ferro as ervas que crescem entre as pedras da rua.

— Auxiliá-lo vamos, *madame*?

É a Ana Isa que pergunta ao homem:

— Podemos ajudá-lo? — E sem lhe dar tempo para um protesto, tira-lhe o raspador da mão, começa a esgaravatar a terra. Espantado, o homem levanta-se e gagueja (gagueja porque é gago, não por causa do espanto):

— Se passasse o fiscal...

Maria José afasta duas cadeiras, depois uma mesinha, encosta tudo às paredes, sem que o marido (num movimento de curiosidade, levantou os olhos do jornal) compreenda o que está a fazer.

— Tens o espaço livre... Dá uma cambalhota, anda!

— Uma cambalhota?

— Uma cambalhota — repete Maria José, corada até a raiz dos cabelos. — Gostaria tanto de ver-te dar uma cambalhota! — Esta manhã, acordou com uma certeza incómoda: no próximo ano, não haverá vaga em Lisboa, só em Bragança ou em Faro, e terá de desistir. Como irão viver os dois com o dinheiro (pouco, muito pouco) que ele arranja (nunca o criticou por isso)? Passou o dia sufocada, agora que a noite veio querer enterrar no mais íntimo da alma todas as ideias sombrias.

— Tenho medo de ti, senhora professora. Tenho medo de me considerares parvo.

— Não. Considerar-te-ei parvo, mas é se não deres a cambalhota. — E de repente: — Queres que seja eu a dá-la? — Ajoelha-se (segura bem as saias, receando ficar ridícula se as saias lhe descobrirem as pernas) e dá uma cambalhota. — Fui capaz. E tu? — As mãos à cinta, um ar de desafio, a camisa branca, e o Osório lentamente começa a afagar-lhe o peito. — Uma cambalhota, uma cambalhota, e coragem! — Dera um passo atrás, a defender-se, a fugir-lhe, o Osório foi estendendo o braço até que ficou com a mão no ar e vazia. — Não, não... Só se te atreveres a dar uma cambalhota... — Subitamente rígida, os braços caídos: — Sei, sei no que estás a pensar... Que não diz bem comigo dar cambalhotas, sou a senhora professora, isso não é o meu género... — Senta-se a olhar para o tecto, as pernas cruzadas. — Porque não me concedes a liberdade de dar cambalhotas sem me observares com esses olhos críticos... não, não é críticos, como se diz nos romances?, pers-cru-ta-dores...? E não me deixas ser simples e feliz? Porque queres impor-me um papel diferente do meu? O meu papel não é o da senhora professora, Osório... Nunca adivinhaste que não é? — Ele compreende, Maria José está quase a chorar, completamente desamparada, frágil, sem ninguém no mundo, nem mesmo o filho. — Dá uma cambalhota, amor...! — Procurando fugir às lágrimas, tentando brincar: — O meu amor não vale uma cambalhota?

Fernando Alpoim:
— E essa turma, a tal que...?
— Não compreendo o que se passou, hoje são meus amigos... — Recebera nessa manhã uma carta do Osório, datada de Sevilha. — E você?
— Eu, como? — Sentaram-se numa pastelaria da Avenida.
— Sim, que pensa fazer? Ou melhor: que faz? — Os bandós, o rosto sereno.
— Nunca lho tinha dito? Entre outras coisas, escrevo versos. Muito maus, bem entendido, mas para mim servem. Não para eu ler, claro; são tão maus que a leitura deles matar-me-ia de desgosto. A alegria está em escrevê-los. Enquanto escrevo são bons, isto é, sou feliz. — Os bandós, o rosto sereno, sim. Mas só hoje percebe: um certo ar de cansaço. (Comprou a máquina, não tirou ainda uma única fotografia.)
— Escreve versos. E que mais? — Ontem telefonou para casa dele, na esperança de saber alguma coisa pela criada. Mas ficou na mesma, não tinha vocação detectivesca, limitou-se a perguntar se o senhor estava.
— Coisas mais ou menos inúteis, como toda a gente. Além disso...
— Espera, como bom português, por D. Sebastião, quer ele venha ou não. — Pagar a alguém que tire tudo a limpo? Segui-lo, saber com quem se dará ele. Descobrir um fio qualquer, pois tem o palpite de que o Alpoim não conheceu o Osório. E que o seu fito será outro.
— Não sou romântico, sou um homem modesto. Contento-me com pouco...
— Com fazer pouco?
— Sim, contento-me com fazer pouco. — Lá fora, a luz vermelha, um autocarro parou e outro logo atrás; agora, dois, três, quatro automóveis, muitos mais, vão crescendo atrás do

autocarro. — Felizmente, não tenho grandes ambições. Não pertenço ao número daqueles que nada fazem por só saberem fazer coisas pequenas.

— Que coisas pequenas faz você? — Surpreendeu-o a observar-lhe as pernas. Se fosse um desses loucos que aparecem em Londres e estrangulam mulheres?

— Sou coleccionador. Leio os jornais todos os dias. Gosto de ler discursos, artigos de fundo, tudo... Colecciono afirmações. Quando me parecem desavergonhadamente falsas, arquivo-as. Um dia, quando tiver um dossier completo, vou procurar cada um dos autores e digo: «Tu mentiste, tu envergonhas-me de ser homem...» Fundo então um jornal. Um jornal de escândalos, dirão alguns. Não e sim. Um jornal sem títulos, um jornal discreto. Mas onde possa dizer: «O Senhor Fulano de Tal afirmou certo dia isto assim e assado. Era mentira, estava a ofender-nos a nós que nem sequer lhe poderíamos responder». Não se trata de uma vingança, compreende? Se alguém engana os outros, sobretudo os homens indefesos, e à custa disso pode viver à tripa-forra, ter dinheiro ou ter poder..., então devemos acusar esse homem, obrigá-lo a pedir desculpa, a confessar: «Fui um mentiroso...» — Entusiasma-se ao dizer estas palavras, ergueu a voz, cala-se vagamente envergonhado.

A Maria José continuava a observá-lo. O seu faro diz-lhe que o Alpoim, por muito que disfarce, está interessado nela, «Porque escondes...? És um homem de princípios e um homem de princípios nunca trai um amigo? És tímido? Ainda não sabes o que eu penso e ainda não achas chegado o momento de tudo arriscar? Receias tudo perder se disseres alguma coisa e preferes então o pouco que te dou? Tens medo do Osório? Ou nada escondes, sou eu que penso que escondes...?»

Ele continuava:

— Uma tarefa pequenina, mas precisa de ser feita, compreende? Ando nisto há anos: todas as noites pego nos jornais e na tesoura. Quer ver um dia destes a minha colecção?

«Aí está: a colecção, a armadilha para me levares a tua casa?»

O Amândio:
— Lá um dos meus companheiros tinha um livro sobre Lisboa. É curioso, talvez se pudesse escrever um livro interessante sobre Lisboa, uma história, qualquer coisa, não sei bem...
— *Alis Ubbo*, enseada amena... Um cemitério de mesquitas árabes, de palácios romanos... Já tinhas ouvido falar do coliseu romano, perto do castelo? O Príncipe Lichnowsky conta que Lisboa era famosa em toda a Europa por causa dos cães...
— Ah, leste o...? Aquilo pode ser um elo de ligação entre os dois, uma tarefa comum, mas não insiste, guarda essa oportunidade para mais tarde. — Poderá ser um livro com interesse. De resto, ainda não vejo muito bem como será, talvez desista...
— Terias uma lápide na casa onde viveste, provavelmente esta, e ali, debaixo da janela. Amândio Ribeiro ou preferes Amândio José Ribeiro? Um traço entre o José e o Ribeiro talvez não ficasse mal. E um H. Onde havemos de pôr o H? Em Amândio? Ou em José, José com ph, Joseph. A Câmara Municipal não se esquecerá de ti...
— De nós — responde ele. — Poderei escrever uma dedicatória: «À Ana Isa, companheira fiel de todos os...» — Cruzam os olhos em silêncio. Depois, bruscamente, o Amândio aninha a cabeça no peito da mulher, companheira infiel.

— Aposto que a Câmara ganhava em seres tu a trabalhar...
— Seguiam agora de novo em direcção à Avenida ["Subamos e desçamos a Avenida / enquanto esperamos por uma outra / (ou pela outra) vida"], deixando para trás a Rua Nova de Santo António. Ana Isa limpava as mãos a um lenço com flores estampadas, as unhas sujas e vermelhas. — Que tal? Sentes-te outra?

— Em cinco minutos? — Com a testa suada, continua a esfregar as mãos e sente num dedo um ardor não inteiramente localizável. — Mas se fosse uma semana... — Sangue, não chegou a fazer. — E o que é estranho é que este trabalho acabaria por me transformar, mas a ele não o transforma. — Cospe no dedo a ver se agrava a o ardor, se descobre o arranhão.

— Transformá-lo-ia uma vida ociosa, *madame*!

— *Madame*! No outro dia, quando nos encontrámos, ao cabo de tantos anos, parecias feliz. Hoje não. Que se passou?

— Duas semanas, *madame*.

— Sim, duas semanas, mas não é isso... E proíbo-te que me trates por *madame*.

— Sim, *madame*. — Fala sem olhar para ela, atentando-lhe nos sapatos pretos e decotados que deixam entrever a raiz dos dedos. Poderia não lhe perguntar, deixar o tempo correr, deixar que um dia, dentro de meses ou anos, ela dissesse, subitamente: «Casei, mas não sou feliz». E ele, que não saberia ainda que espécie de casamento era o dela: «Mas alguém será feliz dentro do casamento?» (O dia virá em que há-de confessar à Zé: «Talvez nos pudéssemos amar e ser felizes se não tivéssemos casado, se não vivêssemos juntos, se fôssemos livres...») Não resiste mais (por que razão a Ana Isa nunca lhe falou nisso?), diz: — És casada...

— Como sabes? — Esperava por aquela pergunta, havia duas semanas.

— A aliança... — Com a mão aberta, Ana Isa procura ainda a origem desse leve ardor que a incomoda. — É o tal?

— O tal quem?

— Aquele que foi ter contigo a Mira. Nunca cheguei a vê-lo de perto. Lembro-me que apareceu num automóvel descapotável. Alto, atlético, muito moreno da praia. Vocês deram um passeio de barco pela Barrinha. Passeio, não. Uma caçada aos patos, não era? Fechei-me em casa... E ouvi o automóvel partir. Ir-te-ias embora com ele? Fiquei espantado à noite quando apareceste... — Prepara-se hoje para lhe dizer: «Se fôssemos a Sevilha?» Não sabe porquê, decide: «Não, não irei contigo a Sevilha, não me interessa ir contigo a Sevilha.»

— Muitas vezes pensei em ti. É incrível que duas pessoas se conheçam, passem férias juntas, conversem com intimidade... E depois, acabadas as férias, siga cada uma o seu caminho e nunca mais procurem encontrar-se...

— Casaste. Casei.

— Já disse, fundaste uma religião. — Enquanto a água cai na frigideira, Maria José afasta-se com receio de se molhar. — Um deus único que se alimenta das esperanças dos homens. Que estimula, cria essas esperanças com todos os cuidados de proprietário consciencioso. Cultiva-as, ajuda-as a crescer, pois bem sabe que de contrário morreria de fome. É Ares alimentando-se, não do sangue dos homens, mas dos sonhos deles... É Saturno comendo, não os corpos, mas as ilusões dos filhos.

— Maria José esfrega a frigideira com a escova (aborrece-a não tanto o esforço de cozinhar como o de lavar a loiça). — Os corpos só os quer enquanto são um bom suporte para as ilusões. Depois, põe-nos fora, atira-os aos vermes, ao nada absoluto. E tu poderás ser a sacerdotisa dessa religião. Deixa--me ajudar-te...

— A lavar a loiça? — Não percebeu ainda se ele fala a sério ou não, embora sinta que, de qualquer modo, não deveria ter dito esta graça. Emenda: — Que ritos são esses? — É ainda uma graça, a graça de quem entrou no jogo.

— Talvez lavar a loiça, quem sabe? As religiões estão cheias de purificações com água, mas não sei se os detergentes serão compatíveis... Quantas horas já dedicaste a esse rito em toda a tua vida?

«Antes de casar, nenhuma» — poderia ter-lhe respondido. Mas diz:

— Um rito sem ilusões... — Uma das raras vezes em que o Osório viu enrugada, levemente enrugada, a testa da Zé, essa testa ogival e romântica entre os bandós (frase ridícula de uma carta dele, quando se namoravam), eternamente serena.

— Sim, ritos que estimulem as ilusões... — Sente-se (inesperadamente?) muito feliz nessa noite. De tarde, esteve com a Ana Isa (reencontraram-se, vai para dois meses), foram ao Alto da Serafina. Mas não se sente feliz por ter estado com a Ana Isa, sente-se feliz por estar com a Maria José.

— Que ilusões? — «Percebo. Essa história que me contaste... A tal rapariga..., e que um dia havias de dizer-lhe que gostavas dela. É tudo mentira, tens a mania do teatro. A outra sou eu. É a mim que hás-de dizer... Há tanto tempo que não me confessas que gostas de mim! Porque escondes a verdade? É a mim... Estás a adiar esse instante, estás a demorá-lo para que eu espere... E é bom esperar! Estou à espera...»

Talvez valesse a pena perguntar-lhe (e talvez tivesse perguntado, se não desejasse levar mais longe a brincadeira): «Em que pensas tu, neste momento?» Desistindo:

— Aí tens os ritos impostos pela sagrada congregação: a leitura de certos livros... Ouvir certos boatos... Ah, é verdade, diz-se que o subsecretário... Ah, celebremos! E nem te falta o avental... Diz-se que há desinteligências entre... Celebremos!

Ela cantou (lavava agora um copo): *Che zoave zeffiretto...* Nem sabia que estava a cantar, cantava por ter ouvido nessa manhã aquela ária, era a sua memória que, como coisa independente, independente permanecia. Também não deu por que deixou de cantar e diz ao acaso (ao acaso, poderia dizer outra coisa mais a propósito):

— Vivemos no melhor dos mundos... — Poderia ter dito (e esta manhã jurou que havia de dizer): «Receio não ter lugar em Lisboa no próximo ano. Não seria prudente procurar uma casa mais barata, para depois não sermos apanhados desprevenidos?»

— Havia no Egipto uma pirâmide de esferas e cada uma representava um dos universos possíveis. A de cima era o nosso. Então, alguém espreitou para dentro dela e viu o quê? Tarquínio a violar Lucrécia...

— Não — responde, indignada. — Poderia ter visto... — Procura lentamente um desses momentos de que a humanidade deva envaidecer-se. — Poderia ter visto o povo de Paris nas Barricadas em 71, podia ter visto o Botticelli a pintar a *Primavera*. Muitas mais coisas. — Insiste (agora consciente, agora entregue ao prazer do canto): *Che zoave zeffiretto...* Ou *As Bodas de Fígaro*, pensa.

Assim mesmo: Osório sente-se profundamente feliz, profundamente tranquilo.

Um dia de sol no Alto da Serafina, o Tejo lá em baixo. Se fossem comer a Montes Claros (almoçara pessimamente e não acreditava no *spaghetti* que o esperava ao jantar)?

— O casamento impede que duas pessoas continuem a desejar conhecer-se? Se eu fosse homem e não uma mulher nunca teríamos deixado de conviver?

— Não és homem, Ana Isa.

— Que tem isso?

— Se fosses homem não haveria entre nós esta mesma intimidade.

— Porque não? Apenas conversámos... Os homens não conversam, não falam de coisas íntimas?

— Mas doutra maneira. Não! Falam das coisas íntimas superficiais. De literatura, de política. As outras, as mais profundas! Não sei que pensam disto as mulheres. Quando um homem conversa com uma mulher, e conversam de coisas íntimas, para o homem essa intimidade é já uma espécie de amor. — Esteve quase a dizer-lhe: «Só perdemos (ou ganhamos) tempo a conversar com uma mulher quando procuramos, conscientemente ou não, ir com ela para a cama.»

Olharam-se por um momento. «Referes-te ao presente?», pensa a Ana Isa, acrescentando, sem saber se mentia ou se falava verdade:

— Não, não. Às mulheres, essa intimidade não lembra necessariamente o amor.

X

Hoje, que os anos passaram, hoje, que já não é capaz de
chorar (não será?), hoje, parece-lhe impossível ter chorado
durante toda a viagem de Mira para Coimbra. Mas chorou:
chorava, chorava como se o mundo fosse acabar e tudo estivesse perdido. No entanto, com os seus dezoito anos, sabia já que
o mundo não ia acabar, nada estava perdido nem para ele nem
para ninguém. Saber que tudo seria enterrado, que aqueles
instantes o levariam mais tarde a sorrir, não o impedia porém
de chorar. E no ano seguinte visitou novamente Mira — pois
não costumava a Ana Isa passar lá férias? Encontrou pessoas
amigas, pessoas com quem poderia falar dela, mas ela não
viera. Foi à Barrinha, alugou um barco — o mesmo barco, o
Saltão —, e quase não queria acreditar: como foi possível?
Ali mesmo, haviam estado os dois, mas nada ficara, nem
sequer um pequeno sinal. De tantas horas vividas um para o
outro, que é que restava? Não conseguia lembrar-se de tudo
quanto haviam vivido e sentia-se incapaz de preencher com
a memória todos os segundos que constituíam essas horas e
que assim tinham acabado por ficar inteiramente desper-
diçados. Perturbado, prometia a si mesmo que a partir daquele dia fixaria tudo na memória, tudo, os mais insignificantes pormenores, para depois nada poder escapar-lhe. Mas
até isso lhe pareceu pouco: um dia havia de morrer, esses

instantes vividos por ambos e que enriqueciam a terra inteira, acabariam por cair definitivamente no nada absoluto.

Então, ao conduzir o barco pela borda da lagoa, descobriu
junto dum canavial, emaranhados numas ervas e descoloridos,
os restos de um balão vermelho. Nem sequer sabia se era dos
tais, mas essa dúvida só mais tarde o assaltou. Por agora, pensava
que nada se perdera: qualquer coisa, presa num ramo, escondida
debaixo da terra, mergulhada no fundo de um lago, guardada
no íntimo do coração, preparava-se para renascer. E nem seria a
memória que lhe devolveria o passado, o próprio passado, para
além de todas as contingências, havia de transformar-se em
futuro, ser simultaneamente presente e futuro. Teve então a
certeza de que no futuro, longe ou perto, a Ana Isa espera por
ele, prepara-se para lhe pegar na mão, para levá-lo com mil
sorrisos por um atalho musgoso a cheirar a terra e a erva
molhada. Que nesse dia, no dia seguinte, morrerá finalmente.
E não era só a Ana Isa que estava à espera dele e ele à espera dela,
a vida era um permanente semear de coisas incompletas que,
incompletas e ao longo dos anos, aguardavam um futuro gesto,
um acaso ou uma vontade, não apenas para ser evocadas por um
bolo mergulhado numa chávena de chá, mas para inteiramente
germinarem, inteiramente completarem um ciclo não ainda
morto mas somente interrompido, para de novo saírem da
obuscuridade absoluta, de novo reentrarem no mundo das coisas em transição. Que ao passado não se volta, mas que o
passado, quando incompletamente vivido, se transfere (não na
memória, mas fisicamente) para o futuro, e fica à nossa espera,
simples esboço, pronto a desenvolver-se — e nesse sentido é a
própria juventude que vai resistindo ao tempo, vai esperando
por nós lá adiante. E só desaparece quando tudo se completa,
quando finalmente é reencontrada.

— Disse-me a tua mulher que afinal te lembras de mim...
— Que queres? Entre mim e ela não há segredos. Somos o
casal perfeito, bem sabes... — A ironia de quem se sente em

falta (em falta com a mulher, em falta com a Ana Isa); a ironia de quem sabe estar a proceder desavergonhadamente, de quem sabe estar a semear desgostos, a obrigar os outros (inutilmente) a sofrer, de quem sabe que certos gestos, certas palavras, são irremediáveis, criam falsas esperanças. A sensação de que é um monstro, um egoísta completamente nas tintas para os outros (para as outras), atento apenas aos prazeres, ao jogo delicioso de se fazer amado.

O Alpoim tirara do bolso um frasco de «Privina» e desenroscava a pipeta.

— Haverá casais perfeitos? — diz, entretanto.

— O teu não era?

Inclina a cabeça para trás e deixa escorrer três gotas pela narina esquerda.

— Não — responde, e quase ao mesmo tempo espirra. Agora põe a pipeta na narina direita. — Que desagradável! — confessa, abanando a cabeça com força.

— O casamento?

— As gotas. — Enrosca a tampa. — Estou a constipar-me, esta Primavera lisboeta...

— Tinhas-me dado a entender que o teu casamento...

— Também disse que me lembrava de ti e era mentira.

Pararam a ver a montra de uma agência de viagens. Cartazes variados, coloridamente atraentes, com céus azuis e mármores nas fachadas: o *duomo* de S. Rufino em Assis, a Igreja de San Frediano em Lucca, uma outra que Osório reconhece mas não o localiza. E atrás deles, Amália Rodrigues canta que não há vida melhor, é bom ser pobre, esperar pelo marido à lareira, rezar ao Menino Jesus. Osório vira-se, odiando a Emissora Nacional: um rapaz solitário, pobremente vestido, um pequeno transístor na mão.

— Filho da...

— Os homens de negócios lançaram a grande contra-ofensiva — comenta o Alpoim, quando o rapaz se afasta. — Compram, estão a comprar as almas com transístores, frigoríficos, automóveis económicos... Quem é capaz de resistir a Mefistófeles e continuar revolucionário?

Descem a Avenida: naquele mesmo sítio, esteve ontem o Osório com a Ana Isa. Ela dissera: «A tua mulher sabe que nos encontramos assim muitas vezes?» E ele: «Assim, como?» E ela: «Assim, quero dizer...» — Emperrara. — «Uma mulher vulgar e estúpida teria ciúmes...» E ele: «A Zé não é nem vulgar nem estúpida... Esconderia os ciúmes, em todo o caso!» E ela: «Mas disseste-lhe?» E ele: «Achas que devo esconder...» E ela: «Acho que não... Mas, de qualquer modo, responde-me: disseste?» E ele: «Não.» E ela: «Porquê?» E ele: «Não sei.»

O Alpoim continuava:

— Certos partidos socialistas aburguesam-se para não perder os votos dos operários aburguesados, desistem da maior parte das reivindicações, já nem pedem sequer a socialização da grande indústria... Não é? Estamos arriscados a uma sociedade de cãezinhos de luxo: vivem, por graciosa concessão, na casa dos donos, deitam-se em coxins de seda, têm belos ossos e magnífica comida, veterinário de graça, radiografias de graça, automóveis baratos, reforma garantida para se entregarem à ociosidade...

A Ana Isa insistira: «Acho que deverias dizer-lhe...» E o Osório: «A Zé é inteligente, não é uma mulher vulgar. É ciumenta, portanto...» E a Ana Isa: «Não tem razões para o ser... Não há nada de mal entre nós!» E o Osório: «Que entendes por mal? Percebo: haveria mal se nos beijássemos, se... é o que queres dizer?» E a Ana Isa: «Não, não é isso, mas...»

O Alpoim:

— Arriscados a uma sociedade onde as maiorias serão educadas a desejar automóveis e a ignorar a arte, a ciência, a filosofia, a própria política. Sem dúvida, é preferível um frigorífico, mesmo sem arte, à miséria também sem arte, que assim sempre viveram até hoje quase todos os homens. Mas pode ser esse o nosso objectivo? Aproveitar o progresso das luzes para nos conformarmos com as imbecilidades da televisão?

— Não sei... Que sabemos nós dos fins do homem? Talvez estejam biologicamente feitos para ser cães de luxo e para ter dono. Talvez os quartetos de Beethoven ultrapassem a nossa medida, sejam um disparate absurdo. E que a televisão, sim! De resto, ouvindo alguns dos nossos revolucionários, os quartetos são efectivamente um disparate absurdo, não provocam a revolução imediata!

— Os homens não nasceram nem para uma coisa nem para outra. Nasceram para nada, um simples acidente no Universo, desculpa o lugar-comum. Mas cabe-lhes embelezar esse acidente, dar-lhe um sentido... — Falava com firmeza, quase iluminado, Osório imaginou-o numa tribuna, viu à volta dele alguns discípulos.

A Ana Isa dissera: «Não, não é isso, mas...» E o Osório: «Achas então que não nos deveríamos ver mais?» E a Ana Isa: «Acho apenas que devias dizer à tua mulher que te encontras comigo.» E o Osório: «Ela acabaria por desconfiar que entre nós...» E a Ana Isa: «Imagina que já nos viu... Não é impossível! Ou que alguém lhe disse... Ou até a fatal carta anónima... Que pensará de mim?» E o Osório: «Tens receio do que ela pense de ti?» E a Ana Isa: «Tenho.»

O Alpoim metera-se por um atalho:

— Em Roma, sê romano... Não é isso: em Roma todos são romanos mesmo os que não são romanos. E se em Roma há fascismo... Sabes o que quero dizer? Não são os outros os fascistas, somos nós! — Espirra outra vez. — Todos! Todos somos fascistas, aqueles que o são e também aqueles que não o são, que não o somos...

— Quantas vezes pensei isso? — A sua maneira de proceder, de lidar com a Zé e com a Ana Isa, egoísta, completamente desinteressado do que elas poderão sentir, atento simplesmente aos seus próprios prazeres. Fascista. — Sim, é possível, o capitalismo acabará por dar aos homens um nível de vida admirável. Mas se, apesar disso, alguém vive ainda mais admiravelmente graças ao trabalho dos outros... Há aí qualquer coisa de imoral! E, quanto mais não seja em nome da consciência, devo condenar esse regime... — Sorriu: — Por estranho que pareça, tenho um vício secreto, a moral! Por muito imoral que eu seja na prática, compreendes?

Quando forem a Sevilha, a Ana Isa há-de repetir a pergunta:
— Estiveste tantos anos sem te importares comigo... Porque me procuras agora com tanta insistência?
— Procuro a juventude. — Coisas do destino: um terçolho que cresce (saíra já de Lisboa com uma leve impressão na pálpebra), obrigando-o a usar óculos escuros.
— A juventude! Fiz trinta e cinco anos... Ou procuras o passado? Que horror!
— Não, não o passado. Uma coisa é a juventude, outra o passado. Procuro ser jovem, é diferente. — Frase dita num tom irónico mais do que sentimental. — Queres saber? Entre nós nada há de prático a unir-nos, nem dinheiro, nem laços familiares, nem sequer uma obra a realizar. Será isso?
— A irresponsabilidade...
— Talvez.
Ana Isa hesitara (camisola preta, sem mangas, os ombros descobertos):
— Acho terrível a irresponsabilidade. — Observando-lhe os óculos escuros (foi ela quem ajudou o Osório a comprá-los):
— Talvez...
Dois dias antes de sair de casa, dissera à mulher: «Sim, cultivamos o amor, como há quem acredite em Deus, vá à missa, ou pense que a pasta «Colgate» é a melhor. Mas um dia descobrimos que o amor é uma superstição, podemos passar perfeitamente sem ele. Que no fundo é uma chatice e só o amor conjugal, apesar de tudo, é suportável.» A Maria José: «É o fim!» — «O fim?» — «Se já só crês no casamento, então já não crês em nada...» Riram-se os dois e ela ainda acrescentou: «Que vai ser o casamento dentro de um século? Li no outro dia: dantes, os homens morriam aos quarenta ou aos

cinquenta anos, estavam apenas casados vinte... E quando morriam, os filhos ainda precisavam deles. Agora, e sobretudo no futuro, quando os homens morrerem aos noventa ou aos cem, estarão casados setenta ou oitenta anos... Que terríveis perspectivas nos prepara o progresso!» O Osório: «Publicar-se-ão leis a estabelecer que, ao fim de trinta anos, no máximo, o casamento prescreve... Ou qualquer coisa, como com a carta de condução. Para o casamento continuar legal será preciso, a partir dos cinquenta anos, revalidá-lo de cinco em cinco anos. Marido e mulher terão de garantir perante testemunhas o seu desejo de continuar, que não continuam somente por inércia.» — «Serão muitos os casais que desejarão continuar?» — Haverá uma lei com penas muito severas contra os mentirosos... Obrigando-os a provar por a + b que se dão bem...» Riram-se outra vez. E como agora (ao pé da Ana Isa), Osório voltou a rir-se ao pensar nessa conversa, Ana Isa pergunta:

— Porque te ris?

Encolhe os ombros, sem responder. Recorda-se de que uma vez, e por brincadeira, lhe disse; «Tu és a Morte!» Mas num outro sentido, talvez pudesse acrescentar, quase à maneira do Estrangeiro na *Turandot*: «E a vida!» Pois no dia em que a sua história com ela tiver acabado, será a sua vida que terá acabado também. E por um instante sente um arrepio: não é já essa história que vai consumar-se ali em Sevilha e que, consumando-se, completando-se, começará a morrer, lenta ou velozmente, mas a morrer...? Fascinado, falando consigo mesmo: «Trava a tua história, Osório, foge, guarda a Ana Isa para o futuro. Se deixas tudo concretizar-se desde já, então que te resta?»

A janela do prédio da frente continua vazia. «Eis-nos casados há dois anos — pensa o Amândio, sem olhar para a Ana Isa — e afinal não somos casados, mal nos conhecemos. Eis-nos na mesma cama e ignorando ainda o destino do nosso casamento, eis-nos no princípio de tudo. No fim.» Observa-a num instante e sente um sopro frio a envolvê-lo (os olhos da mulher). Da mulher que deve estar a pensar em... Em quê? O Amândio sabe que nunca conhecerá aqueles meses de incerteza, aqueles dias de adaptação difícil que sempre antecedem o futuro mais ou menos desconhecido mas estabilizado.

— Porque casaste comigo? — pergunta.

— Gostava de ti.

— Conheces o costume dos antigos eslavos: quando morria um homem solteiro, davam-lhe uma esposa, não fosse ele sentir-se sozinho. Foi o que fizeste? Casaste com um homem sepultado?

— Com um homem vivo, e porque gostava dele.

— Gostavas dele! — Uma exclamação céptica.

— É a palavra que te mete medo? Se quiseres, posso substituir essa palavra por outra. E vez de amor diz ódio, em vez de vida diz morte, contanto que digas a mesma coisa. Queres? «Casei com um homem morto porque o odiava.» Ficas mais satisfeito assim? Responde-me também trocando as palavras, mas não os sentimentos.

O Amândio não respondeu. Mas o Osório, certo dia em que ela lhe propôs o mesmo jogo (não é esta, não a primeira vez que resolveu brincar assim), respondeu: «Odeio-te.» Ana Isa: «Não te queria encontrar, porque apareceste?» — «Andava à tua procura quando te encontrei depois de tantos anos... É mentira que se tenha furado uma roda.» — «Nunca mais tinha pensado em ti...» — «Procurei-te sempre, não é verdade ter-te visto algumas vezes e ter-te evitado...» — «Não desejava estar aqui contigo em Sevilha.» — «Não estamos em Sevilha, estamos em Lisboa.» — «Estamos em Veneza.» — «Estamos em Salzburgo.» — «Já em Mira, não gostava de ti.» — «Eu também já não gostava de ti.» — «Espera! Dissemos sempre as palavras contrárias? Vamos então virá-las do avesso para saber o que sentimos?» — Diremos sempre o contrário do que pensamos.»

— Sabias que eu continuaria preso mais dois anos — respondeu por fim o Amândio, não entrando no jogo.

— Não é completamente verdade. Esperava que o Estado Novo caísse. Todos os anos, no dia 1 de Janeiro, coloco o 31 de Dezembro como limite máximo de duração... Vou perdendo a fé pouco a pouco, pouco a pouco, à medida que os meses passam. Em Novembro, quando faltam só trinta de tal dias, as minhas esperanças são quase nulas, isto não cai... Mas vinte e quatro horas depois de terminar o ano, um segundo mais, o coração enche-se de fé. Não pode deixar de ser este ano, penso. — Tira da mesinha-de-cabeceira um transístor e daí a pouco Fletcher Anderson começa a ouvir-se (é o passado que estão a ouvir), ela vai acompanhando o ritmo da música com a cabeça. — Tinha a certeza de que tudo estava muito perto. Casei com um vivo. — Fletcher Anderson, uma melancolia profunda!

— Nunca falámos de amor, conhecíamo-nos há menos de dois meses. Quando recebi a tua carta a perguntar-me se queria casar contigo...

— Não terias casado comigo se estivesses cá fora?

Ana Isa dá uma volta e deita-se outra vez de bruços, apoiada nos cotovelos. Ele não respondeu, talvez não tenha ouvido, atento ao tal barulho quase imperceptível, receoso de não o reencontrar. Mas sim... Abafado pela música, está lá, continua lá. Onde? O quê? Um barulho que não é exterior à Terra, um barulho que não é acidental, que...

O Osório recebeu nessa manhã uma nova carta da Gerda. Escrita em alemão, ainda não conseguiu decifrá-la, nem conseguiu encontrar o Santos Xavier, seu tradutor habitual. Confirmará a vinda a Lisboa para breve?

O Alpoim continuava:

— Ter tempo e dinheiro para consumir coisas estúpidas... E mesmo belas! O que a maioria dos homens consome e produz são coisas feias. Outros, embora produzam coisas feias, consomem coisas belas. Nós os dois, por exemplo, não é?

Ana Isa perguntara (há-de perguntar outra vez em Sevilha): «Estiveste tantos anos sem me procurar... Porque me procuras agora com tanta insistência?» E de súbito ele pensa na Gerda, no que dirá a carta, na primeira vez em que a ajudou a tirar a camisola (ela ajudou-o a tirar a camisa).

— Consumir coisas belas já representa um progresso para os homens, mas é preciso também produzi-las, sabes?

— Sentiu na cabeça o frio de um pingo de água. Um céu puríssimo. Alguém que cuspiu? Talvez: numa varanda debruçam-se dois miúdos igualmente comprometidos e satisfeitos. O Alpoim levanta a mão para eles, fingindo terríveis ameaças.

— Ensina-me. Quero produzir coisas belas, mas não sei...

— De tarde, o Marques perguntou-lhe quem era «aquela rapariga tão interessante que estava contigo no Monte Carlo. De resto, não é a primeira vez que vos vejo...» E teve um sorriso que não chegou a ser indelicado, até talvez fosse delicado, mas que pressupunha um pensamento deste género: «Já te deitaste com ela ou ainda não?» O Osório quase lhe respondeu: «Mas não podes admitir que entre um homem e uma mulher não haja nada...?» Ficou em silêncio a pensar: «Sim, claro, as más-línguas têm sempre razão: quando um homem e uma mulher se encontram mais do que duas vezes é porque há, está para haver, qualquer coisa. A amizade entre os sexos? Pura fantasia. Ou gostam um do outro e combinam encontrar-se ou não gostam um do outro e não combinam encontrar-se, mesmo num café; porque um único elo pode ligá-los: o amor ou, pelo menos, o desejo recíproco. Supor que lhes interessa conversar um com o outro como conversam dois seres do mesmo sexo é uma hipocrisia monstruosa.»

— Qualquer coisa que traduza a personalidade de quem a criou e ao mesmo tempo ajude o mundo a crescer, entendes?

Osório, ironizando:

— Fundemos a Sociedade Produtora de Coisas Belas, SARL.

Hoje sente-se desfeito, chegou a ir à rua da Ana Isa, chegou a ficar umas duas horas sentado no automóvel suficientemente longe para não ser visto se ela saísse de casa, suficientemente perto para poder, momentos depois, fazer-se encontrado. Umas duas horas, como um adolescente. Mas duas horas como um adolescente não será um sinal de que permanece jovem? E, se assim é, então alegra-te, Osório! Foste capaz de esperar por uma mulher que quase certamente não apareceria, sofreste por não a ter visto (embora saibas que a verás amanhã). És jovem, és jovem, alegra-te!

Há-de procurar meia dúzia de livros, há-de pô-los em cima da secretária (sem que a Zé suspeite de nada), há-de dizer-lhe (faltam quase quinze dias):

— Vou-me embora. — Alugou um quarto, mas arrepia-se ao pensar que, se porventura adoece... Sim, quem tratará dele? Quem vai mudar-lhe os lençóis, se suar de noite?

— Para sempre? — «Pronto, acabou-se tudo, acabou-se tudo», sentiu, desesperada, mas logo lhe veio a certeza de que o marido, cedo ou tarde, havia de regressar, e que ter-lhe dito «Para sempre?» fora um desafio inútil, que talvez o obrigasse, por orgulho, a manter a decisão. E como estivera longe do rumo que a conversa acabara de ter, enquanto ele arrumava os livros! Longe, pensando não que ele decidiria deixá-la, mas que o ano lectivo se aproximava do fim, duas raparigas de Germânicas iam acabar o estágio e certamente concorreriam a Lisboa. «Virão para o meu liceu e então, mesmo com vaga em Lisboa, serei obrigada a mudar de liceu, terei de recomeçar de novo com gente desconhecida, terei de lutar para me impor a professores e alunos, partir outra vez do nada.»

Osório responde ingenuamente, acreditando (acreditará?) na eternidade daqueles sentimentos:

— Para sempre. — E, no entanto, nesse momento deseja fazer da Maria José uma confidente autêntica, falar-lhe da Ana

Isa, dos cabelos da Ana Isa («semelhantes a duas volutas barrocas», como um dia lhe disse), dos joelhos da Ana Isa (redondos e macios), daquela vez tão longínqua em que atiraram à água os balões vermelhos e azuis e amarelos. Falar-lhe da Ana Isa, não para enchê-la de ciúmes, mas por ser amigo, profundamente amigo da mulher, e porque só com ela saberá conversar acerca da outra, conversar livremente, contar-lhe até que nesse dia a aguardou horas e horas na esperança, aliás frouxa, de que aparecesse.

Levando o desafio mais longe (longe de mais, pois Osório poderá então sentir-se obrigado por orgulho a nunca regressar), a Maria José: — Um dia voltarás. — Envergonha-se desta frase (sem querer foi assaltada por uma ária insuportável: *Un bel di vedremo*).

— Não voltarei, Maria José. — Palavras pronunciadas agora com pouca segurança, não por ter perdido a certeza de que não voltará mais, mas por saber (conhecimento de ordem geral) que não há sentimentos eternos.

— Cansar-te-ás depressa... — Joga tudo por tudo, arriscando o futuro numa única frase, «mas que interessa defender o futuro, graças à cobardia?» Abre a torneira, um fio de água clara, mas cheirando a desinfectante, cai sobre o tacho (o tacho que lhe serviu de prato). — És incapaz de viver sem alguém que te resolva os problemas mais simples e sobretudo sem uma certa paz que só em casa encontras. — Afasta-se da torneira para não molhar o vestido e ataca o marido a fundo: — Quem te compraria as gravatas? E as camisas? Quem havia de fazer a tua correspondência, imitando a tua assinatura? Nunca mais responderias a uma carta, nunca mais terias uma gravata nova, nem sequer umas cuecas.

Esse instante será grave. Osório vê o perigo: garantir-lhe que se vai embora para sempre, suceda o que suceder? Explicar-lhe, por exemplo: «Até por uma questão de orgulho, e sobretudo depois de ouvir-te esse discurso, não posso voltar mais.» Um homem depressa tem saudades do passado, depressa se desilude do futuro. E, ao pensar assim, nesse preciso instante, admite a possibilidade de regresso e perde portanto a batalha.

— Não sei, pode lá adivinhar-se o futuro, se volto ou...

Maria José desejou responder-lhe «não me encontrarás». À cautela, porém, e sempre meio brincalhona (aprendera com o marido essa prudência irónica), meio séria, foi esvaziando a dureza daquelas palavras, contentando-se com estas:

— Tens a certeza de que estarei à tua espera? — E como ele não responda, insiste: — Pensas que sou mulher e o papel das mulheres é esperar...

— Não — diz o Osório —, penso... — Quase acrescentou «penso que ficarás à minha espera porque não amas mais ninguém e, então, se não amas mais ninguém, já morreste». Sem coragem de lhe falar assim, olhando para ela como quem olha para uma mulher sem esperanças: os bandós do século passado, aquela beleza tranquila (e esses bandós começou a Maria José a usá-los não por conselho da *Elle*, mas porque, certa vez, ao folhear uma enciclopédia, tropeçou pelo caminho no artigo *bandeau*, que vinha ilustrado: *Cheveux partagés sur le front et plaqués sur les côtés de la tête*). Afinal — pensa — conhece melhor a Ana Isa do que a Maria José. Por ser a Ana Isa menos fechada, por falar mais de si mesma? Não, certamente. Porque lhe faz mais perguntas? Talvez, até certo ponto. Mas improvável. Qualquer coisa nela parece mais transparente... Ou melhor: há na Maria José um orgulho, uma espécie de espírito de renúncia que se contradiz, aliás, com uma certa avidez na busca da felicidade e... Fala sempre muito lentamente como quem sabe, sem hesitação alguma, o que tem a dizer, como se não tivesse mistérios a revelar. Ora, Ana Isa muitas vezes atropela as palavras, tem de falar depressa como se desejasse impedir a fuga dos pensamentos que a assaltam (ou porque gosta de pronunciar as palavras?). Maria José dá-lhe uma impressão de tranquilidade (tranquilidade que adere perfeitamente à noção ideal de casamento),

Ana Isa nunca poderá simbolizar o casamento. «Ou poderia dizer exactamente o contrário?», interroga-se, hesitante. Ela:

— Leste o discurso do... — Interrompe-se, para esfregar com mais força o tacho. — Lê! É formidável, é assombroso, não há palavras que..., só inventando!

O Osório já desligou — no tempo em que os homens estavam mergulhados num contágio afectivo, ele seria também os outros, sentiria com os outros, comungaria com eles nos sentimentos e crenças colectivas, não se sentiria diferente (e o que é pior: oposto) da Maria José, da Ana Isa, deste, daquele e daqueloutro. Oposto, alheio, e com esta inevitável conclusão, pois sozinho nada é: um fracasso. Que a civilização fora isso: cada homem descobrir-se a si mesmo como ser único, capaz de sofrer por não sofrer pelos outros, capaz de sofrer por não fazer felizes os outros, capaz de sofrer por descobrir, no próprio momento em que a si mesmo se descobre, que é um ser isolado, zero, perante o mundo em marcha. Diz, sem a Maria José perceber porquê:

— Se pudéssemos matar a consciência, o sentimento de sermos únicos... Quando encontraremos as novas crenças que nos devolvam o sentimento de que somos um todo em vez de átomos isolados em luta uns contra os outros? Mas isto sem regressarmos à pré-história, bem entendido, isto mantendo todos os progressos da civilização e da consciência, e até sabedores de que cada homem é também um ser único? — De súbito: — Sabes? Uma noite destas viram-nos no cinema e disseram-me que eu parecia fascinado por ti!

Osório lê os anúncios luminosos do Rossio sem acreditar no valor da publicidade, pois se alguém lhe pedir amanhã (ou lhe tivesse pedido ontem), que descreva esses anúncios, recordar-se-á somente de um.

— Ouve — diz —, às vezes ponho-me a pensar... Talvez pudesse fazer do meu casamento um casamento feliz... —

Descobre espantado: o tal anúncio, o único de que se lembrava, já tinha sido retirado («Há pelo menos três anos», garantiu-lhe o Alpoim, com quem discutiu o assunto, dias mais tarde). — Mas é isso que não me atrevo a fazer, pois adopto uma atitude passiva e sou um consumidor do casamento, não um produtor. — A testa da Zé, superfície tranquila para além da qual reside a paz... «Se eu quisesse que ela falasse... Mas que esforço!» — Sou um ser por natureza improdutivo, sou por natureza um consumidor sem esforço daquilo que os outros produzem. Queres o título para um romance? *Os Consumidores...* — sim, um dia há-de escrever um romance, o romancista é o mais feliz dos homens, pode falar de si próprio, das suas contradições, do que nele há de reaccionário e não somente progressista, de sujo e não somente limpo, e isso com uma discrição, uma ausência de exibicionismo bem mais difíceis ao poeta.

Pararam em frente de outra agência de viagens — por acaso, o mesmo cartaz da Avenida: San Rufino, a igreja desconhecida, San Frediano...

— Vejo que o mundo capitalista é o mundo que te convém — diz o Alpoim, sem reconhecer a igreja de San Frediano e que já a viu um quarto de hora antes. (Uma dúvida assalta o Osório: San Frediano ou San Michelle?)

Responder-lhe: «O mundo que me convém? Sim, muitas vezes as minhas ideias são progressistas, embora os sentimentos e o hábitos se tenham atrasado, continuem reaccionários... Mas tu, tu qual a tua autoridade para me atirares com isso à cara, tu, que nem precisas de trabalhar a sério? E já alguma vez estiveste preso?» é preferível não responder nesse tom: afinal quem é o Alpoim? Talvez o Alpoim, tão inesperadamente caído do céu... Quem sabe se...? Se, o quê? Além do mais, seja quem for o Alpoim, cala-te com essa história da tua prisão, Osório. Foi há quase vinte anos, quando eras estudante, homem hipócrita, que queres viver à custa das virtudes passadas. Tuas? E nem isso podes dizer, hoje qualquer semelhança entre ti e esse que há vinte anos foste... Pois até o corpo não é já tão diferente, dantes capaz de aguentar o Inverno sem uma gripe, hoje caindo à cama duas ou três vezes por ano? Cala-te, sim, porque a tua prisão... E pode chamar-se prisão a três semanas...? Ah, essa prisão que poderia ter sido o mais belo momento da tua história e que, de certo modo, foi... Mas, entretanto, passara-se uma coisa horrível... Dias antes, iniciara um tratamento humilhante, consequência da passagem por uma das ruas adjacentes à Igreja do Socorro (nem a igreja nem as ruas existem já). E quando prenderam com os colegas... Não explicou logo a situação em que se achava, deixou passar os dias — o Universo, o sentido da História, a justiça cósmica pela qual combatia não poderiam permitir que fosse descoberto, curá-lo-iam milagrosamente. Nada! O Universo permaneceu silencioso aos seus apelos, aquelas quarenta e oito horas sem tratamento agravaram-lhe o mal. Indigno dos companheiros. Ah, e as ironias policiais: «Com que então estes revolucionários...»

«Vejo que o mundo capitalista é o mundo que te convém», o mundo onde podes deixar aos outros as tarefas criadoras. Quanto à história com a Ana Isa... Criava Osório alguma coisa ou vivia a consumir o presente e a prolongá-lo de minuto para minuto, sem querer saber do futuro? Continua:

— Não sei já que povos australianos se deixaram morrer quando a civilização lhes proibiu certos ritos e lhes negou certas crenças. Estará a suceder o mesmo connosco? Proibiram os nossos mitos, depois de tantos anos de espera começamos a não acreditar no futuro e se amanhã lêssemos no jornal qualquer alteração importante nem acreditávamos, consideraríamos um boato. Não vemos saída para os anos mais próximos, deixar-nos-emos morrer de desespero. Com excepção dos jovens, naturalmente. — Mete a mão no bolso à procura da caneta (assaltou-o de repente o receio de que o Eugénio, a quem a emprestara de manhã, não lha tivesse devolvido). Estava. E estava também um pente, comprado depois do almoço a um velhote que se avizinhara dele no momento exacto em que ligava o motor. «Dois pentes por dez tostões.» Após breve hesitação, dissera-lhe: «Dê-me só um», ao mesmo tempo que lhe passava para as mãos a moeda de dez tosões. O velhote compreendeu: «Fique então com este.» Era preto, os outros eram de cor, portanto pouco indicados para um homem. «Não terá por acaso lá em casa uma camisa velha?», acrescentou. — «Não, não...» Deve ter, mas o trabalho de estar agora a combinar um encontro com o velho! — «Uns sapatos...» — «Não...» — «Umas calças...» Começa a avançar com o carro, o homenzinho afasta-se.

O Amândio:

— No próprio dia em que fui preso, tinha decidido pro-por-te casamento, queres crer?

Ana Isa continua com os cotovelos fincados na cama sem dar por que o lençol lhe escorregou pelas costas abaixo até à cintura.

— Pensei também que seria uma maneira de me teres perto de ti. Sentia-me feliz por te ajudar, por acenar-te cá de fora, gritar-te que o mundo não te esquecia e que eu te esperava. Mas tinha medo. Medo de não significar nada para ti. Não era impossível, pois não? — Olhando-o nos olhos: — Porque não me disseste...?

— Já te expliquei...

— Não, não é isso: porque não me disseste que podias ser preso?

— Conhecíamo-nos há tão pouco tempo! — Arrepende-se de falar assim. Pois não é verdade que a Ana Isa teve muito mais confiança nele do que ele nela?

— Sabes que me senti feliz quando soube que foste preso? Não me explico bem: feliz, quero dizer: senti orgulho por ser amada por ti.

— Como te sabias amada por mim? — «Agora já não poderás sentir orgulho.» E quanto tempo lhe resta ainda para confessar toda a verdade?

— As mulheres adivinham. Lembras-te? Na noite anterior, quando jantávamos juntos...

— Precisamos de não perder a cabeça, de conservá-la bem firme. — Momentos antes, o Osório dissera-lhe (e porquê, a um homem que era quase um desconhecido?): «Vou deixar a Zé...» — Nunca te contei, pois não? A minha mulher deixou-me alguns dias antes de morrer... — Pede outro conhaque, enquanto o Osório pensa, não sabe também porquê, «homens como eu, como nós, estão a mais neste mundo e com eles nunca haverá revoluções fecundas.»

— Sabia que estava para morrer? — pergunta-lhe, daí a alguns momentos.

O Alpoim:

— Sabia... — Tinham subido ao bar do Mundial e viam em frente o castelo, quase à mesma altura, erguendo-se acima de uma luz esverdeada. — Não tens calor? — Tirou o sobretudo e pô-lo numa cadeira.

— Conhecemo-nos no enterro do Bernardino Machado... — Uma iluminação repentina, a clara memória desse dia em Agramonte.

— Estava convencido que era o Teixeira Gomes, tinha quase a certeza — responde o Alpoim, a testa enrugada. — Mas é isso, o Teixeira Gomes morreu no Norte de África, salvo erro, e não podia ser.

— Eras tu? — Ainda não se lembra do amigo. Do enterro, sim. E de conversar com um rapaz que só conhecia de vista.

— Éramos os únicos lá do liceu... Doze, treze anos? — Enquanto bebe o conhaque, pensa que na manhã seguinte pagará caro aquele prazer, o estômago suporta-lhe cada vez menos o álcool, qualquer dia terá de consultar um médico. — Pois é: que fazíamos nós no enterro? Começámos a conversar precisamente por estarmos no enterro de uma pessoa desconhecida, embora soubéssemos quem era.

— A maior parte dos meus actos cívicos têm sido praticados nos cemitérios. Começou com o Bernardino, continuou com o Caraça... Às vezes nem chega a haver enterro. Vamos ao cemitério comemorar enterros. Os mortos do Cinco de Outubro, o Trinta e Um de Janeiro... Um civismo necrológico.

O Fernando Alpoim recorda-se do que lhe disse o Osório quando subiam no elevador (falaram em francês para o *groom* não perceber) e pergunta-lhe, esquecendo o enterro:

— Porque vais deixar a Maria José?

Mas o Osório continua:

— Não, não me lembro de ti, embora me lembre de ter conversado contigo, se eras tu.

— Desilusões de carácter político, alguns homens que então nos pareciam geniais eram afinal loucos, profundamente cruéis... O Staline, por exemplo! E apesar de loucos e cruéis tiveram uma influência benéfica na História dos homens. Uma contradição, uma coisa horrível e injusta!...

— Tiveram uma influência benéfica na História dos homens por serem loucos e cruéis ou apesar de loucos e cruéis?

— como o Alpoim não respondesse: — Não, não falámos disso.

— Falámos do contrário, estávamos cheios de fé. Já não sei, mas combatia-se talvez em El Alemein ou em Stalinegrado e o fascismo ia ser implacavelmente destruído, não ficaria uma única semente. Depois, o fascismo resistiu, as divisões ideológicas tornaram-se possíveis, mesmo quando impossíveis e absurdas. A contra-ofensiva capitalista, a Alemanha, a França, a Inglaterra, a Bélgica recuperadas em dez anos, adquirindo um nível de vida impossível antes da guerra. E além de tudo: as nossas vidas, a minha, a tua, não corriam completamente bem — acrescentou, procurando dar à voz um leve tom de ironia.

— Não me recordo exactamente do que dissemos, mas nunca me esqueci desse encontro. E afinal eras tu! Esqueci-me de ti, não do encontro... — Não foi jantar a casa porque prometera ao Eduardo uma corneta e só se lembrou da promessa quando as lojas já estavam fechadas. A vergonha de aparecer ao filho com as mãos vazias, e adiou esse encontro para a manhã seguinte. — Por que razão não nos voltámos a ver no liceu? — pergunta.

O Alpoim prosseguira:

— Mais do que nunca precisamos de sangue-frio. — Não apenas em relação ao mundo, pensa. Porque foi idiotamente apanhado por um laço, que aliás ninguém lhe preparou. Duas ou três conversas com a Maria José e o súbito interesse que nele nasceu... Isto: quase não consegue pensar noutra coisa, vai à tarde ao Chiado na esperança de vê-la, os dias para ele só são dias quando a encontra. E esta ideia: sair de Lisboa, evitá-la! Só de pensar no que se passa (no que não se passa), tem vergonha de conviver com o Osório. Mas agora... Agora, aquela decisão do amigo, aquela intenção de deixar a Zé...

— E é fácil o sangue-frio?

O Alpoim gostaria de ouvir o Osório falar da mulher, sente o desejo de que a conversa siga nesse sentido, o desejo de saber coisas tão insignificantes como: ela usava bandós quando a conheceste? Domina-te:

— Sim, já não acreditamos em homens providenciais, senhores da verdade absoluta, não acreditamos também em doutrinas impecáveis, aceitamos que o erro se introduz nos sistemas mais justos. Por isso mesmo, sangue-frio. Sangue-frio, pois sem sangue-frio poderemos ser tentados a negar tudo. A negar tudo, unicamente por acreditarmos demasiado. — Uma comichão nas costas, uma pulga, quem sabe? Mas apanhada ali? — Compreende... Nas suas linhas mais gerais o que acreditámos na juventude estava certo...

— Procurei-te no liceu, agora me lembra. Nunca mais apareceste...

— Algum tempo antes, já. Empregara-me. A minha irmã, e era ela que nos ajudava a mim e à minha mãe, tinha sido despedida, e no emprego novo ganhava menos. Vamos noutra aguardente? — Terá o estômago em fogo no dia seguinte. — Não bebo mais. — Abrirá a porta de casa com todo o cuidado, não vá o Eduardo acordar e pedir-lhe a corneta. — Onde ia eu? Ah, na minha mulher! Que me deixou um mês antes de morrer... Com outro homem, claro. — A pulga aproximava-se do pescoço, lançara-lhe a âncora nas costas, perto dos ombros, longe do alcance das mãos. — Não sei se poderás compreender. Adoecera, tinha os dias contados e sabia-o. Mas não julgues que éramos infelizes...

— Nunca mais a viste?

— Sangue-frio, hem? Sabemos hoje, e isso não nega as ideias da nossa juventude, que o progresso não é uniforme nem inevitável, precisa de energia e de inteligência, de firmeza e de modéstia, está sujeito a paragens e a erros. Sobretudo: nasce na dor, como os próprios homens... — Leva novamente o copo aos lábios. — Nunca tive filhos. Ouve-me, não me interrompas: éramos felizes, tanto quanto se pode ser.

Nesse instante, a aba inesperada de um sobretudo passou como um tufão sobre a mesa, o Alpoim achou-se subitamente com as calças encharcadas. Num pulo, explodiu:

— Sua besta!

Extremamente calmo, acompanhado por uma mulher alta, muito branca, extremamente calma também, o homem do sobretudo respondeu:

— Bom, nesse caso não lhe peço desculpa, como era minha intenção.

— Pede e é já! — berrou o Alpoim, agarrando-o pelo sobretudo (mas o sobretudo ia seguro apenas pelos ombros, caiu no chão, e o Alpoim quase caiu com ele).

— Deixa... — esboça timidamente o Osório.

— Desculpa e é já! Desculpa e é já! — Tornara-se lívido, completamente fora de si. E num repente gritou (falava a sério ou representava um papel?): — Onde mora, que quero mandar-lhe amanhã as minhas testemunhas?

O outro, imperturbável (a mulher sorria docemente):

— Mas quem é o senhor? Compreende... — Vira-se para o Osório: — Não sei se a condição social do seu amigo... Porque num duelo...

O gerente aproximara-se, tudo fora tão rápido que não tivera tempo de intervir. O Alpoim pôs duzentos escudos em cima da mesa e disse para o Osório:

— Vem daí...

— De qualquer modo, aqui tem o meu cartão — disse o outro, virando-lhe as costas, seguindo com a rapariga em busca de uma mesa vazia.

Entraram no elevador. Ainda lívido, o Alpoim continuava:

— Nunca tive filhos. Ouve, não me interrompas: éramos felizes, tanto quanto se pode ser. Ou só eu? Quando ela se soube condenada, deixou-me... Mas antes, disse-me... — Falava em poruguês, o *groom* ouvia-o em silêncio. — Deixava--me porque... Nunca tivera nenhuma aventura, não queria morrer sem uma aventura.

Falavam espaçadamente, com longos silêncios, e já na rua o Alpoim prosseguiu:

— A morte dera-lhe coragem. É o que me espanta: só ter ousado quando soube que ia morrer! Comigo seria diferente, desinteressava-me...

Se o Osório soubesse que ia morrer dentro de três meses, arriscaria tudo, multiplicaria a vida até ao máximo, viveria nesses dias muito mais do que naturalmente viverá até os setenta anos. Procederia exactamente como a mulher do Alpoim e, quase envergonhado, concluiu que gostava de tê-la conhecido.

— Sim, pensávamos bem em Agramonte. E devemos pôr fora o velho romantismo, mas continuar optimistas, optimistamente cépticos... Ou cepticamente optimistas, não sei. — Os olhos luziam-lhe, sempre muito pálido, e Osório, vendo-o coçar-se ora no pescoço, ora nos ombros, pressentiu (porquê) que o Alpoim estava a morrer (e que o sabia). — Não há dogmas absolutos, há sim situações sempre diferentes que requerem um espírito alerta... E quanto aos fanáticos, não digo que não tenham a sua utilidade, tê-la-ão. Geralmente executam o que os homens inteligentes descobrem, carregam no acelerador da História. Muitas vezes para o mal? Algumas para o bem. Mas abandonemos nós o fanatismo, sejamos simultaneamente cépticos e crentes. Saibamos descobrir o essencial e nisso ser implacáveis. E também o que não é essencial, não é absolutamente seguro, o que pode ser dispensado, pura metafísica, até quando nega sê-lo. E quanto a isso, tolerância completa.

Uma súbita raiva apossa-se do Osório, irritado com a cena a que assistiu, irritado por o Alpoim pretender falar em nome da consciência universal:

— Não, não. Pelo contrário: sejamos fanáticos, sejamos intolerantes, a tolerância é a filosofia de quem deseja que o mundo permaneça inalterável. — Irritado também por ter dito o que acaba de dizer.

Em Sevilha, o Osório:

— Às vezes ponho-me a imaginar um ser extremamente poderoso, um deus sabedor de que dentro de tantos biliões de anos a Terra há-de explodir e com ela os homens... O deus dos Incas, por exemplo, sabedor de que na manhã seguinte os conquistadores espanhóis haviam de chegar. E no entanto deixou o seu povo na ignorância de que não valia a pena fazer planos para daí a uma semana...

— E então? — Está a perguntar a si mesma: «Que pretendes dizer, Osório? Falas para exprimir alguma preocupação, falar é para ti uma forma de viver, ou falas por falar, e apenas porque gostas da musculatura das palavras?»

— Nada. Mas olharia para nós certamente perturbado, compreendendo mal que os homens insistissem obstinadamente na luta, achassem que valia a pena criar um mundo melhor, em vez de se contentarem com ele tal como o tinham encontrado.

— E depois?

— Depois... depois é isto: nós somos esses homens e também esse deus; sabemos que todos os nossos esforços se destinam a nada, conhecemos a terceira lei da termodinâmica...

— Que pode interessar-me o que sucederá daqui a não sei quantos biliões de anos? Já não serei eu que desapareço, serão outros...

— É certo. Morrerás somente daqui a trinta anos. Quem sabe? Talvez exactamente de hoje a trinta anos. — A Ana Isa observa uma Lua imensa (e essa Lua já foi observada muitos séculos antes pelo Almançor, porque não?).

— Muitos homens lutam por coisas que transcendem os trinta anos que lhes restam. Ou menos, um ano, um dia, um minuto... E morrem, quando poderiam viver. Durante a guerra de Espanha, milhares de homens, que em princípio nada tinham com o que se passava em Espanha, abandonaram os seus países, foram para a guerra, e morreram. A maior parte deles não acreditava na imortalidade da alma, sabiam que se morressem morriam mesmo. Que se morressem nunca saberiam se tinham colaborado numa vitória ou numa derrota... — Presente por baixo da frieza da saia de cabedal da Ana Isa o volume das ligas. — Ou não... Precisamente por sabermos que a morte é inevitável, não seria lógico arriscar tudo? Afinal que importa morrer vinte ou trinta anos mais cedo, não é? Mas parece que importa, parece que à escala individual... — Assim como sucedeu à Ana Isa minutos antes, também o Osório descobre subitamente a Lua. E assim como a Ana Isa, imagina que aquela Lua foi vista por..., aqui há uma pequena diferença; não é no Almançor que está a pensar, mas em Afonso, *o Sábio*. E também em Lorca, é difícil ver a Lua e falar da morte na Andaluzia sem pensar em Lorca e sem pensar que Lorca talvez pudesse ter fugido à morte. Mas seria o mesmo Lorca que tanto admira? — Neste mundo, quase não se dá pela morte, apesar de sabermos que está à nossa espera.

— Já dei por ela quatro vezes... Morreram os meus pais.
Não, talvez não tenha dado pela morte deles, era tão nova!
A minha madrinha disse-me que tinham ido fazer uma viagem.
— Os dois ao mesmo tempo?
— Não. Primeiro partiu a mãe, uns meses depois o meu
pai. Às vezes eu perguntava quando voltariam. Um dia soube
que tinham morrido, mas não compreendi bem o que era
morrer e continuei a esperar por eles. Quando descobri, ao fim
de alguns meses, que os mortos não voltam, fiquei com a
impressão de que eram cruéis, não sentiam por nós as saudades que nós sentíamos por eles. Que não tinham sentimentos;
de contrário, se nos amassem, venceriam todos os obstáculos e
viriam matar saudades connosco. Acabaram-se as lágrimas:
não tinha pais, quase não os tivera, não os tivera até durante
algum tempo em que julgara tê-los. E se estavam mortos, se
não vinham ver-me, é porque não me amavam. Com nove
anos, pus-me a olhar para as outras crianças e senti um vácuo.
Aí está — pensa o Osório —, consumidor, até com as
mulheres; consome mulheres, não contribui para que elas se
enriqueçam, vençam o vazio, se criem a si próprias.
— Quanto ao Ricardo — continuava Ana Isa —, também
pude habituar-me à morte dele. Soube que viria a morrer
dentro de três meses, mais coisa menos coisa. E quando enfim
morreu, apenas senti que se passara o que eu não ignorava que
havia de passar-se. Uma espécie de intimidade com o futuro,
como se o futuro já estivesse presente... Mas com o meu filho...
Foi uma coisa súbita. De manhã, ele estava vivo e à tarde já
não. — Palavras ditas em voz baixa, com a vontade inútil de
chorar ou de morrer. — Pronto... — E desvia os olhos. Acrescenta, lentamente (e não está a brincar, com a morte de um
filho não se brinca — sabe o Osório): — não creio que gostasse de mim, se gostasse verdadeiramente de mim vinha visitar-
-me. Não haveria barreiras... — Calou-se.
— Sim, uma ou outra vez toca-nos de perto, mas na
maior parte dos casos... Mesmo quando nos cruzamos com

um enterro. — Recita: — «Quando o enterro passou / Os homens que se achavam no café / Tiraram o chapéu maquinalmente / Saudavam o morto distraídos...» Não me lembra o resto — acrescenta.

A Lua: reflectida no rio, muito serena (Osório pensa no rosto tranquilo da Maria José).

Amândio:
— Vês que não é um táxi, este barulho? É outra coisa...

Ana Isa olha para ele atentamente, sem compreender o motivo daquela inquietação. Ou talvez seja a terra que treme, que se prepara para tremer e já lá fora os pássaros voem e os cães ladrem e os ratos saiam dos esgotos. Procurando surpreender qualquer imperturbável movimento, fixa os olhos no candeeiro que desce paralelo à parede. Pois está em Lisboa, pois de duzentos em duzentos anos há um tremor de terra, pois talvez dentro de poucos minutos esteja morta, esmagada por aquele tecto que parece agora protegê-la. «Não, pensa o Amândio. É o ruído do mundo, ao girar, o mundo que avança, avança sem que eu empurre, mas avança.»

— Quantas vezes pensamos na morte, mesmo quando vemos um enterro? («Um no entanto se descobriu num gesto largo e demorado...») Poucas... Tudo à nossa volta respira vida, convites à vida, ainda que se trate de uma vida miserável. Dantes, não... Os anacoretas, por exemplo. E as danças da morte. A religião, gritando a toda a hora, a todos os instantes: Tu és pó e em pó hás-de tornar-te... A vida era considerada a antecâmara da morte, um mero estágio para morrer. Hoje, não. A educação é outra, imunizou-nos contra a morte. Os cientistas explicam: a morte é um problema como qualquer outro, não um mistério; pode vir a ser em grande parte solucionado e já o está a ser. Só nos falta a verba, o dinheiro, gasto com os armamentos que servem para matar. Atiram-nos à cara com estatísticas. No Paleolítico, a vida média era de trinta anos ou menos, hoje setenta, amanhã... Verba, uma simples questão de verba, o dinheiro tudo vence, obrigará a morte a recuar cada vez mais, matá-la-á um dia... Ah, pois não foi possível manter indefinidamente vivo o coração de uma galinha? Certamente também o coração de um homem... E se alguma coisa os biologistas não compreendem é a razão por que as células morrem, a razão por que os seres vivos envelhecem...

— Nunca te morreu ninguém muito chegado?

— A nossa educação mascara a morte. Dantes, os pintores pintavam-na nas paredes, hoje escondemo-la cuidadosamente debaixo das nossas paredes, que são brancas, sepulcros caiados. Até os cemitérios, com os seus grandes jazigos no meio das cidades, hão-de acabar; numa época em que cada metro quadrado custa uma fortuna, como admitir tamanho desperdício de terreno? E os enterros passam rapidamente pelas ruas para não interromper o trânsito, quase se escondem, e, como já não usamos chapéu, nem sequer nos podemos descobrir num gesto largo e demorado... Quase não há luto! Mesmo sem dar por isso, passamos a vida a esconder a morte.

— A esconder-nos dela?

— Vivemos como se não existisse, como se não estivesse à nossa espera, quase nos habituámos a ela. E, no entanto, a morte é uma coisa dos nossos dias, antes não existia, pois existia a vida eterna. Data do século XIX, não? Estranhamente, deixámos de ter medo dela, precisamente quando começámos a morrer.

Ana Isa respirou fundo a noite fresca, o luar, a Primavera soprada brandamente dos campos próximos. Achava graça às palavras do Osório e sabê-las mais ou menos arbitrárias, mais ou menos viráveis do avesso, nem falsas nem verdadeiras, longe de dar-lhe a sensação de uma conversa inútil, enchia-a de felicidade. Por isso mesmo fez uma pirueta verbal:

— Não disseste no outro dia que eu era a Morte?

Ele não contava com esta ofensiva, mas defendeu-se bem:

— Sim, às vezes penso, tu és a Morte e esperas-me... — Continua a pegar-lhe no braço, continuam debruçados sobre a Lua, lá em baixo do rio. — Outras vezes não. Penso que estou morto, no rio dos Mortos, e tu vens buscar-me, de novo reúnes uns aos outros os pedaços em que fui retalhado, e a Primavera renasce...

Maria José, falando consigo mesma: «Hás-de voltar, mas que interessa um marido que há-de voltar apenas porque não encontrou lá fora nada a que possa agarrar-se definitivamente? Que volta apenas porque eu, apesar de tudo, ainda sou o que há de mais sólido neste mundo? Que volta apenas porque é casado e o casamento representa a ilusão da tranquilidade, a tranquilidade imposta à inconstância dos sentimentos?»

Então, olha para o filho (está a brincar com um automóvel) e pensa: «É em ti que a minha vida terá de concentrar-se...» Mas o filho, pouco a pouco, pouco a pouco ir-lhe-á fugindo... Horrorizada: «Tu não és um trunfo, tu não és um trunfo...» Horrorizada, pois descobriu, ao murmurar estas palavras, que sem o saber encarava a vida como um jogo em que umas vezes se perde, outras se ganha. Ora, sempre considerara a vida uma coisa séria, não um jogo. Considerara, julgara considerar, ou considerara mesmo? Olha de novo para o filho, fechou os olhos, viu-o como se fosse a carta de um baralho: uma figura dupla, duas metades iguais coladas uma à outra pela cintura, uma virada para baixo, a outra para cima.

Valete.

XI

Qualquer coisa como isto:

— Hein-zei-buch-ben-ris-hoj.

Ele respondia, sem ênfase:

— As armas e os varões assinalados / Que da ocidental praia lusitana... — Estendidos ao sol (um sol frouxo) a praia, olhavam o mar lá ao longe, frio e cinzento.

—Hein-zei-buch-ben-ris-hoj.

— Pela estrada plana, toc, toc, toc...

— Topf? Kopf? Rock?

— Toque. To-que. — Beija-lhe a boca. — to-que. — Tentou uma explicação com as mãos, achou método melhor, desenhou na areia um sinal de igual, dois pequenos riscos paralelos. Dizia então: «Toc», apontava para o sinal de igual, e acrescentava: «liebe».

— Liebe? — Deitada de costas, atraiu contra o peito a cabeça do Osório. E novamente o Osório ouviu sons estranhos que queriam decerto exprimir um mundo fascinante, mas para ele ecoavam assim, inteiramente vazios: — Hein-zei--buch-ben-ris-hoj.

Respondeu:

— Rua Angelina Vidal. Avenida da Liberdade. No plaino abandonado / Que a morna brisa aquece... — ela ouvia: à-a--in-al-dad-iz-esse.

Um misto de alemão com algumas palavras suecas. Nem uma de francês, de inglês, de italiano, de espanhol.

Chuva inesperada, uma chuva de Junho que caíra sobre Cascais, pusera-os frente a frente. Osório — tudo isso sucedera três anos antes — fora passar alguns dias numa pensão de Cascais com o argumento (verdadeiro) de que precisava de paz e de esquecer a família por uma semana para depois a recordar melhor. Com o argumento também de que em casa não tinha ambiente para concluir uma tradução que deveria ter sido entregue dois meses antes.

Fora tomar café ao velho Tavares e, mal entrou, viu uma rapariga (não, uma senhora dos seus vinte e oito anos) americana, decerto, a beber um cálice de Porto. Um ar algo deslavado, excessivamente loira, excessivamente branca, muito bonita, mas de uma beleza um tanto asséptica — em todo o caso, as calças compridas ao realçarem as ancas redondas despertavam certos desejos que, vestida de outro modo, ficariam por despertar. Não só isso, quem sabe? Fosse ela portuguesa, tivesse aquelas mesmas ancas, e o Osório sentir-se-ia indiferente ou quase.

Entretanto, o café Tavares foi destruído e agora, o Osório, três anos mais velho, e a Ana Isa, também três anos mais velha (mas sem o saber por lhe faltar o mesmo ponto de referência), descem a Rua do Ouro, também chamada Áurea. À noite, ele terá de ir ao aeroporto (uma carta da Gerda avisava-o da chegada às onze e meia). Na esquina com a Rua de São Julião, diz:

— Por aí abaixo até à Rua do Comércio, estendia-se a Rua Nova dos Mercadores, uma rua larga que contrastava com as outras. E com um piso perfeito. — Olha para os sapatos da Ana Isa, a maneira seca como bate com os tacões no chão, a maneira branda como assenta depois o resto do pé. Imagina-te lá com os teus saltos altos! Várias boticas, não sei quantos ourives. Ah! E até onze livreiros! No século XVI, hem? Onze livreiros, imagina, com as últimas novidades, e não só portuguesas, que seriam poucas. Castelhanas, italianas, latinas.

— Os livros eram baratos? — Nessa manhã, Ana Isa recebeu uma carta do Amândio. A carta de quem certamente vive para ela, mas não pode manifestar-se com intimidade, pois outros olhos a que não fora destinada se haviam de colocar de permeio. E pedia-lhe livros. Por sinal, um livro sobre Lisboa. — Caros... Quem não tinha dinheiro, alugava-os. — Para o Osório seria um autêntico martírio viver num mundo em que os livros fossem de aluguer, pois grande parte do prazer da leitura resulta da posse real, física, do volume, e por isso mesmo detesta pedir livros emprestados. — Nas lojas, havia de tudo: as escarlatas de Veneza, as marlotas de Constantinopla, os veludos de Génova, os damascos de Lucca. — Momentos antes estiveram na Avenida a olhar para um cartaz com a fotografia colorida de San Frediano (ou San Michelle?) em Lucca. — O oiro, as Molucas...

Ana Isa ia repetindo mentalmente, com verdadeiro prazer, aqueles sons (as escarlatas de Veneza, as marlotas de Constantinopla, os veludos de Génova, os damascos de Lucca).

— ... o cravo das Molucas, o almíscar de Ormuz, o oiro de Sofala e de Sumatra, as pérolas do Japão...

«O cravo das Molucas, o almíscar de Ormuz, o oiro de Sofala e de Sumatra, as pérolas do Japão...» Ele calara-se. Ana Isa:

— Mais?

— A noz-moscada de Mascate... — Começa a perder velocidade, a memória fecha-se-lhe. Num esforço: — Os tecidos da Flandres... — A tentativa de resolver a dificuldade pelo humor: — Não sei mais. mas amanhã digo-te, preparo a lição... — Tecidos da Flandres era pobre como som e saber.

— Onde aprendeste tanta coisa? — Caminham lado a lado, mas como ele é mais forte não avançam bem a direito, insensivelmente vão-se aproximando da borda do passeio, e quando a Ana Isa dá por isso começa a oferecer-lhe uma certa resistência com o corpo, senão acabará por ser expulsa para o meio da rua. — O cravo das Molucas... Molucas ou Malucas, parece-me que li algures...? — Como ele continue a empurrá-la, como ela continue a resistir, estão muito encostados um ao outro: não só os ombros, por vezes as ancas, por vezes as pernas, num roçar instantâneo que lentamente se infiltra pelo corpo da Ana Isa. E do Osório?

Não dá por nada e poderia responder à pergunta da Ana Isa (não a pergunta silenciosa acerca da porta dos sentidos, se aberta ou fechada, a do cravo das Molucas): «No Oliveira Martins.» Tal confissão, desprovida de sabor erudito, revelar-se-ia facilmente acessível e preferiu mentir:

— No Garcia de Orta, no Tomé Pires... — Não se atreveu a dizer: «Na Torre do Tombo», Ana Isa era capaz de não acreditar. Mas assim, pelo menos, o seu conhecimento tinha um sabor de verdade em primeira mão.

Já estavam perto do Terreiro do Paço, ombros contra ombros.

— Havia grades de ferro à frente das lojas dos cambistas, sabes porquê? Para que a arraia-miúda não pudesse aproximar-se.

— Em Portugal há sempre grades, digo bem? Vê-las-emos mais tarde no Passeio Público e... — Quisera aproveitar esta oportunidade para fazer um pouco de política, não por achar necessário, mas porque fazer política em tais circunstâncias se tornara para ela um hábito, uma espécie de demonstração a si própria de estar alerta (embora efectivamente só estivesse alerta com palavras inúteis). Envergonha-se daquela máscara e diz: — As escarlatas de Constantinopla...

— Um formigueiro de gente... — Deu subitamente pela falta (não dera pela presença) do ombro, um ombro tépido, da Ana Isa. Procura então lembrar-se com nitidez do gosto dessa fugitiva resistência, quando ainda o ignorava, e tenta surpreendê-lo para além do nevoeiro da memória. — Estas ruas geométricas não permitem que faças uma ideia — diz, com dificuldade.

— A gente é a mesma, as grades continuam. — Uma vertigem: insistir na nota política.

— Imagina que te surge pela frente um rinoceronte domesticado. — «De Mascate? De Ormuz?», pensa ela. — Depois, elefantes... Sabias que os elefantes preferiam servir o rei de Portugal a servir os sultões indianos? Di-lo o Garcia de Orta, com a autoridade de quem só acredita nas coisas claramente vistas. Depois, uma onça na garupa de um cavalo persa. Ouves os clarins e os atabales? — «Os atabales e os clarins», repete a Ana Isa. — E ali o vês, atrás dessa parada de circo: o rei de Portugal! Como um sultão da Babilónia...

«Estou morta, até ele sente que estou morta e que tenho de ressuscitar...» O rádio aberto *(Non so piu cosa son)*, a janela aberta, uma árvore florida e sossegada. «Esquece o teu marido, não sejas mais e apenas a mulher dele, alguém de quem sempre se diz: a mulher do Osório — e não a Maria José... Procura ser quem és, cria a tua vida, uma vida em que dependas unicamente de ti ou daquilo que fizeres (daquilo que fizeres, tendo em vista os outros).» Sim, descobriu: não era professora, mas esposa. Se tivesse de procurar uma expressão que rigorosamente a descrevese, não poderia ser *Maria José*. Não poderia ser também *professora*. Pensa outra vez: *mulher do Osório*. Nem sequer *mãe do Eduardo*. *Mulher do Osório*.

Na manhã seguinte, com o propósito de deixar de ser a *mulher do Osório* e passar a ser a *Maria José*, vez de se ir embora rapidamente, no primeiro intervalo, para a sala dos professores, deixou-se ficar sentada à secretária, na esperança de algum aluno a procurar. Mas o que os rapazes queriam era a porta, quase se atropelavam ao sair. Precisava de chamar um deles, perguntar-lhe qualquer coisa, não qualquer coisa de fácil resposta, mas que permitisse uma conversa. Lembra-se então do Aníbal: há bem pouco tempo, trazia as *Terras do Demo* debaixo do braço.

— No outro dia andavas a ler um livro do Aquilino... — Sentiu-se emperrar. Que mais dizer? — Gostaste?

O Aníbal foi apanhado de surpresa: é um aluno inteligente, mas cábula, passa grande parte das aulas distraído (olha sempre para ela como se estivesse atento, mas quando a Maria José começa a fazer perguntas para os lugares, desvia os olhos).

— Lembro-me — continuará — da impressão que me causou as *Terras do Demo*, há muitos anos... — O Aníbal não respondia, cheio de pressa, provavelmente não resolvera o exercício de Matemática passado para casa e tencionava aproveitar o intervalo para copiá-lo de algum amigo.

— Gostei... — diz com secura.

— Vais para Letras? — Que aula tinha ele a seguir? Consulta discretamente o livro dos sumários e lá está: Matemática. Sim, é isso. Ou quererá ir à retrete?

— Medicina. — Com os olhos postos na porta.

Entretanto, tinham-se aproximado outros dois rapazes.

— Os médicos são muitas vezes dados às letras... — Uma frase estúpida, não lhe ocorreu outra melhor. — Também fazes versos? — Frase mais estúpida ainda.

— Não — responde, quase indignado.

— Escreve contos — diz o Araújo.

— Cala-te — interrompe-o o Aníbal, com um gesto de irritação.

Mais convivente, o Araújo adiantou:

— Estamos a pensar num jornal literário...

— Sim? — Deseja que lhe peçam ajuda, mas, de repente, pensa no Dr. Bastos (é o professor de Português). Sentir-se-ia ofendido se ela interviesse no que considera a sua horta. Perguntou: — Falaram ao Dr. Bastos?

— Não, vamos fazê-lo sozinhos.

— Gostaria de ver... Depois mostram-no? — Sim, o Dr. Bastos, para quem o Fernando Pessoa nada tem que ver com a poesia. Arrisca: — Podíamos tentar um jornal literário em inglês... — Procurava aliciá-los para uma obra comum, qualquer coisa em que ela tivesse alguma parte. — Um jornal em inglês com uma página literária em português... — Sentiu que não a queriam, receosos de o jornal passar a ser dela e não deles (eles queriam ser *eles*, não os *alunos da D. Maria José*).

Deverá então a Ana Isa voltar-se para o Osório e propor-
-lhe: «Porque não confessamos a verdade? Porque não dizemos um ao outro que nos amamos e que esse amor não pode
ser fim, mas começo? Juntos ou separados, porque não poderemos viver um com o outro, e felizes?» Mas, mesmo em
Sevilha, a verdade amedrontou-os. Ah, se tivesse conhecido o
Osório em Mira sem ter conhecido o... (Teria casado, seriam
hoje infelizes, a vida em comum teria aberto entre eles um
abismo, odiar-se-iam talvez).

— Amanhã vamos a Carcavelos — dirá o Amândio, bei-
jando-lhe os cabelos.

— Podemos procurar uma praia calma, em Carcavelos há
gente a mais... Iremos à Fonte da Telha, à Praia da Rainha...

— Gente a mais, em Abril?

Não sabe porquê: talvez por ver a camisola vermelha da
rapariga da janela da frente, a Ana Isa acaba de decidir: aban-
donará o preto, começará a usar vestidos de cor.

— Carcavelos foi uma das minhas ideias fixas... Quantas
vezes me deitava à noite a recordar Carcavelos! — Virou-se de
bruços, põe os braços debaixo da almofada para sentir melhor
a momentânea frescura de uma superfície ainda não aquecida
pelo corpo. — Lembras-te daquele casal meu amigo que olhou
para nós não sei como? Tu disseste: «Imaginam que me con-
quistaste...» (Disto não se lembra: da mulherzinha com uma
criança ao colo e a criança tinha a cara cheia de feridas e a
mulher apregoava: «Quatro cabides por dois mil réis.» Certamente um bom médico teria curado a criança, porque não a
levou imediatamente a um bom médico?)

— Tratávamo-nos por você. «Julgam que sou uma conquista sua...» — E neste instante onde estará o Osório? Pensa:
«Depois de amanhã, passo na Avenida, sento-me num banco...»

— Ou isso. Estive até para dizer não sei quê a propósito:
«Quer ser?» Ou então «Quem dera que fosse!» Mas tu cortas-

-te-me as vazas. Desconversaste, e embora eu procurasse voltar ao assunto nunca mais foi possível, a oportunidade tinha passado... Ana Isa! — Retira os braços do travesseiro. — Nesse dia, já sentias alguma coisa por mim? Quando foi que...?

No dia seguinte, esse tal dia seguinte em que a Ana Isa e o Amândio hão-de passar a tarde em Carcavelos, o Fernando Alpoim também passará a tarde em Carcavelos. Não porque no dia anterior saiba já (como eles sabem) que irá à praia, só no último momento resolvera, impelido pela Primavera. E com umas folhas de papel no bolso (talvez a inspiração marinha o visite), senta-se numa esplanada a apanhar sol e a ver as ondas e a apreciar os poucos banhistas (as poucas banhistas) que correm de um lado para o outro, indiferentes à areia húmida e à neblina baça. A trinta metros (o comprimento de uma baleia azul), sentada também, a mulher que o deixou, a mulher que não morreu, a mulher que nunca esteve para morrer dentro de seis meses (a não ser que o esteja hoje), a mulher que lhe disse simplesmente ir-se embora, a mulher a quem pediu que não se fosse embora, a quem disse que podia encontrar-se com o outro... «Nem precisas de me dizer que te encontras com ele, não preciso de saber nada, ignorarei tudo.» Ali tão perto, tão ao alcance de... De quê? Tão ao alcance de um tiro! (Se pudesse matá-la e, depois de morta, ela continuasse a viver como se nada se tivesse passado!) então pensou ser fácil dar-lhe um tiro (não importa que já não seja o mesmo o homem com quem ela está — esse outro, sim, morto há alguns anos) e sempre a ver as ondas, a areia, os banhistas que correm, uns miúditos a brincar numa lagoa deixada pela maré alta, começou a imaginar o que faria depois dos tiros, enquanto os dois jaziam banhados em sangue. Suicidar-se-ia? «Gesto tresloucado. Ontem, quando se encontrava numa esplanada da linha de Cascais... O homicida pôs termo à vida, depois do desesperado acto.» Deixar-se-ia prender? «Cena de sangue. Ontem, ao princípio da tarde, numa esplanada de Carcavelos...»

— Relógio automático, freguês... — Amável, bigode elegante, cor de cigano.

— Porque casaste com ele?

— Não era um homem culto com quem se pudesse conversar sobre certas coisas, mas era alegre, brilhante, e isso fascinava-me. De um momento para o outro resolvia fazer um disparate, ir a Paris ou a Madrid, alterava tudo o que estava decidido... Um desses homens, pelo menos nos primeiros tempos, que punha à volta dele toda a gente satisfeita. E tive a ilusão de me transformar se vivesse com ele, de que me esqueceria de mim própria, percebes? Ainda hoje não sei o que se passou, tudo isso se desfez ao fim de meia dúzia de meses. Em vez de ser eu a tornar-me alegre, foi ele que se tornou triste...

Sim, se tem conhecido o Osório em Mira, mas não a madrinha, nem o afilhado da madrinha, o Fernando, o Ricardo, que acabaria por levar três meses a morrer! E a Ana Isa acompanhou-o sempre, durante esses três meses de hospital.

Nos últimos dias, somente nos últimos dias, ele compreendeu a verdade. Quase até ao fim, acreditara na cura. E ao mesmo tempo que se aproximava da morte, aproximava-se também da Ana Isa, começava a descobri-la pouco a pouco, ele que há muito tempo já vivia afastado dela, que nunca a entendera. E talvez também por senti-la superior, mas essa superioridade que encantava, enquanto não eram casados, começou depois a pesar-lhe. E, entretanto, meteu-se com outras mulheres.

Ana Isa sabia de tudo, não por procurar saber, mas recebia cartas anónimas que lhe expunham tintim por tintim os passos do marido e as mulheres com quem andava. Deste modo, vivera seis anos, tivera um filho, amara esse filho, o filho morrera (de manhã ainda estava vivo, morrera só à tarde, subitamente) e ficara só. Embora não compreendesse porque preferia o marido as outras (mas ela amava-o de facto para se preocupar?), nada lhe perguntou (várias vezes se lembrara do Osório, porque não vingar-se do marido com o Osório?). Aqueles três meses de viagem para a morte vieram a ser os únicos em que entre os dois se estabeleceu um convívio íntimo e olharam um para o outro como se fossem casados (mas ela olhava-o assim porque o sabia morto). E o Ricardo disse--lhe, certa manhã: «Porque perdemos tanto tempo, Ana Isa? Vamos recuperá-lo.» Passava longas horas em silêncio a olhar para o tecto ou para a Ana Isa, enquanto ela em voz alta lia o jornal ou um romance de ficção científica. Muitas vezes, o Ricardo distraía-se da leitura e punha-se a pensar em quê? Foi precisamente numa dessas ocasiões que disse: «Porque perdemos tanto tempo, Ana Isa?» Ela não achara ainda a resposta, falsa ou verdadeira (tanto fazia uma como outra), e já ele continuava: «Quando sair daqui aproveitamos o tempo, procuraremos viver tudo o que não vivemos hoje.» Ana Isa não podia ignorar que tudo quanto ele não vivera até ali estava irremediavelmente perdido (não mais do que se continuasse a viver), daquela sala sairia definitivamente morto.

— Olhava para ele deitado na cama e certa noite tive uma iluminação terrível. Senti os braços tolhidos, não podia mexer-me. Sabes porquê? O Ricardo confessou mais do que uma vez: «Quando sairmos daqui, aproveitaremos o tempo...» E eu, que estava com o Ricardo ali no presente, eu, que tinha no meu relógio a mesma hora dele, e a mesma hora e a mesma data, o mesmo dia do ano, eu estava também lá muito adiante com outra hora no relógio e outra data no calendário da parede. Percebes? Estava no futuro, sabia que o Ricardo havia de morrer. De morrer, não. Já estava morto. Sim, é isso, o tal deus que tudo sabe e se admira de os homens lutarem pela vida num mundo onde tudo é necessário e nada é contingente. Percebes? Estava no futuro. O Ricardo dizia: «Havemos de aproveitar o tempo...», mas eu sabia que ele não tinha tempo para aproveitar. E então é isso: apenas porque sabia que o

Ricardo ia morrer, podia vê-lo de cima, podia vê-lo de um ponto três meses à frente. Estava no futuro. Quando sabemos que alguém vai morrer, podemos olhá-lo com outros olhos, olhá-lo do cimo de uma montanha. Porque a morte nos permite conhecer o futuro ou, pelo menos, ver as coisas como se estivéssemos no futuro e não no presente? O futuro não será um dos nomes que damos à morte? — Enquanto a Ana Isa fala assim num bar de Sevilha (e desta vez será o Osório a pensar que as palavras permitem que se faça com elas tudo quanto se quer, inclusivamente frases sem significado), ele pergunta-se a si mesmo: «Quem sabe? Talvez de hoje a um ano, de hoje a dois anos, de hoje a três anos...»

Ela continuava:

— Mas todos havemos de morrer. Eu própria. E de súbito, nessa noite, olhei para mim de um ponto muito afastado no futuro e estava morta também...

Osório, apertando-lhe o braço («Sim, estamos todos mortos.»):

— Comemoraremos então o dia de hoje, o aniversário do dia em que havemos de morrer.

— No mesmo dia? — Franziu as sobrancelhas escuras.

— Não, eu daqui a três anos, tu daqui a quatro.

Um dia (exactamente três meses depois de o Osório ter saído de casa), Maria José receberá a seguinte carta do Alpoim: «Ponho-me a imaginar que amanhã poderei morrer, Maria José, e de repente sinto... Interrompo aqui a carta, pois acabo de descobrir que escrevi o seu nome — Maria José — pela primeira vez (e, portanto, agora que o repeti, já o escrevi duas). E é bom escrevê-lo, um nome acaba por ter a forma da pessoa a quem pertence e, de certo modo, eu, ao escrevê-lo» — não tem a intenção de mandar a carta, escreve-a sem cuidados, pelo puro prazer de a escrever — «foi à própria Maria José que afaguei com as minhas mãos.» Aqui, a Maria José interrompe a leitura. Indignada? Não, mas um certo mal-estar: o Alpoim não se atreveria a redigir aquela carta se ela, mesmo sem o saber (mas não o saberia? — e essa era a questão), não o tivesse animado a escrevê-la. Rasga então a carta em duas partes, rasga-a em quatro, e quando vai rasgá-la em oito suspende o gesto.

Não continua a leitura, guarda numa gaveta os pedaços (talvez uma dia leia o resto).

A Ana Isa sabe que tudo quanto o Ricardo não viveu ficará irremediavelmente por viver, daquele quarto vai sair definitivamente morto. Mas diz-lhe:

— Temos muitos anos à nossa frente.

Foi então procurada por uma rapariga aí dos seus vinte e poucos anos e mal a viu reconheceu-a logo: era a Luísa (poderia ser a Marta, poderia ser a Eugénia se isso se passasse dois ou três anos antes) — as cartas anónimas eram prodigiosamente pormenorizadas. «Gostava de ver o Dr. Ricardo», começara; contou-lhe tudo, disse a verdade, embora de uma forma discreta («e se me dizes a verdade, não será por o Ricardo, apesar de tudo, te dar a entender que não sou uma mulher vulgar?»). Ana Isa tinha de corresponder à ideia que a outra fazia dela. E cedeu, saiu à tarde por duas horas, andou a pé pelas ruas de Lisboa a gozar o sol, encantada com a flor dos jacarandás, viu até (ou seria ilusão?) o Osório passar velozmente ao volante do seu automóvel. Quando regressou, o Ricardo, que não sabia que ela sabia, contou-lhe tudo.

— Se pudesses evitar que cá voltasse!

Pela primeira vez, a Ana Isa abordou o assunto, perguntando-lhe:

— Porque não lho pediste...?

Não tivera coragem. E logo a seguir:

— Podes fingir de esposa ofendida, tens motivos para mandá-la embora...

Fora isto no princípio da doença; ele, que supunha dispor ainda de muitos anos, servia-se da Ana Isa para afastar a outra

(que outros métodos teria utilizado para afastar as outras?).
Mais tarde, porém, a Ana Isa compreendeu: o marido queria
verdadeiramente desistir do passado recomeçar um futuro no
qual ela pudesse estar presente. Ideia que lhe fora indirectamente sugerida pela Luísa, ao dizer no fim do encontro: «Ele
gosta de si, fala sempre muito de si, mas tem-lhe medo nem
sei porquê.» Medo? A Luísa frequentava Belas-Artes, usava
cabelo curto como um rapazinho, começara por figurar num
filme produzido pelo Ricardo. Como pode uma rapariga assim (até parecia inteligente!) dar uma tal cabeçada? Apenas
com a esperança do cinema...?

O marido, com os olhos febris:

— Estive muitas vezes para te propor uma coisa, nunca
tive coragem... — Perguntou-lhe se não gostaria de se aven-
turar num filme.

De princípio, Ana Isa teve vontade de rir. Disposto
finalmente a conquistá-la, teria o marido decidido aplicar-
-lhe o habitual truque do cinema? Depois, encarou mais a
sério a proposta. Nunca pensara no cinema, sempre se
sentira desprovida de um mínimo de qualidades. E no
entanto mal tinha sete anos e já interviera num espectáculo. Certa noite, comia ela batatas fritas às rodelas —
nunca se atreveu a confessar a ninguém que é o seu prato
preferido —, quando ouviu vozes estranhas na sala ao lado.
Já estava em camisa, preparada para a cama, mas a porta
abriu-se: a mãe e três raparigas. Precisavam dela para uma
récita escolar. No dia da festa, cantou, dançou, mascarada
de coelho, mas esqueceu-se de parte da canção e não deu
todos os passos exigidos — marcados com giz no soalho.
Que importava? Toda a gente disse que tinha ido muito
bem, tinha muito jeito.

— No cinema é diferente. Quando te enganares põe-se fora
o engano.

— Sabes o que penso dos teus filmes. Querias que entrasse
num *Rouxinol de Alfama* ou numa *Canção da Mouraria?*

— Porque não hei-de arriscar-me numa obra diferente? Há por aí agora uns realizadorzinhos novos com talento. Escolhe um assunto...

Por momentos, esqueceu-se de que o marido estava a morrer e levou a sério a ideia. Quem sabe se não seria aquela a sua vocação? Entusiasma-se, começa a pensar: «Tenho trinta anos, onde está o romance português com uma mulher para mim?» Lembra-se das *Singularidades de uma Rapariga Loira*, embora seja morena, embora seja mais velha. Ou da Maria Eduarda. Porque não a D. Maria dos Prazeres de *Uma Abelha na Chuva*, em quem pudesse pôr toda a secura, todo o desgosto que...?

— Então veio o terramoto, não foi?

No Terreiro do Paço, procuram alcançar a parte central, furando por entre automóveis, eléctricos e autocarros. Correm, e ei-los na terra prometida.

O avião da Gerda chegava às dez e meia. O Osório irá esperá-la ou não?

— Sim, veio o terramoto. — Em vez de dizer «vou ou não?» diz «fui ou não?». A pergunta de quem está no futuro a observar um facto passado que já não depende da sua vontade, um facto irremediavelmente acontecido. — A Baixa ficou reduzida a entulho. Mas era preciso transformar tudo em pó, destruir melhor, enterrar melhor o que ainda ficara de pé e ainda era Lisboa e ainda tinha um pouco da história e até da psicologia de tantas gerações ali nascidas. Apontaram nesta direcção não sei quantas peças de artilharia e deram cabo do que restava. Enterraram a cidade: restos fenícios, romanos, muçulmanos, góticos, quinhentistas... Ámen! — Acende um fósforo (por um instante, Ana Isa tem um arrepio: vai o Osório incendiar Lisboa?), mas o fósforo apaga-se ao aproximá-lo do cigarro.

— O terramoto não destruiu Lisboa. — Da outra margem do rio, o fumo da Siderurgia dava-lhe vontade de pegar nele com as mãos. Para incendiar a cidade? — Lisboa continua a existir. És tu que destróis Lisboa. Lisboa é uma cidade alegre, luminosa, de um céu azul...

— Um cemitério. — Tinha conseguido acender o cigarro.

— O sol, o céu azul, não são verdadeiros, foram pintados, um cenário para turistas, e devem custar-nos os olhos da cara. Mete-lhe as unhas, esgaravata um pouco e verás que o verniz estala, não há sol, nem luz, nem azul.

— Se fôssemos a Cacilhas? — E depois de consultar o relógio: — Não, não há tempo... — Tocando-lhe no braço, muito ao de leve, numa ternura que de si mesma se esconde: — Quando escreves um livro sobre Lisboa?

— Valia a pena? Pensei nisso mais do que uma vez, tenho várias gavetas em casa cheias de fichas. Até mandei fazer um móvel especial. Por ora, estou no móvel, nas gavetas e nas fichas. De resto, o formato das fichas não é o que me convém, é muito pequeno. Preciso de fichas maiores, mas ainda não descobri as dimensões óptimas. E teria de mandar fazer outro móvel, gavetas com outras dimensões. Passar as fichas a limpo. Dava muito trabalho, prefiro desistir do livro. Além disso, nunca acertei com um bom método para catalogar as fichas. — Encosta-se ao ombro da Ana Isa para sentir esse calor que momentos atrás deixou escapar, mas ela percebe que aquela pressão já não é inconsciente e afasta-se, desce do passeio. — Bom, seria a certeza de ter depois da morte uma rua com o meu nome. — De manhã, escreveu com destino à *Semana Portuguesa* e a propósito de uma inauguração: «Mas este prodigioso surto de riqueza material nada seria se não se integrasse harmoniosamente numa hierarquia de valores em que o espiritual tem a primazia. É, norteados por esse objectivo, que nós, portugueses...»

Depois de jantar, e afastando-se da torneira aberta, a Maria José há-de dizer-lhe:

— Porque não te vais embora, porque não vais procurar a loucura?

Ele engrossa a voz:

— Grande sacerdotisa, o teu deus tem fome? Matá-lo--emos à fome no dia em que perdermos todas as esperanças e nos recusarmos a tê-las. Mas ele não vai deixar-se matar facilmente, continuará a semeá-las nos nossos ingénuos espíritos... — E depois de uma pausa e de um sorriso, vendo-a fechar a água: — Falta-me a coragem. — «Fui ou não esperar a Gerda ao aeroporto?» Tem hora e meia para decidir, duas horas para saber se foi ou não foi.

— Receias não encontrar lá fora as ilusões?

— Receio, sim: não creio em Deus.

Olha para ele, mas desta vez não se atreve a dizer: «Amanhã às sete horas tenho de levantar-me, passarei quase todo o dia no liceu. Só voltarás a ver-me à noite, faltam ainda vinte e quatro horas! Se vamos dormir, se vamos ler... Que terrível desperdício de tempo, não achas? Os anos são poucos, não podemos dormir, temos de ficar sempre acordados para viver o dobro.»

— E como se chama a rua em que nasceste? — Lá ao longe, as chaminés da Siderurgia tingem o céu de uma cor anilada.

— Rua do Monte Olivete. Chamar-se-ia então: Rua Osório Bastos, ulissipógrafo. E teria uma lápide na fachada da casa.

«Acabarei por ter ido esperar a Gerda, eu, que umas vezes decido ir e outras decido que não?»

Ana Isa:

— Queres uma ajuda?

Observa-a demoradamente. Será por causa da Ana Isa que não sabe ainda se sim ou não irá esperar a Gerda?

— Nunca fiz nada, nunca escrevi nada, porque nunca ninguém me ajudou, Ana Isa. Estarias disposta a ajudar-me? — E no entanto desconhece o que deva entender-se por uma ajuda.

— Que queres que faça? Irei às bibliotecas, tirarei notas. Decide-te, decide-te: quais as dimensões óptimas?

— As dimensões óptimas... Receio que não sejam nenhumas — responde com uma gargalhada.

— Sou capaz de ler, sou capaz de distinguir as coisas importantes das coisas sem importância, sou até capaz de dar-te sugestões... Depois, no prefácio, agradeces-me — («Não poderás agradecer-me, por causa da tua mulher.») — Queres que eu comece amanhã? — Confiante: — Iremos reconstruir Lisboa...

XII

No fim das aulas, em vez de correr imediatamente para a sala dos professores, era mais interessante ficar a conversar com os alunos. Eles também tinham percebido: alguma coisa se havia passado e aproximavam-se da Maria José, mal a campainha tocava; de princípio, recorriam a pretextos mais ou menos arbitrários a propósito da lição (não percebi isto, não percebi aquilo), depois ganharam coragem, mostravam-lhe versos (incendiários uns, cantando amores infelizes os outros). Discutiam diante da Maria José, e os autores dos versos incendiários, sempre mais ousados, declaravam, para dela obterem assentimento, que só a poesia combativa merecia a nossa atenção. Que lhes responder? Não era fácil lidar com eles, conseguir-lhes a confiança — como conseguir a confiança de um adolescente sem o incensar, sem lhe dar uma certa razão, mesmo quando se pensa que ele não tem inteira razão? Combativos, esticando bem a corda com que arremessavam frechas implacáveis contra a pintura abstracta, o novo romance, a música de vanguarda, defendendo o neo-realismo, Pereira Gomes sim, Régio não. Dizer-lhes: «O que há de importante nesta nova música, aparentemente alheia aos sons musicais, aparentemente submetida aos simples ruídos, é isso mesmo... é o seu realismo. O desejo de reabilitar o mundo quotidiano (responderiam: Não queremos reabilitar o mundo quotidiano, mas destruí-lo, criar outro). Quando vou sozinha na rua, já não oiço, como dantes ouvia, a travagem brusca de um automóvel ou o apito das fábricas ou os caixotes que caem. Agora sei que nesses sons há beleza e foram os músicos mais recentes que ma revelaram: sei hoje, como nunca havia sabido, que a arte, a música, não estão separadas do mundo, não ignoram as coisas mais insignificantes e, nesse sentido, esta nova música tem talvez maior importância, maior significado para o enriquecimento da experiência humana do que Mozart ou Prokofief.» Não se atrevia: Pereira Gomes sim, mas Régio também. Tinham dezasseis, dezassete anos. «Só a arte política, só a arte *engagée...*», diziam. Não, não se atrevia, tornava-se demagógica para não os desiludir (mas então não estava a afastar-se de si própria, a ser em vez de *a Maria José, a professora daqueles alunos?*). Eis o grande problema, concluía: captar-lhes a amizade, embora sem transigências, dizendo-lhes o que pensava, criticando-os ousadamente. Que a arte era combate pela libertação imediata do homem, sim; mas também uma forma de jogo, um jogo compensador de uma vida prática que raramente esgota e quase sempre limita as virtualidades humanas; jogo em que os homens possam preencher criadoramente as horas de repouso, jogo que os ajude a ser verdadeiramente homens. Mas como explicar a uma juventude, subitamente atenta à injustiça do mundo, que não só a arte combativa era necessária, havia também outros valores igualmente fundamentais e tão fundamentais que não eram, afinal, incompatíveis com os desejos de transformar o mundo, eram até um complemento essencial à humanização desse mundo transformado?

— Quando fui a Espanha... Pensaste que eu era terrivelmente egoísta ao ir viajar sem querer saber da tua situação?

— Nunca exigi que passasses o tempo desfeita em lágrimas. Senti-me feliz, acompanhei-te na viagem.

— Fui com ele... Falei-te na ida a Sevilha, por precisar da tua autorização para a fronteira, de contrário...

— Porque me contas isso? — Observa-lhe os ombros riscados de branco pelas alças do fato de banho (enquanto estiveste a apanhar sol na praia, eu estive atrás das grades).

— Devemos ser sinceros se queremos viver juntos.

— Nunca exigi que fosses sincera. — Seis meses correram sobre o Verão, e se as costas da Ana Isa guardam ainda os sinais da praia é certamente porque a frequentou todos os dias. Com quem?

— Nada houve entre mim e ele, sabes? Podia ter havido, é extraordinário não ter havido, mas nada houve. O mais que fizemos... Passeámos de mãos dadas, olhámos para a Lua... — «O mais que fizemos...» Em que é que andar de mãos dadas é *menos* do que qualquer outra coisa? Porque é que ter-se deitado com o Osório seria *mais*?

— Foste tu que não quiseste? — Arrepende-se de ter falado assim, reconhecendo que o emprego do verbo querer é infeliz, e ao mesmo tempo não compreende: porque sugeriu ela tantas vezes o que neste momento afirma ser falso? Se brincava, porque brincava?

— Os dois... Não, nem sequer foi não querer. Era bom passear pelas ruas de Sevilha e à noite ir cada um para seu quarto. — Pausa. — Não, não... — «Não nos deitámos juntos porque ele não quis...»

Ana Isa, que sempre desejou não adiar o tempo («Vamos dizer agora o que precisamos de dizer, o que tem estado estupidamente estrangulado nas nossas gargantas: gostamos um do outro — não sabes que dentro de sete anos farei quarenta e cinco, quase cinquenta, e então não me restará nenhuma beleza?»), interrompe-o:

— Não digas a verdade... — Pois a verdade neste momento é outra, qualquer coisa como isto: não gostamos, não gostamos um do outro. Qualquer coisa, portanto, que é preciso esquecer? — Estamos em Sevilha... Se for preciso, poderemos mentir. Somos felizes, entendes?

Osório apressou o passo, obrigou-a a apressar o passo também, mas não respondeu. Sonha desde os dezoito anos com a nudez da Ana Isa, essa nudez tão rapidamente entrevista, deseja desde então a nudez dela, mas uma voz segreda-lhe: «Foge, deixa que os sentimentos, os teus e os da Ana Isa, saibam que nada se completou, que a vida continua aberta, que nenhuma de vocês esgotou ainda a vida, que ambos são futuro e não apenas um brilhante passado ou apenas um presente. Continua a crer que no jogo dos múltiplos acasos e vontades deste mundo, dentro de um, dois, três ou mais anos, certo dia, não sabes qual, hás-de encontrá-la — e dessa vez então para que o vosso destino (amarem-se, não tens pensado assim tantas vezes?) se cumpra.»

Sem dar por isso, recomeçaram a marcha, vagarosamente. Osório com as mãos nos bolsos, a Ana Isa apoiando-se-lhe no braço.

— Sentes alguma coisa por mim? — pergunta ela, com o sorriso de quem brinca.

— Um dia dir-te-ei que gosto de ti.

— Porque não o dizes já? — acrescenta, desta vez sem brincar e com o sentimento muito nítido de que o Osório não é afinal o Osório por quem espera há tantos anos (mas terá esperado?), que pode passar facilmente sem ele (embora não sem a imagem dele), que Osório é um homem como o Ricardo (embora diferente) e nada mais. — Porque não dizes já? — insiste, desejosa de lhe ouvir algumas palavras, sentindo-se sozinha naquela Sevilha desconhecida e fria (uma Sevilha esquecida da guerra civil). Apenas desejaria esquecer-se de tudo por um instante e, sem amor até, achar nos braços do Osório (poderia ser o Ricardo, o Amândio, outro qualquer) o anulamento completo, graças a um prazer total, absoluto, esvaziador do eu.

— Não gosto ainda de ti... — Brinca também. Tens a certeza de que a morte não irá ter contigo antes de se completar a tua história com a Ana Isa (tal como irá ter com o Alpoim, coisa que ainda não sabes, o próprio Alpoim não sabe, ninguém sabe ainda, pois faltam cerca de dois meses)? Estás então convencido de que poderás viver repousado, e o teu adiamento é um adiamento da morte, estúpido? Alguns dias antes, em Lisboa, o André perguntara-lhe quem era «aquela rapariga tão interessante que estava contigo num banco da Avenida. Já te vi uma ou duas vezes com ela...» E esboçara um sorriso que não desejava ser indelicado, mas pressupunha pensamentos deste género: «Há alguma coisa entre vocês?» E «alguma coisa entre vocês» tinha um significado preciso: «Vocês vão para a cama?»

Num desses dias em que foram vistos pelo André, e nem o Osório nem a Ana Isa pensam ainda a sério numa viagem a Sevilha:
— Gostaste de mim quando nos conhecemos em Mira? — Recorda-se daquela noite (a última das férias), quando pôs um vestido novo para o Osório ver e gostar. Nessa noite, ele mostrou-se distante, ofendido, indiferente, a Ana Isa não compreendia: porquê aquela indiferença?
Osório não lhe responde. Na noite anterior, esteve com o Alpoim, que lhe contou a história do seu casamento. E depois, em casa, falando nisso à Zé: «Não sei se ele estava bêbedo. Pode até ser mentira...»
— Que pensas desse homem? — pergunta então a Maria José, ignorante ainda de que virá receber uma carta do Alpoim no próprio dia em que ele foi encontrado em Monsanto com um tiro no coração (e, segundo a polícia judiciária, não seria suicídio, o tiro terá sido disparado de longe).
— Não sei... Conheci-o em Agramonte. Ou talvez não, não consigo lembrar-me da cara do outro, foi há tanto tempo... Tínhamos catorze anos e o facto de estarmos ali no enterro de um velho republicano aproximou-nos. Nunca mais me esqueci desse encontro.
— Falaste-me uma vez.
— Sim? A que propósito. Nem me recordo bem do que dissemos. — Suspende por um segundo a conversa, tentando

encontrar no silêncio uma resposta melhor para aquela dúvida. E sem a encontrar regressa às palavras ditas em voz alta (palavras objectivas, acessíveis a vários observadores, palavras-*coisas* para toda a gente): — Mas porque me procurou agora? Certa vez, o Osório disse à Ana Isa:

— Esta vida é cheia de coincidências, mas ficamos sempre espantados quando alguma acontece. Mais ou menos quando te reencontrei, reencontrei um velho amigo que não via há longos anos, mais de vinte. E reencontrei-o por tua causa, visto que eu estava à tua espera. Um dia em que não apareceste. Amigo, não direi... Mas alguém a quém eu estava ligado. Conhecemo-nos num cemitério, a primeira vez que eu ia a um enterro e ir a esse enterro era uma atitude política. Não quero extrair conclusões do facto de ser um enterro o meu próprio acto público com carácter político... Não. O passado mandou ao meu encontro duas amizades interrompidas. — Conta-lhe a história com o Alpoim e até a grande dúvida: conheceu-o, de facto, não será uma ficção? — Estas duas amizades puderam ser recomeçadas, mas quantas coisas sepultámos...? E como é incrível que seja o acaso, não sejamos nós, que as impede de se perderem!

— Apresenta-mo.

— Ao acaso?

— Ao teu amigo.

Diz-lhe que sim, decide que não. Nesse instante, descobre algo de obscuro, de insincero, nos seus sentimentos pela Ana Isa: «Pois não é verdade que estou a segregá-la do meu mundo? Que não a apresentei a nenhum dos meus amigos?» Ou outra coisa: guarda-a para um mundo diferente, para amigos diferentes, para uma vida nova, renascida?

Por estas ou aqueloutras razões: ao Alpoim nunca falou nela, à Ana Isa nem sequer disse o nome do Alpoim.

— Talvez o Alpoim queira fazer-nos felizes — continua a Maria José, abrindo a torneira da água quente. — Não me parece que ele acredite sermos o casal perfeito. Provavelmente, deseja ajudar-nos, convencer-nos da nossa felicidade, ao contrário do que julgamos... — Tinha de erguer a voz para dominar o barulho do esquentador aceso.

— Sabes o que eu disse? — No ressalto superior da chaminé, vê, entre outras coisas, um mealheiro de barro, um porquinho comprado em Sintra. — Que ia deixar-te... — Pôs lá uma vez vinte e cinco tostões.

Maria José fechou a torneira, fez-se de súbito um vazio na cozinha. Enquanto enxuga as mãos, murmura:

— Nasci em 1928, nasci praticamente com o regime, não conheço outro, fará ele parte de mim mesma?

Osório sente-se aliviado com o novo rumo das palavras da mulher (fora um disparate contar aquela conversa com o Alpoim) e responde:

— Quantas vezes te disse? Todos somos fascistas.

— Ouve: que fazemos nós, que fazemos nós? Passamos o tempo assim... Tu, eu... Eu, tu... Passamos o nosso tempo a adiar, a adiar a vida. Não é o que sucede contigo? No fundo, convenço-me de que posso fazer qualquer coisa. Mas vou adiando...

Osório sobressalta-se (quando se levanta chocalha o mealheiro, os vinte e cinco tostões já desapareceram):

— Queres dizer, devo deixar-te imediatamente? — «A Maria José adivinhou, sabe que estou a adiar a minha história com a Ana Isa.»

— Adiamos a felicidade como se nos sentíssemos bem neste mundo...

Fraquejando, pactuando com uma certa demagogia pedagógica:

— Sim, nos tempos que correm, a arte abstracta talvez seja...

— Não é? — Nem sequer a deixaram terminar. «A Zé — haviam de dizer — é cá dos nossos.» E era, mas por outras razões.

Então promete a si mesma dizer no dia seguinte tudo o que pensa. Não constituíam eles afinal o seu verdadeiro mundo, já que o marido não tinha ouvido para a ouvir? E por isso mesmo, o Osório, que nunca lhe disse «É verdade, como vão as coisas com os teus alunos?», ignora completamente o que está a passar-se, pois Maria José não o pôs ao corrente de nada.

Olhava para os alunos e, quando eles resolviam um exercício escrito, lembrava-se de quando foi a Sintra num passeio de jovens democratas e conheceu o Osório, o Osório com quem casou, o Osório que — ela não poderia ter previsto — nesse momento viaja talvez com uma mulher (Maria José ignora que está de volta, em Lisboa, e vive só), o Osório com quem tantas vezes tem monologado monólogos assim (e não importa qual deles o declama ou até se o declamam os dois em uníssono): «Ao fim e ao cabo, os nossos heróis da adolescência desiludiram-nos — nós próprios a nós próprios nos desiludimos — e pensamos que perderam batalhas apenas por não saberem ganhá-las, e que eram quase todos indignos das ideias que defendiam ou deveriam defender, e que se os heróis futuros continuam iguais a eles, iguais a nós (nem sequer heróis dignos ou indignos fomos), então o mundo continuará por libertar. Já não podemos crer em nós próprios, não podemos crer nesses heróis indignos e só uma carta nos resta: a dos jovens...» Gostaria de lhes confessar (nisto o Osório nunca pensou), mas não se atreve: «Ou vocês se preparam para ser os heróis dignos que nos devolvam a perdida confiança, ou vocês nos educam a ser confiantes, a ter a certeza de que este mundo é belo e viver é bom, ou então espera-nos a noite absoluta, uma noite de dez, de vinte, de trinta anos mais — uma noite para nós eterna (como a luz das rosas dos jardins de Adónis), pois teremos morrido entretanto.»

Dois ou três meses antes (neste momento rodam na ponte de Vila Franca sobre um Tejo acastanhado e veloz), Ana Isa disse:

— Vamos reconstruir Lisboa... — E deseja escrever ao Amândio qualquer coisa como isto: «Não estou a enganar-te, compreendes?, pois neste momento nada posso fazer por ti, somente pelo Osório...» Carta que nunca chegará a ser escrita, a Ana Isa pode efectivamente fazer alguma coisa pelo Amândio — não lhe mandar a carta, mantê-lo na ilusão. E se o Amândio, quando sair, compreender que durante todo aquele tempo de prisão viveu iludido, que importa? Será livre, poderá passear ao sol e à chuva, olhar o Tejo, ir ao futebol e ao cinema, ler, trabalhar até pelo futuro. Poderá amar outra, porque não? (Mas não tenhas tu também ilusões, Ana Isa. Se ele um dia te confessar que traiu os camaradas por amor de ti, duvida; nenhum homem trairia um camarada pelo amor de uma mulher. Duvida. Talvez não esteja a mentir, talvez julgue dizer a verdade. Mas tu, Ana Isa, duvida.) E achará que valeu a pena ter sido feliz, embora iludido, durante aqueles anos sem sol e sem chuva, sem Tejo, sem futebol, sem cinema.

Osório recebe o troco — acaba de pagar a portagem de Vila Franca —, empurra a alavanca de velocidades, carrega levemente no acelerador e ao mesmo tempo alivia o pedal da embraiagem.

— Vamos reconstruir Lisboa — repete Ana Isa pela décima milionésima vez. — Conheço meia dúzia de sítios onde estão a reconstruí-la, onde ela nunca existiu no passado, sem mesquitas, sem igrejas, sem palácios, sem ruínas sepultadas, sem vermes, sem fantasmas...

— Os bairros da lata?

Se por acaso aos dezoito anos eu te tivesse conhecido, mas sem conhecer madrinhas, os sobrinhos das madrinhas, sem... No entanto conheceu o Osório por ser noiva do sobrinho da madrinha, por ter madrinha, porque foi passar com ela as férias a Mira. Que seria então preciso acontecer para que se tivesem conhecido e amado sem a morte dos pais, sem a madrinha, sem o sobrinho da madrinha, sem este mundo estúpido onde tudo parece virado do avesso?

Certo dia, duas semanas antes de partirem para Sevilha:
— Gostaste de mim quando nos conhecemos em Mira?

191

Sem responder directamente, Osório disse:

— Lembras-te? Encontrei-te uma vez no Saldanha. Ia ao cinema ver o *César e Cleópatra*, é incrível lembrar-me de uma coisa destas, não é? Imagina, também me lembro de que no dia do ciclone de mil novecentos e quarenta e tal fui ver o *Robin dos Bosques*. Muitos anos depois, vim a conhecer o José Faro e sabes o que descobrimos, não sei a propósito de quê? Tínhamos estado ambos nessa tarde no mesmo cinema. Claude Rains no papel de César, na adaptação da peça do Shaw. Não viste?

— Julgo que não.

— Tinhas cortado os cabelos muito curtos, levei algum tempo a reconhecer-te. Mas tu, ainda no eléctrico, gritaste: «Espera! Vou descer já!» Não, não foi bem assim. — Procura entoar a frase doutra maneira: — Espera! Vou descer já! — Uma voz macia.

Ela, abanando a cabeça, procurando depois imitar-se a si mesma:

— Espera! Vou descer já! — A primeira palavra lançada com força, as outras ditas brandamente.

— Talvez... — Não, não fora bem assim, os anos haviam passado, mas não valia a pena tentar a exactidão completa.

— Ainda bem que tinhas cortado o cabelo; de contrário, se eu te reconhecesse logo, era capaz de fingir que não te via.

— Porquê?

— O receio de que não quisesses estar comigo.

— Que disparate!

— *Há tantos anos que não nos vemos*, disseste. — Procura de novo imitar-lhe a voz passada: — *Há tantos anos que não nos vemos!* Vemos ou víamos? *Há tantos anos que não nos víamos!* — Emenda a voz, emenda a frase: — *Há quantos anos não nos vemos?* Ah, tem *nn* a mais...

— *Que é feito de ti que nunca mais apareceste?*

— Sim, talvez... *Que é feito de ti que nunca mais apareceste?* Não.

— *Que tens feito?*

— *Nada, nada, ando por aí, vou ao cinema...*

— *Ainda tens tempo, vem comigo...* Não, não foi assim...

— A tua casa ficava muito perto, acompanhei-te até à porta, não foi? Tinhas-te empregado e insististe nas horas a que costumavas passar no Saldanha...

— De que serviu? Nunca mais apareceste.

— Não sei porquê, mas ainda hoje me mordo de raiva...

— Parara o carro no Alto da Serafina e, enquanto falavam, seguiam com os olhos, lá em baixo no Tejo, um grande navio italiano (o *Vulcânia?* o *Satúrnia?*) esticado entre dois rebocadores, um à proa, outro à popa. — Quando penso nisto, nem consigo compreender. Estavas tão bonito! Tínhamos tantas coisas a dizer que não dissemos! Muito mais coisas do que hoje, não achas? Havia ainda pouquíssimo que recordar, tudo era futuro. Além disso, calamos hoje os pensamentos mais íntimos, pois percebemos, com o andar dos tempos, que são puros disparates. Mas pensamentos que dão felicidade a quem os diz, quando se acredita neles! Que desperdício termos voltado as costas um ao outro, Ana Isa!

— A culpa foi tua...

Ali um pouco mais adiante, duas vendedeiras de bonecas e de toalhas bordadas entretinham-se — enquanto os turistas não apareciam — a procurar caracóis (o objectivo de prepararem um xarope contra a tosse).

Ana Isa continuava:

— Porque não fingimos que ainda temos vinte anos? Que música desagradável — diz, subitamente, olhando para o rádio, como se assim pudesse ouvir e melhor compreender a música.

Aarão e Moisés dialogam enquanto lá fora começa a choviscar. Na noite anterior, o Alpoim disse ao Osório: «Estamos todos mais ou menos decepcionados. Mas a decepção não é confundir decepção com negação de tudo. O importante é ter a cabeça fresca. Saber que as dificuldades actuais do bicho-

-homem não são dificuldades intrínsecas, próprias, para todo
o sempre, da condição humana, mas sim dificuldades acidentais. E que desaparecerão. Para surgirem outras? Decerto.
Outras também acidentais.»

Apressadamente, as duas mulheres cobriam com plásticos
não só as bonecas como as toalhas.

— Trazemos estes agasalhos para nós e acabamos sempre
por dá-los às bonecas.

— É que as bonecas estragam-se, a gente não.

— Uma das razões por que não apareci — continua o Osório —, foi saber que ias casar; achava que não devia roubar-te.

— O facto de te encontrares comigo significaria que querias roubar-me?

— Não me interrompas. Eu era, além do mais, um imbecil.
Nem isso: um jovem burguês convenientemente amestrado,
que respeitava mais a instituição do casamento que os próprios
sentimentos. Sim, acreditava que o teu interesse — diz interesse e não amor — era maior por mim do que por ele...

— Ouve...

— Ouve tu. Por outro lado, ele era rico. Ora eu...

— Eras um jovem burguês, convenientemente amestrado:
acreditavas mais no dinheiro do que nos sentimentos.

— Terias casado comigo? Há uma coisa: falaste-me num
emprego. Por que razão te empregaras se ias casar rica? Então
receei que vocês tivessem acabado e estivesses livre... — Na
outra margem do Tejo, para além dos barcos, a chaminé da
Siderurgia espalha pelo céu um rasto anilado. O Turismo que
mandou pintar o céu? — Terias casado comigo? — Ana Isa
pensa: «Odeio essa mulher. E se ela morresse?»

— Sei lá! Talvez não gostasse de ti até esse ponto... —
Desliga o limpa-vidros e a chuva escorrega pelo vidro, gordurosa e lenta. — Empreguei-me, mas sem acabar com o... —
«Por que razão nunca te disse que o Ricardo não é quem tu
julgas, não é o tal que viste em Mira, esse que foi visitar-me
um dia e com quem dei um passeio de barco? Por que razão

nunca te disse que o Ricardo é uma história posterior, que antes estive casada com outro e que esse outro é que é o tal...? Mas que depois o deixei para ir viver com o Ricardo e só três anos mais tarde nos casámos?» — Havia uma outra coisa — continua, depois daquele silêncio —, eu era uma jovem burguesinha, se soubesses! O nosso casamento estava decidido há muito tempo e não só por nós, mas pelas nossas famílias. Um autêntico pacto real! Os meus pais morreram, era eu ainda criança, a minha madrinha encarregou-se de mim. E o sobrinho dela, quase um filho...

— Simplesmente isto: não ousavas desgostar a tua madrinha.

— Gostava, gostava dele! — insistiu com força, pondo sobre os joelhos um lenço por causa do frio. — Em todo o caso, mesmo que não gostasse dele, faltar-me-ia a coragem de acabar, compreendes?

— Ouve: eu era, quem sabe?, um jovem independente, nada burguês, não convenientemente amestrado: acreditava, quem sabe?, que o amor e o casamento nada tinham de comum, o casamento era um contrato que dizia respeito a outras coisas, à família, ao equilíbrio, à paz, à fortuna, às heranças... O amor até talvez pudesse prejudicá-lo, pôr uma nota de loucura no que deve ser estabilidade, calma, para a boa educação dos filhos e a boa administração dos bens... Acreditava que para te amar com frescura, com eterna juventude, o casamento se erguia à nossa frente como um obstáculo...

— Pensavas tudo isso aos vinte anos?

— Não. A razão era outra. Tempos antes, tinha ido a Sintra. Um passeio de jovens democratas.

— Conheceste a Maria José.

Osório não responde: agora talvez pudesse esquecer a Maria José, talvez pudesse deixá-la definitivamente (e um dia, não muito longínquo, há-de sair de casa). Mas se não a esquece, é porque a sua aventura com ela ainda não se esgotou, muitas coisas entre ambos — gestos, frases, esperanças, desilusões —

ainda estão em aberto, ainda não terminaram o seu ciclo vital, ainda podem ser desenvolvidas, ficaram simplesmente esboçadas em Sintra ou nos anos seguintes, ainda são tema de múltiplas variações. E, nesse sentido, não há diferença entre a Ana Isa e a mulher, ambas permanecem histórias por concluir, histórias apenas em meio, histórias que ele não pode deixar decapitadas.

Vendo-o distraído, a Ana Isa repete:

— Conheceste a Maria José.

A Maria José, a Zé — a quem dois dias depois o Osório havia de dizer, lembrando-se de que nunca mais lhe perguntara pela tal turma incómoda:

— E o liceu?

«Lembras-te hoje de que o casamento obriga a certas regras e a preocupação com as dificuldades da esposa é uma das mais importantes», pensa ela, e esconde vingativamente que começou a dar novo rumo ao seu destino de professora.

— E o Eduardo? — Percebeu que a Zé não queria falar naquilo, mas desinteressou-se de procurar uma explicação razoável.

— Foi para casa da avó.

Fora obviamente para casa da avó e a frase da Maria José, precisamente porque inútil, tinha decerto um significado desconhecido que sublinhava o silêncio com que instantes atrás acolhera a outra pergunta, a pergunta acerca do liceu. E talvez dentro de momentos toque o telefone: «Sou a raptora do seu filho. Se ao menos fôssemos ao cinema...»

— Onde estiveste?

Diz a verdade: com o Alpoim — e ao mesmo tempo recorda-se perfeitamente dele no cemitério de Agramonte. Foi o primeiro colega a quem se atreveu a confessar-se contra o regime. Até aí, receoso de que o prendessem (tinha catorze anos...), nunca falara de política fora de casa.

A Zé:

— Qual é hoje a tua grande frase?

— Pescadores a puxar as redes. «É com alegria que estes homens, pertencentes a um povo de marinheiros que no mar sofreram para espalhar a fé pelo mundo...»

— Já disseste isso.

— Foi sobre o arroz ou os curtumes, desta vez é a pesca da sardinha.

— Sim — diz o Osório à Ana Isa —, tinha conhecido a Zé.

— Sentados no bar do Mundial, onde o Alpoim terá daí a duas semanas um conflito estúpido, observam o Castelo emergindo amarelo e castanho de uma luz esverdeada, numa noite clara e fria. — Há uma coisa que nunca te cheguei a dizer... Talvez um dia, não sei quando, venha a confessar-te que gosto de ti.

Ana Isa não responde (não é a primeira vez que ele se exprime assim). Nessa manhã, recebeu uma carta do Amândio, esse mesmo Amândio a quem um mês depois há-de queixar-se desta maneira:

— Pensas que não valho a tua confissão, foi absurdo teres falado contra os teus por tão pouco...

Mas Ana Isa sente-se feliz, inesperadamente feliz: por ela um homem sacrificou tudo, a honra, os ideais... Ah, mas quando ele descobrir que não valeu a pena? «Que poderei então fazer para continuares a pensar que valeu a pena?» aperta-o nos braços com força, com fúria, sentindo-se igual a zero, igual a nada, descobrindo que só dispõe do corpo, que tem de usar o corpo se deseja que o Amândio continue a pensar que valeu a pena; que é uma mulher sem alma, cujo valor se mede pelo prazer físico que oferece.

Nem só a Ana Isa recebeu esta manhã uma carta, o Osório também. E da Gerda, avisando-o da chegada a Lisboa na semana seguinte. Gerda, a quem amou uma vez na praia do Guincho:

— Hein-zei-buch-ben-ris-hoj.

— Estavas linda Inês posta em sossego... — Gerda percebia: A-a-a-indez-os-zu-zu.

Deitada de costas, Osório de bruços, beijando-a na boca, distraidamente atento à areia onde ela repousa a cabeça. Areia apenas? Algo que surge debaixo dos brancos ombros de Gerda, ombros que nunca viram o sol, a cabeça pequena e tímida de uma lagartixa. As lagartixas são simpáticas, não lhe causam qualquer repugnância, mas decide prevenir a Gerda, aconselhá-la a levantar-se com cuidado (estranho desejo aquele de uma lagartixa procurar aquecer-se — ah, o sangue-frio dos animais de sangue frio! — sob uns ombros suecos de mulher!). Nisto, a lagartixa estende um pouco mais o pescoço, um pescoço que se prolonga, que se prolonga em ziguezague, um pescoço que é o corpo franzino de uma cobra.

— Hein-zei-buch-ben-ris-hoj.

Osório não responde, está transido, não tanto de medo (trata-se de uma cobrazinha inofensiva, com toda a certeza), mas sempre sentiu repugnância pelas cobras. Avisar a Gerda? Não teve tempo; enchendo-se de pânico, a cobra abandonou o ninho branco, macio e sueco das costas de Gerda e foi refugiar-se numas moitas puramente mediterrânicas, ali mais adiante.

Gerda, que vira o movimento brusco do Osório, pressentiu um mistério e sentou-se. Na sua estranha língua deve ter dito «Que foi?», mas o perigo passara, e ainda que não tivesse passado, como havia o Osório de se explicar? E se lhe falasse em cobras (até ele ignorava que as houvesse por ali), Gerda exigiria uma retirada imediata, pondo fim àquele jogo tão rico de promessas. Disse-lhe então a verdade, mas uma verdade em português, não em sueco:

— Foi uma cobra. — E ela ouviu: cu-o-ra.

— Cuore? — Porque..., quem não sabe uma ou duas palavras italianas, uma ou duas palavras alemãs, uma ou duas palavras russas e até japonesas, no século do cinema?

— Si, cuore... — E pôs as mãos sobre o coração da Gerda.

* * *

— Dir-te-ei um dia, hoje não. Depois de nos amarmos nada nos restará, compreendes? E sinto que tu serás a última vez que me cabe, depois virá o cansaço final... — O Castelo emergindo, amarelo e castanho, de uma luz esverdeada.

— Ouve: o amor não é tudo na vida. Há a idade do amor, depois outras idades, a idade de fazer outras coisas... — Vestida de preto, os ombros e os braços nus, extraordinariamente jovem.

— Não. Sou um adolescente, nunca deixei de sê-lo. Quando já não esperar nada do amor, não espero nada da vida, não espero nada de nada.

— Então cresce.

— Não sei crescer.

XIII

O fim aproximava-se, mas o Ricardo não dava por ele, concebia planos audaciosos, propunha-se viver muitos anos. Obrigara a mulher a sujeitar-se a várias provas cinematográficas, que, aliás, não entusiasmaram ninguém — mas todos disseram que Ana Isa viria a ser uma revelação. Com a pressa dos homens enérgicos que, apesar de terem ainda muitos anos ao seu dispor, crêem ser curto o tempo que lhe sobra, exigiu que se firmassem imediatamente os contratos, que se começasse a trabalhar no argumento, quis ver os primeiros resultados.

E viu. Certa manhã, o Alves Ferreira e o Fernando Gomes leram-lhe alguns passos do que haviam escrito. Subitamente exigente, o Ricardo interrompia-os e queria saber quais os motivos por que certas soluções e não outras haviam sido adoptadas.

Quanto à Ana Isa, a futura Maria Eduarda que ele admirava ali sentada numa cadeira (às vezes na borda da cama) com os joelhos nus, um pé descalço e o calcanhar do outro fora do sapato, sentia-se um fracasso completo — mas às vezes deixava-se embalar pela excitação do marido. Esquecia-se então de que tudo aquilo era uma comédia sem futuro (a única afinal em que desempenhava brilhantemente um papel), uma fachada sem interior, um sonho cada vez mais próximo do fim. Mas quem sabe? A morte não virá, os médicos enganam-se tantas vezes! E o Ricardo chamava-lhe a Divina, ela fechava os olhos, nova Greta Garbo, via cartazes espalhados pelo mundo, o seu rosto de actriz famosa cobria prédios de dois andares.

— Sim, pensava eu, se ele não morrer, o filme faz-se... — Bebe lentamente uma cerveja (Osório convertera-a à cerveja e já não esperava que fosse ela a primeira a pedir isto ou aquilo, no café). — Parecia tão entusiasmado!

— Quem sabe? — Uma temperatura agradável, nada de acordo com a geografia dos compêndios (ah, o calor da vez em que esteve ali com a Maria José!). — Talvez fosses uma revelação.

Ana Isa cruzou as pernas nuas, tem os joelhos descobertos pelas saias, sapatos muito decotados a deixarem adivinhar a raiz dos dedos. Porque estará Osório a dizer-lhe aquelas coisas? Se as pernas da Ana Isa fossem menos bonitas teria paciência de falar-lhe assim? E se as pernas bonitas da Ana Isa são necessárias àquela conversa, aquela conversa deixa então de ser uma simples conversa, transforma-se num acto de amor tão intenso como se estivessem ambos abraçados e nus.

No silêncio que se arrasta, Ana Isa demora-se a olhar para o Osório: sim, talvez o calor, talvez o desejo de sentir com ele a frescura de uns lençóis de linho. Talvez.

O cheiro a tabaco? Uma semana depois, ao regressar a casa, Ana Isa há-de perceber que alguma coisa se passa. E aquele sobretudo cinzento dependurado no bengaleiro, um sobretudo que ela conhece muito bem, embora verdadeiramente já não seja cinzento, mas... Abre a porta do *hall* e dirige-se ao quarto, através do corredor escuro. Depois, com a mão no fecho da porta (e ideias que se desdobram desde um assalto de ladrões até o próprio Osório, que, subindo pela escada de serviço, se teria adiantado, e nesse momento a esperaria na cama para lhe fazer uma surpresa), hesita. Também poderá ser um elefante azul que use sobretudo, que fume; um cacto sem espinhos, um pássaro misterioso, um homem desconhecido, um herói, um deus — Júpiter, porque não Júpiter? Ou Apolo, ou Hermes, ou Osíris, ou Adónis. Espreita, a medo: a persiana incompletamente fechada, a luz comprimida em riscos paralelos, uma jarra com flores murchas (esquecera-se de deitá-las fora, antes de partir), um casaco nas costas da cadeira e, deitado, profundamente adormecido, ele.

Ana Isa avança silenciosamente pelo quarto e por um instante o homem adormecido abre os olhos. Dir-se-ia que acordou e a observa. Não. Volta a fechá-los, vira-se para o outro lado.

Na tarde seguinte àquela noite em que o Osório e a mulher conversaram acerca do casamento («Tens a certeza de que estarei à tua espera? Pensas que sou mulher e o papel das mulheres é esperar...»), Maria José encontra o Alpoim no Chiado. Repete o que já uma vez lhe disse:

— Ao menos você tem o futuro garantido. — Observa-o enquanto vai falando. Osório disse-lhe alguns dias antes: «Não sei porquê, apostava que o Alpoim tem uma doença grave, sabe que vai morrer...»

— Passei alguns anos a viciar a escrita da casa onde trabalhava...

Sentada nos degraus da Igreja dos Italianos, uma mulher cega vende papel de cartas. Alguém contou à Maria José (talvez o Osório, sim o Osório, lembra-se agora): ainda nova, andara na vida, e a cegueira fora a consequência da sífilis. Mas não tem frio? Como pode sentar-se sem se constipar na pedra gelada e húmida?

— Depois desisti. Porquê, se não acreditava que o filho do meu patrão merecesse mais do que eu a riqueza e se, ainda por cima, não o despojava completamente? Ainda hoje não sei. Talvez o respeito pelos velhos valores. Gastei noites e noites a voltar atrás, a... como dizer?, a desviciar a escrita, arrisquei-me de novo a ser apanhado, mas desta vez quando restabelecia a verdade... Final admirável para um filme inglês de humor negro, hem?

202

Num gesto automático, a Maria José compra o jornal, recebe o troco, lê os títulos: «Duas mulheres e três crianças ficaram sepultadas nas suas barracas. O maior poder atlético do Sporting. O ministro do Ultramar deu hoje posse. Procedeu-se em Estremoz. A situação no Congo. Uma portuguesa vai casar.» Pergunta:

— De que vive então?

— Ganhava bem, fiz algumas economias... — Estranha coisa! Nem sabe porquê, é amigo, profundamente amigo do Osório, mas neste momento pensou: «Se ele morresse?» E a imaginação abria as velas a todo o pano: então casaria com ela... — Se viver modestamente, posso ainda aguentar uns dez anos sem trabalhar. Não vivo dos rendimentos, a minha conta no banco todos os dias decresce.

— Dez anos! Você pode ainda viver trinta! — Nunca dizes toda a verdade, amanhã vais desmentir tudo isto ou acrescentarás alguma coisa?

— Não importa, voltarei então a trabalhar. — E subitamente: — O seu marido está de perfeita saúde?

— Acha que...? Porque diz isso? — Espantada.

O Alpoim enovela-se numa resposta sem sentido: ele andava com má cor, parecia-lhe que...

— Talvez... — Será a causa da má disposição dos últimos tempos? — Não dei por isso... Sim, ele não vai ao médico há tanto tempo!

O carro parado, depois de duzentos quilómetros de viagem, enquanto a Ana Isa foi ali um instante atrás de uma moita. O Osório, ao espelho: «Observa o mundo, observa o que se passa à tua volta... Que mais queres para concluir que, pelo menos no curto espaço dos vinte anos que tens à tua frente, nada poderá ser salvo? E mesmo que o seja: quando tiveres sessenta anos, a tua juventude e os anos mais belos da tua vida terão sido irremediavelmente vividos, perdidos num mundo sem liberdade, discricionário e injusto. Bem sei, podes acrescentar: tudo depende dos homens, tudo depende dos homens. Se hoje decidirem... Mas que significa *se hoje decidirem*? Porque hão-de decidir? Nem é isso: em países como Portugal a maior parte dos homens não estão dispostos a decidir, uns por nada saberem, outros porque, no fim de contas, este é o mundo ideal e receiam terrivelmente que o amanhã lhes perturbe uma vida, apesar de tudo tranquila, e que os dispensa de tomar decisões. Só um acaso nos salvaria. Esperemos por esse acaso.»

O Alpoim não estava ali — e será de facto num duelo que virá a morrer dentro de dois meses? — para lhe dizer qualquer coisa como: o acaso somos nós ou arranjaste essa teoria fatalista para te dispensares de agir, sempre és, afinal um reaccionário?

Subitamente pensa (Ana Isa acaba de abrir a porta do carro): «Vou mergulhar na sombra, desaparecer sob outro nome, um bigode escuro, um penteado diferente.» Mergulhado na sombra, mas longe das ruínas de Lisboa (fenícias, romanas, medievais, pombalinas, novecentistas), iria então à procura da cidade nova e... Insensivelmente (Ana Isa põe *bâton* nos lábios), começa a pensar: «Sou um autómato, todos somos autómatos, têm razão os velhos filósofos que pensam ser o livre arbítrio um fantasma, tudo quanto faço está sujeito a um implacável determinismo cósmico que me obriga a dizer o que estou a dizer, que me conduz agora a mão até à chave do Austin...»

Sentindo o corpo ainda dormente de uma longa viagem (acaba de chegar de Sevilha), Ana Isa vê o Amândio, adormecido, e ignora (não lhe faltava quase um ano para ser posto em liberdade?) se deverá alegrar-se ou não. O Osório trouxe-a de carro até à porta e, ao passarem pela Praça de Londres, viram guardas e estudantes a correr, enquanto no alto das escadarias da igreja (em cima de uma passadeira vermelha), branca e vestida de branco, uma noiva parecia desmaiada. Vai à janela, vê sem ver as horas do relógio e, inexplicavelmente, tira-o do pulso e poisa-o numa cómoda.

Estará frio? Talvez não (na Praça de Londres e sobretudo em frente do Técnico soprava um vento cortante), mas mesmo assim vai buscar ao corredor o calorífero e liga-o à corrente. Aproxima-se de novo da janela e no céu azul e cinzento ergue-se lentamente um cacho de balões: vermelhos, azuis, amarelos — uma verdadeira festa. Talvez venham a cair na Barrinha de Mira, talvez se espalhem pela lagoa. Observa melhor: não só um cacho de balões, um cartaz suspenso: *Dia do...* Não lê o resto, os balões desapareceram atrás de uma chaminé. Ah, os estudantes, a Praça de Londres, as corridas, os guardas, a noiva. *Do Estudante*, acaba por ler. Quem sabe se o carro do Osório se avariou, tem uma roda em baixo, continua ali na rua? (Osório voltara à Praça de Londres, embora envergonhado por ser um simples espectador — E com a sensação áspera de que a juventude, nos tempos presentes, monopolizou a consciência, o sentido do dever e da acção.) Mas ao abrir melhor a janela, Ana Isa descobre a Luísa Maria com um vestido novo e suspende o gesto, receosa de que venha visitá-la.

O Amândio adormecido e muito branco. Sempre sem dar por isso, a Ana Isa tira o casaco de lã e vai buscar um pijama à gaveta da cómoda, desdobra-o, começa a imaginar-se dentro dele, acaba por atirá-lo outra vez para dentro da gaveta e, nem sabe porquê, aproxima-se do armário do corredor, à procura de uma camisa de noite. Passa também pelo quarto de banho e observa-se ao espelho. Cansada, depois de tantas horas de viagem. Estás a falar com o Osório: «Já reparaste que pinto os cabelos e estou a envelhecer? Já reparaste que (nem é preciso mais) dentro de cinco anos, cinco anos somente, serei velha? Então talvez não me desejes, talvez os teus olhos se entusiasmem apenas com raparigas de vinte anos (ah, as raparigas que trazem o futuro com elas e atiram para o ar os cachos de balões com ou sem cartazes!)?»

Gasta um fósforo, gasta dois fósforos, o esquentador não acende, através dos canos vazios o gás demora a chegar.

Meia hora antes, já depois de Vila Franca: «Uma história sem futuro (ela que ainda é apenas futuro), uma história que há-de esvaziar-se e nada deixará atrás de si, nem sequer as ruínas dum casamento.» Em voz alta:

— É verdade! estás melhor do teu terçolho? — A primeira vez que lhe fala no terçolho.

Osório, enrugando levemente a testa:

— Sim, um pouco melhor... — Explica, como se fosse obrigado a explicar: — É raro ter um terçolho...

Ela, simpática (e mentirosa):

— Tenho muitas vezes... — «Sim, no fundo sabes que pinto os cabelos, mas no outro dia insinuaste que eram negros e bonitos... A quem querias enganar?»

Ele:

— Há uma coisa que nunca cheguei a dizer-te e até nem sei se será tarde.

— Vais dizer que gostas de mim... — Canta baixinho:
— *Voi che sapete che cosa è l'amore...*

— Que já em Mira gostava de ti.

Entretanto Sevilha fica mais longe, sempre mais longe — não pensam nisso —, Lisboa mais perto, e o Amândio, que chegara a casa, havia pouco mais de uma hora, resolvera deitar-se. Teria desejado tanto encontrá-la imediatamente ali à espera! Porque Ana Isa, numa carta escrita em Sevilha, avisara-o de que regressaria no dia seguinte a Lisboa, um dia seguinte que só fora seguinte dois dias antes.

Ela:

— Porque receaste que fosse tarde?

Osório:

— Não sei... — À esquerda, o Tejo e uma longa ilha com árvores e algumas casas ao resvés do rio, uma ilha que há-de ficar submersa dentro de nove meses (estava submersa, nove meses atrás).

— E tu? — pergunta ele.

— Eu o quê?

— Se também...

— Ah, sim, julgo que também gosto de ti... — O verbo no presente do indicativo. E uma fragata de velas vermelhas.

— Mas que importância tem isso? — Põe a mão fora da janela. Se um pássaro encantado lhe picasse a mão e subitamente todo aquele cenário se transformasse?

— Nestas últimas semanas, quantas vezes te afirmei que um dia havia de dizer-te que gostava de ti?

— Di-lo-ias quando já não gostasses, quando sentisses que tudo estava a morrer... — Encara-o extremamente séria, mas o Osório não pode distrair-se da estrada que velozmente se encurva e desce e sobe, logo adiante.

— Gosto, gosto de ti — repete, acariciando-lhe o queixo.

— Seja como for, é bom estarmos aqui — diz a Ana Isa. Ao longe, vê a chamazinha azul da Sacor a envenenar a cidade e, mais longe ainda, o casario cor-de-rosa de Lisboa. — Isto foi a despedida? — pergunta. E para si mesma: «Esperei-te verdadeiramente durante os vinte anos que estive sem te ver?» Eis a verdade, pensa: nunca esperou pelo Osório, nunca sentiu verdadeiramente a falta do Osório (salvo nas primeiras semanas), o Osório nunca fez parte da sua vida durante esses vinte anos, nunca olhou para o Osório como um futuro possível... E se agora está com ele não é porque houve entre os dois um passado, mas há um presente. O Osório não fez parte dos vinte anos volvidos, faz parte do presente. É como presente, como futuro em relação a este presente, que gosta de estar com ele, que talvez goste de estar com ele... Durante esses vinte anos (e são vinte, de facto?) nunca encarou a possibilidade de...

— Não pensemos se estamos a viver a despedida ou o começo, temos somente trinta e tal anos...

Trinta e tal anos, quase quarenta. Quarenta vezes doze, quatrocentos e oitenta meses. E comparados a esses quatrocentos e oitenta, nada são estes últimos dois meses, desde o dia em que o Osório disse à Maria José, sua esposa legítima e mãe do seu filho (um filho nascido alguns anos depois de se terem casado, quando julgaram que as perspectivas económicas já não eram más): «Um dia destes vou deixar-te para tentar outra vida.» Ela respondera: «Deixa-me então...» Não, não era isso que o Osório queria ouvir da Zé — sentou-se num banco da cozinha, acaba de comer um ovo com *spaghetti*, observa-a a lavar a loiça. Da Zé, que abriu a torneira e procura fugir aos salpicos da água, afastando o corpo para trás, sem no entanto mexer os pés (e não era elegante essa posição).

— Estive hoje a falar com um homenzinho que costuma trabalhar no jardim do liceu. Queres ouvir o que ele me contou? «A minha sorte foi ter ignorado sempre o que me esperava. Se eu adivinhasse que chegaria aos setenta e cinco anos, dia a dia, com as mesmas dificuldades, com a mesma falta de dinheiro e a minha mulher doente, sabe a senhora o que fazia? Matava-me. Mas esperei sempre por alguma coisa, estive sempre à espera de um milagre que melhorasse a minha vida. Não me matei, e quando dei por mim tinha mais de setenta anos, que recordo sem pena...»

— Ainda está a tempo de se matar... — Poderia ter dito: Foram exactamente essas as palavras do jardineiro, não serão tuas...?

«Porquê aquela resposta cínica? Porque não quiseste continuar a conversa, não levaste a sério o que acabo de dizer, qualquer coisa como: Foram exactamente essas as palavras do jardineiro, não serão tuas...?» Atalha:

— Às vezes, penso o mesmo, percebes? Se os anos que ainda me restam de vida... — A continuação prevista (frases que lhe nasceram no espírito antes mesmo de as formular correctamente, de as ouvir com os ouvidos da alma) era esta: «...fossem iguais aos que vivi até hoje, também me matava. E o que nos aguenta são as esperanças, esperanças estúpidas, pois afinal nós nem sequer acreditamos nelas. As esperanças de que alguma coisa há-de modificar-se, até o dinheiro para uns fins-de-semana longe de Lisboa, uns jantares fora de casa num restaurante razoável, umas férias da Páscoa em Paris ou em Roma!» Maria José não completou a frase, não quis chocar o marido, mas em todo o caso ficou à espera de ouvir: «Que é que ias dizer?» Não ouviu, ele manteve-se em silêncio (acobardou-se, percebeu que a mulher se preparava para dizer coisas terríveis e preferiu fingir-se distraído). Então, a Maria José (acabara de fechar a torneira, estava de novo direita e elegante) perdeu a serenidade: — Que sabes tu de mim? — Uma pergunta gritada.

Osório refugia-se numa resposta de carácter geral:

— O que sabemos acerca das pessoas e do mundo é pouquíssimo, comparado com aquilo em que acreditamos... — Sorrindo: — Acredito que tu existes, mas existirás?

— Que acreditas tu acerca de mim?

Continua a fugir e repete:

— Existirás, terás interior, não serás uma simples imagem minha? — Continua, sempre a fugir: — E é espantoso, tudo quanto acreditamos, sem mesmo saber se é verdadeiro, comanda muito mais as nossas vidas do que as verdades firmes. Que me importa que quatro biliões de laranjas mais quatro biliões de laranjas somem oito biliões de laranjas, verdade que não discuto, nem posso verificar, na prática? — Como receie uma conversa íntima, uma dessas conversas em que a Maria José acabe por se desfazer em lágrimas (mas em tantos anos de casados isso nunca sucedeu), recorre agora ao jardineiro dos setenta anos (jardineiro a quem minutos antes fugiu, receoso precisamente da conversa mais ou menos filosófica que inevitavelmente havia de seguir-se): — Esse homem viveu agarrado a crenças, ilusões... — Vem, ó filosofia, e afasta de nós as intimidades perigosas! — É como se vivêssemos num quarto escuro (a memória da infância: «Que era dantes o mar? Um quarto escuro onde os meninos tinham medo de ir»), sabendo somente duas ou três coisas. E inventamos teorias, a fim de sobreviver melhor... Em princípio, este mundo não tem nenhum significado, não há Bem ou Mal, e se o tem não podemos conhecê-lo, é para nós um problema de escolha, somos nós que lho atribuímos, compreendes? Quando digo que é um problema de escolha, estou a admitir algo muito discutível, não evidente, estou a admitir que podemos escolher e talvez, bem vistas as coisas, nem isso mesmo nos seja possível... Bom, eu admito, embora não esteja disposto a arriscar um cabelo por semelhante crença... Admito! Agora ouve: e se depende de nós o significado do mundo, se somos nós, homens, a decidir...

Remando contra a maré, procurando virar o sentido do vento a seu favor, a Maria José:

— Que vais escolher? Deixar-me?

Não, não é da Maria José que está a falar, esqueceu-se dela completamente:

— Isto: na harmonia do mundo... Espera lá, não me expliquei: dizendo que o mundo é harmonioso, pode parecer que deve continuar como está, o melhor dos mundos, e não vale a pena empurrá-lo para a frente... Falo doutra coisa: a partir de hoje, o mundo será harmonioso por nós assim o decidirmos, será justo porque...

Entrando no jogo metafísico (não no seu próprio jogo):

— Idealista!

— No bom sentido da palavra?

— No mau...

— Ouve: o mundo será justo, pois vou trabalhar para que o seja, pois vou unir-me aos homens que trabalham para...

— Imediatamente? — Irónica.

Osório levanta-se, pega no pano de limpar a loiça e num prato.

— Imediatamente, não. Talvez nunca... Mas o que eu queria dizer... Se me atrevesse a agir, se tivesse coragem... Aí tens, sei muito bem quem havia de procurar. — Talvez inconscientemente, mas falava com certa ênfase, quase solene. — Sei muito bem quem inventou um sentido para este mundo sem sentido: fazer dele um mundo onde os homens não mais se explorem uns aos outros, se libertem da tirania da matéria, acreditem verdadeiramente nas possibilidades da inteligência e dos sentimentos... Penso que esses escolheram, de todos os sentidos possíveis, o mais belo. Escolho ser materialista para defender o espírito contra a tirania da matéria que nos querem impor os defensores do espírito. Não porque creia ser o materialismo a expressão da verdade, sei eu lá qual é a verdade!, mas porque estimula mais os homens a combaterem pela justiça...

Maria José via-o limpar um copo, pôr nessa tarefa uma atenção cheia de minúcia, e cruzou os braços.

— Deixa, eu continuo — disse. Tenta tirar-lhe o pano das mãos.

— Vamos impor esse sentido à indiferença do Universo — diz ele (um tudo-nada irónico, com vergonha de ser sério), colocando o copo, muito limpo, muito brilhante, em cima da mesa. Atraído repentinamente pela aparência de cristal que é a do copo, dá-lhe uma pancada seca e rápida com um dedo e delicia-se depois a ouvir o som muito redondo que se prolonga e vibra.

Cuidadosamente, para o marido não acordar, Ana Isa deita-se também e deixa correr o tempo. Um pouco antes de Vila Franca, como o Osório recordasse o dia dos balõezinhos azuis, verdes e encarnados, comenta: «Quando acabarmos de recordar o passado, ainda teremos assunto para conversar? E como ele não respondesse: «Receio que não, que seja apenas o passado que nos liga... Guardemos, poupemos então o passado...»

— Não queres esgotá-lo já? Valerá a pena poupá-lo para nos podermos encontrar ainda algumas vezes? — Dizia isto a rir, e com o Tejo verde e castanho diante dos olhos, mas a Ana Isa percebeu, ele tinha a morte no coração. «Cada vez estás mais bonita, estás mais bonita, desde que te encontras comigo... Sou eu que te vejo cada vez mais bonita por gostar de ti, és tu que estás cada vez mais bonita, por gostares de mim e o amor te iluminar?»

— Sim, vale a pena!

— Então entre nós não há unicamente o passado, há alguma coisa mais. Que será?

Ana Isa, os olhos postos no rio castanho, verde e brilhante, percebe que o Osório procura convencê-la daquilo mesmo em que não acredita. Entrou, portanto, na comédia dos enganos (mas agora estavam em Sevilha, era noite, o rio devolvia-lhes uma lua árabe em quarto crescente):

— Então não digas o que é, poupemos também o presente.

— Tens razão, poupemos o futuro.

Ana Isa:

— Quando casaste, sabias que o casamento ia ser um fracasso?

Osório manda vir outra cerveja (enganou-se, disse *birra*, como se estivesse em Verona, tem muito mais facilidade em lembrar-se das palavras italianas do que das espanholas), Ana Isa continua a não compreender: «Vais-te levantar, pegas-me num braço, levas-me para o hotel, abres a porta do teu quarto...» Ele (continua sentado, não lhe pega no braço, não a leva para o hotel):

— Que queres? Não sabias também?

— Então porque casam as pessoas, mesmo quando já sabem que o casamento será um fracasso? — As pernas cruzadas, o joelho esquerdo inteiramente à mostra, a barriga da perna avolumada pela pressão do outro joelho meio encoberto, um pé abandonado, o direito bem assente no chão. Continua à espera: «Vais-te levantar, olhas para mim, pegas-me no braço...»

— Creio que a principal explicação é a seguinte (mas já não estão em Sevilha, esta resposta foi dita pelo Osório algumas semanas antes, sentados numa esplanada de Cascais): — Casamos porque existe o casamento, não nos casaríamos se o casamento não existisse... — e como a Ana Isa desse uma gargalhada que obrigou algumas pessoas ali perto a virarem-se para eles: — Acabo de dizer uma coisa muito séria, que julgas tu?

É muito difícil não casarmos, havendo o casamento — prosseguirá outra vez em Sevilha — e só quando ele for abolido deixaremos de... — Ela continua a rir (em Cascais, não em Sevilha), ele sorri (em Sevilha, não em Cascais). «Sabe que és muito bela, que me apetecia agora arrancar-te essa camisola, apalpar-te...» — É muito difícil para dois jovens que andam um com o outro, que são vistos um com o outro muitas vezes e durante muito tempo não casarem... — Em Cascais e em Sevilha: «Apalpar-te...» — Foram assim ensinados e, depois, desejam casar para resolver esse problema inevitável. — «Apalpava-te...» Ana Isa descruzou as pernas em Cascais; já em Sevilha, descalçará um sapato, e Osório pode ver-lhe o pé perfeitamente nu com uma moldura muito branca (a região habitualmente abrigada do sol) e as rugas quase imperceptíveis, extremamente finas, dos bordos do calcanhar (também poderá ler-se o destino das pessoas nas linhas dos pés?). — Sentem essa obrigação, ofenderiam os deuses se não casassem, se virassem as costas um ao outro. É certo que não acreditam nos deuses, mas... — O tornozelo muito saliente, o calcanhar sulcado por rugas múltiplas, finíssimas, marcando a fronteira entre a pele mais espessa, perto da terra, e a outra, macia e morena, um pouco suada, a esticar-se pelas pernas acima.

Estende o pé para enfiar a meia que, momentos antes, enrolara cuidadosamente com ambas as mãos. Ajusta-a bem ao tornozelo, vai-a desdobrando ao longo da perna, pára um instante no joelho, continua depois até afastar a saia e, com gestos medidos e rápidos, prende-a à cinta. Maria José — no preciso momento em que o marido, em Sevilha, interrompe a dissertação acerca do casamento (mas não o desejo «apalpava-te...») para beber um gole de cerveja —, calçando o sapato preto de pelica, encaixando o pé, subitamente mais pequeno. Recebeu nessa manhã um postal de Sevilha, as capas dos saltos, postas há menos de uma semana, não duraram nada.

— Vais sozinho? — tinha perguntado ao marido, no dia em que ele se despedira. Ao levantar os olhos do jornal para fazer a pergunta, levara ainda com eles, por uma fracção de seguando, este título: *No Congo foi morto um coronel chinês que comandava uma força de revoltosos.* (Só ao deitar-se lerá o telegrama que se segue: *Um coronel chinês terá sido morto pelas forças da ordem, a crer nas informações de refugiados...*)

— Vou — respondera o Osório.

Mas seria possível? Por mais que pensasse, não conseguia ver o marido a viajar sozinho, desembaraçando-se sozinho de todas as maçadas de uma viagem, nem sequer o imagina a entender-se com os guardas espanhóis.

Telefonou ao Alpoim. Pensando bem, não o conhece, não sabe que espécie de homem será ele, sabe apenas que, de todos os amigos e amigas (e terá verdadeiramente amigos e amigas?), só com o Alpoim lhe apetece conversar acerca do marido, só a ele se atreve a perguntar se o Osório voltará ou não.

Observa-se ao espelho, ajeita cuidadosamente os bandós, põe *bac-stick* nos sovacos.

Mãe e filha na janela da frente, os joelhos redondos da Ana Isa com duas covinhas quase imperceptíveis (perceptíveis ao tacto), os tornozelos salientes e o tempo que passa, que é as palavras que o Amâdio diz, os gestos que faz (a descoberta das duas covinhas sob a pele esticada e elástica dos joelhos — uma pele fina, sim, mas consistente, com uma espessura que se cola aos dedos), os silêncios que só são silêncios para os ouvidos surdos: «Sim, reconquistar-te-ei, Ana Isa. Por isto mesmo: porque fui abjecto. Não, não é o que queria dizer. Fui abjecto e tu procurarás salvar-me. Mas não é isso ainda: há dez minutos, ou menos, senti-me humilhado, por te compadeceres de mim e eu não queria a tua compaixão. Quero-a... Não, não... É isto: fui abjecto, como é possível que um homem como eu, um homem que crê nos homens, tenha traído?»

— Enquanto estiveste preso, tive de arrancar um dente...

«Podia desculpar-me e dizer-te: os homens não nasceram para aquela vida, estar presos, mas sim para ser livres... Não,

não é isto ainda que quero dizer, basta um só homem com coragem para que tudo quanto te disse perca o sentido. E não há apenas um homem, são milhões... Ouve: fui abjecto, fui abjecto e podia ter continuado a ser digno de ti. De mim. Tinha forças para sofer, faltavam-me apenas dez meses... E até creio que quis sentir-me um desavergonhado, a fim de... Nunca te sucedeu fincar as unhas nas palmas das mãos para teres a cereza de estar viva? Pergunto-me se o remorso não pode dar esse sentimento... Não, não é isso também, foi uma fraqueza e fui abjecto. Mas... Sim, Ana Isa, como é possível?... Ou então passei a minha vida a fingir. Fui sempre um fraco, passei o tempo a fingir-me forte, mas fui sempre fraco.»

«Nunca tive amor por ti, Amândio.»

«Sim, apesar de tudo não me viras as costas, há alguém que não me vira as costas... E se assim é, é porque...»

— Fui em toda a minha vida duas únicas vezes ao dentista:
— «Nunca tive amor por ti, Amândio. É verdade, é a pura verdade.»

— Que mundo extraordinário... — («Nunca tive amor por ti, Amândio») — em que é possível amar um homem — («Nunca tive amor por ti, Amândio») — que se portou mal. E se assim é — («Nunca tive amor por ti, Amândio») — é porque há nele qualquer coisa de bom e de recuperável — («Nunca tive amor por ti, Amândio») —, porque ninguém poderia amar — («Nunca tive amor por ti, Amândio») — o que é mau e abjecto, completamente abjecto... — («Nunca tive amor por ti, Amândio») — Não sei se é isto que quero dizer, há ainda outra coisa... São precisos os homens que não perdoem e continuem para a frente, o progresso não se faz a perdoar aos que afinal o traem... Mas é preciso também o perdão; sou suspeito, bem sei, mas... E já antes o pensava, embora dissesse o contrário para me fingir um duro... Ouve, Ana Isa — («Nunca tive amor por ti, Amândio») — um homem como eu deveria ser julgado, deviam tirar-lhe a vida, ele atrasou de um décimo milionésimo de segundo a marcha do mundo... Mas sem ódio, com amor. E aqueles que me tirassem a vida, diriam... Que haviam de dizer?

«Nunca tive amor por ti, Amândio.»

Quando a Maria José chegou ao ginásio do liceu (e nesse instante o Amândio, a Ana Isa, o Alpoim, estarão sentados em Carcavelos a gozar o sol), já o ensaio havia começado. Ninguém deu por ela, encosta-se a uma parede a ver o que se passa no palco. «Sem mim não teriam feito isto — pensa —, sem mim não teriam feito isto... Fui eu...» Como não encontre a esperada felicidade por saber-se a realizar qualquer coisa, a sair dos longos anos de inércia, repete: «Fui eu, fui eu...» Aproxima-se então do Ernesto e da Gabriela (mas envergonhada consigo mesmo, com aquela pressa de cobrar os merecidos dividendos). Eles também não a viram e, enquanto olham o palco, falam em voz baixa. E as coisas que dizem! No outro dia, no autocarro, a Maria José ia atrás deles, pôde ouvi-los, conversavam sobre a guerra de Espanha, terminada muitos anos antes de nascerem.

— Que tal...? — pergunta-lhes, os olhos no palco.

— Não acha esta peça um bocadinho negativa? — diz a Gabriela.

— Negativa, como? Não, não... Não a teria aconselhado se a achasse negativa...

— Por exemplo: o rei Eduardo, a mulher... As relações entre os dois, o casamento não sai daqui um tudo-nada ridicularizado?

— Essa pronúncia, Miguel! — diz para o palco, evitando a resposta, não compreendendo muito bem a pergunta. Às vezes, esquece-se de que o Ernesto e a Gabriela têm a idade que têm. Como são inteligentes, como lêem muito... Mas ter uma idade não é uma soma de aniversários, é uma certa experiência. É isso que lhes falta. «Ou é isso que eu tenho a mais?»

A Gabriela:

— Diga-me..., a senhora é casada... Se escrevesse uma peça de teatro... seria assim negativa?

— Que disparate! — diz o Ernesto. — Não são perguntas que...

Maria José dá uma gargalhada.

— São, são... — responde. Vira-se de novo para palco: — Artur! Que nota te dei eu...?

— Bem sei, a experiência da senhora é uma experiência particular, não demonstra nada, mas...

— Gabriela! — O Ernesto impaciente: futuro marido, já...?

— ... mas eu gostava de saber...

— Que é que gostavas de saber? Gostavas de saber se o casamento dá a felicidade ou se ma deu a mim?

— As duas coisas.

— Minha senhora — gritava do palco o Miguel. — Podia dizer-me...

«Dizer-lhe que o amor é uma mentira, dizer-lhes que dentro de alguns anos nada restará do vosso amor?»

— Não acha que o teatro é acção — continuava o Miguel —, que as palavras são apenas...

Responde, erguendo a voz:

— O teatro é o que for.

— O que for, como?

— Sabes? — Responde com prudência, um tanto professoralmente. — Nunca poderás dizer o que o teatro é, só podes dizer o que o teatro foi... E ainda que só tivesse sido acção, que demonstra isso em relação ao presente ou ao futuro? — Virando-se bruscamente para a Gabriela, baixando a voz: — Porque me fizeste aquela pergunta, gostas de alguém? — A Gabriela não se atreve a responder, olhos baixos sob o peso do olhar do Ernesto. — Se gostas de alguém e isso te torna feliz, porque me fazes uma pergunta inútil? — Voltada para o Miguel: — Se estivesse nas minhas mãos, sabes qual seria o exame final de todos os encenadores? Pôr em cena o *Banquete*, do Platão. Se conseguissem fazê-lo, dar movimento ao diálogo, ficavam aprovados, se não... Acredita-me: se depois de assistir a uma representação teatral te sentes satisfeito com o espectáculo, mas insatisfeito com o mundo, é teatro; se não, não é... — E para o Adriano: — Que pretendes? Ser natural? Ninguém te pede naturalidade, estás num teatro, não imites os gestos habituais dos homens...

Aproxima-se da janela e vai ouvindo, sem ouvir: «*A very very little thing sir. You are the King: you have at your disposal thousands of lives: all our lives from the noblest to the meanest. All the lives in that city are in your hand to do as you will with in this your hour of victory: it is as if you were God himself.*» Há pouco, vinha ela a correr para o ginásio (embora o reitor não gostasse que os professores corressem e, ainda menos, as professoras!), quase esbarrava com o padre: «Tenho rezado por si, tenho rezado por si...» dissera ele, entre irónico e sério. «Mas não sabes que não quero a ajuda de Deus, ele não tem nada que se meter na minha vida, os meus problemas são meus e não dele?», esteve para lhe gritar. O rio lá em baixo, iluminado pelo sol, um paquete a atracar lentamente, seguro por dois rebocadores. O Osório disse-lhe uma vez que era no próprio trabalho, no próprio tempo de trabalho, que ela poderia encontrar a salvação e dar sentido à vida.

Volta-se de novo para o André:

— O teatro... — O André não a ouviu e a Maria José teve de súbito a certeza de que o marido havia de regressar. Para partir de novo, quem sabe? Para voltar outra vez... De novo fugir... E, entretanto, um dos dois vai morrer (*le temps s'en va, le temps s'en va, madame*) mas há tanta gente que morre!

— E tu, André! Fica quieto e calado, os espectadores sabem que és apenas um actor, não estás a dizer nada que não pertença à peça... — (*Le temps non, nous nous en allons*).

— Estabilidade, sim. Vivemos num mundo de constante insegurança: o receio da velhice...

«Mas em vez de a recearmos — pensa o Osório — não deverá a velhice ser o ideal a conseguir, esse estádio em que, por fim, será possível contemplar serenamente o universo?»

— É, o receio da doença, o receio de que no próximo mês o dinheiro não chegue. Ora o casamento, pelo menos até certo ponto... Compreendes? Apesar de tudo, se amanhã adoecer e for casada, alguém cuidará de mim: o meu marido. — Isto em Sevilha. Falava a Ana Isa (e nem sabe porque falava assim: que casamento defendia? O dela, afinal um casamento que ainda não o foi? O da Maria José, essa odiada mulher?). A Ana Isa, que se tinha levantado, e se dirigia para a porta com o Osório.

Mas um mês antes, o diálogo era outro — outro também a interlocutora do Osório: a Maria José, que disse, embora ironicamente:

— Quantas vezes pressenti as tuas histórias com outras mulheres? — «Um dia te direi que costumo revistar-te os bolsos, abuso da boa fé com que a tua má fé confia em mim. E tenho lido cartas. Estúpidas, cartas estúpidas, entendes? Tenho aberto cartas e depois não tas entrego...» — No fundo, achas que deveria haver um certo número de mulheres, as poedeiras, para terem e tratarem dos filhos. Um certo número de homens destinados às poedeiras. Uma espécie de escravos sob o ponto de vista sentimental, escravos a quem a felicidade, no teu entender, estava proibida. Escravos de uma sociedade em que um número ínfimo pudesse amar, seguir o coração, este hoje, aquele amanhã, conhecer o gosto sempre renovado e fresco dos primeiros amores... Não, é uma coisa diferente, procura dentro de ti, descobre que para ti o amor tem pouca importância, não pode dar-te a felicidade... Explico-te: leste nos romances, julgas ter sido a vida a ensinar-te, que o amor é o valor único... Procuras a felicidade nele e, como não a encontras, concluis que falhaste todo o teu destino... Mas é uma conclusão errada... Há muitos outros valores que abrem as portas da felicidade... Porque não procuras então o valor que ta pode dar, aquele que deve ser o teu objectivo?

— Talvez, talvez... — Também o Alpoim lhe dissera: «Procura a tua vocação». — Mas sabes o que é grave? — Observa a mulher, enquanto ela abre a torneira e se afasta, receosa. — É que para mim, ao contrário do que dizes, com literatura ou sem literatura, o amor é o valor máximo, só ele poderá tornar-me feliz... Não tenho outra saída... Preciso de perseguir mulheres, de procurar sempre uma nova mulher para me sentir jovem, para me sentir viver...

— E eu? — A torneira fechada.

Ana Isa ainda não encontrou os olhos do Fernando, «sinal de que já deste por mim». Poderia levantar-se, sentar-se naturalmente junto dele, sem nenhuma palavra especial e, quando o criado viesse, pedir-lhe-ia uma laranjada; depois como se continuassem uma velha conversa, diria: «Que pena não ter trazido o fato de banho!» Ele: «A água deve ser gelo.» Conversa para aqui, conversa para acolá, por fim ele pagava a conta. «Vens?» — «Está bem.»

Chegou a dizer-lhe uma vez: «Poderei encontrar-me com o Ricardo sem me esconder? Aceitas que continue contigo se me encontrar com ele às claras?» — «Terás de te esconder», respondera o Fernando Alpoim, «terás de mentir».

— Sofro!

Osório quis falar, passa-lhe o braço pelos ombros, fica em silêncio. E como reacção volta-se, não contra si próprio, incapaz de apoiar quem sofre, mas contra a Ana Isa. Sofres! Todos sofremos, não sabes? E ao menos tu vieste a Sevilha... Lembra-se do miudinho que todas as noites, à saída do Império, continua a pedir. Nunca se atreveu, de resto, a perguntar-lhe nada e nem sequer lhe deu esmola, pois quando lhe pedem esmola não sabe que fazer, sente-se envergonhado e foge. Ouviu uma vez uma senhora D. Qualquer Coisa referir-se à inconsciência daqueles pais que assim exploram sem escrúpulos a inocência do filho. Ao menos tu não dirias uma coisa dessas, Ana Isa, e portanto és um pouco melhor do que a outra. Um pouco, muito pouco... Enquanto sofreres, enquanto tiveres o despudor de proclamar que sofres, não mereces perdão. Nem eu... De súbito:

— Não sabes que é imoral servires-te de palavras que só os pais e o miudinho do Império têm o direito de invocar? Que nem sequer invocam, pois acham talvez normal o que lhes sucede e não protestam, como se tudo tivesse de ser como é... Não sabes que não tens o direito de sofrer? — Odiando aquela mulher, descobrindo-lhe instantaneamente as rugas, embora ainda leves, na testa, nos olhos, nos cantos da boca.

— O direito, Osório, o direito! Não tenho o direito, mas sofro, compreendes? — Rugas mais futuras do que presentes, mas existindo já, não apenas esboçadas, cruelmente reais.

Quem não sofre? Ao olhar para a Maria José, o Osório, que muitas vezes pensou ser a felicidade uma luta constante para continuar jovem, pensa por um segundo e imediatamente esquece (relembrar-se-á daí a muito tempo): «O que é preciso é envelhecer, alcançar assim a serenidade de uma vida já sem ilusões, a aceitação quase sorridente da desgraça, a sabedoria plena.» Ou então, porque não vai deitar-se com a Maria José: uma, duas, três, quatro, cinco horas mergulhados os dois na semiobscuridade de um quarto, nus, completamente nus, reconquistando a inconsciência, deixando de ser eles, simples animais, felizes animais?

De repente:
— Estás aqui deitada comigo. Estarias deitada comigo, se não...? — Hesita, não sabe como dizer «se não gostasses de mim». Vence a dificuldade: — ... se não gostasses um bocadinho de mim? — «Mesmo que seja mentir, Ana Isa, peço-te que mintas, não posso mais...»
— Apareceste inesperadamente, se me tens avisado, talvez eu não viesse...

— És cruel. Todas as tuas palavras são cruéis. Porquê? — Falando lentamente: — Que aconteceu? Mentiste quando me deste a entender que te deitaste com ele. Querias experimentar-me... — Pegando-lhe no queixo, obrigando-a a encará-lo, olhos nos olhos: — Precisas de ajuda... Porque não me deixas ajudar-te? — Porque não me deixas ajudar-te, porque não me deixas ajudar-te, porque não me deixas ajudar-te, porque não me deixas ajudar-te, porque não me deixas ajudar-te, porque não me deixas ajudar-te?

Ana Isa lembra-se da viagem de Barcelonette para Turim, através dos Alpes. O instante em que chegaram (ela e o Fernando) à fronteira italiana no Col de l'Arche. Saíram do automóvel e treparam, de mãos dadas, a uma encosta. Um ar docemente fresco e leve, o azul do céu muito longe, lá em cima, muito mais longe do que até então parecia, longe, com nuvens brancas e esfiadas. Ela (os pés mergulhados na verdura) começou a cantar: *Os Alpes, die Alpen, Les Alpes, Le Alpi, The Alps.* E aquele frio era bom. O Fernando passou-lhe as mãos pela cintura e, de repente, apertou-a com muita força contra o peito e beijou-a na testa. «Olha que podem ver!», dissera-lhe. Lá em baixo, indiferentes, os guardas aduaneiros aproximavam-se de um automóvel, mais longe pastavam as clássicas vaquinhas das embalagens de chocolate. *Die Alpen, Les Alpes, The Alps, Os Alpes, Le Alpi.* Muito baixinho entoou (não conhecia a letra) *Lá em baixo no vale*, procurando imitar — dentro da cabeça e vinda lá dos confins da adolescência — a voz de Elisabeth Schumann. E quando, sempre de mãos dadas, começaram a correr em direcção ao carro, como repetisse, apesar de afogueada pelo cansaço, «está frio, mas um frio bom, não é?», o Fernando lembrou-se: «Disseste a mesma coisa naquele dia em que fomos caçar patos na Barrinha. Eras tu que remavas...» Nesse dia, ou no dia seguinte, ou no dia anterior, ela e o Osório tinham enchido a Barrinha de balões azuis, verdes, encarnados.

Então desce uma nuvem sobre a consciência do Amândio, ele desliza as mãos pelas pernas da Ana Isa (e ela pensa que só

poderá ajudá-lo com o corpo, não tem mais nada. Mas ajudá-
-lo apenas com o corpo...), passa-as pelo interior tão macio das
coxas e, enquanto a beija na boca, aproxima-as, demora-as
enfim aí onde uma vida já uma vez floriu. Por que estúpido
motivo lhe vem à memória uma expressão idiota, lida numa
velha poesia do século XVIII? «Ninho do amor», assim falava
o poeta. Mas essa memória colava-lhe também às mãos outras
coisas: a lembrança áspera de outras mulheres constrastando
com o tacto sedoso, tão macio, que se lhe infiltra agora pelos
dedos, lhe sobe aos braços, invade o corpo inteiro. E então,
num desejo brusco —

XIV

Certa noite, Maria José havia-lhe perguntado:

— Porque não te vais embora? Porque não vais à procura da loucura?

Ah, é isso, pensa o Osório, a felicidade é possível entre um homem e uma mulher com uma única condição: não se amarem, estimarem-se simplesmente (simplesmente, e sem loucas esperanças no futuro).

— Grande sacerdotisa, o teu deus tem fome? Matá-lo-emos à fome no dia em que perdermos todas as ilusões... — Enquanto ela abria a torneira, debruçando-se primeiro sobre o lava-loiça e afastando-se depois, Osório pensava: como poderei abandonar esta vida, deixar de ver todos os dias o teu rosto? — Não tenho coragem... — E se abrisse inteiramente o coração e lhe dissesse: «Maria José, mal ou bem, estou preso a ti, mal ou bem, é contigo que tenho vivido estes anos, é a ti que tenho de confessar que...» Que, o quê? Que tem ele para confessar? Nada, nada. Se ao menos descobrisse um sentimento grave a confessar, algo de importante a roer-lhe a consciência, ainda poderia reconstruir a sua história com ela (ou com a Ana Isa, pouco importa). O coração vazio e, porque vazio, desejoso de apoio. Mas como começar uma confissão assim: «O meu coração está vazio, ajuda-me...»? Não. Não nasceu para viver com uma mulher, nasceu para viver só.

— Receias não encontrar lá fora as ilusões? — Fecha a torneira, «a vida sem o Osório seria completamente outra, ou a continuação do que tem sido, com a única diferença de haver uma personagem a menos?»

— Receio, Maria José.

— Diz-me: quando desligas da terra, quando procuras esquecer-te e imaginas coisas fantásticas... — Faz uma pausa, tem a certeza de que ele não responderá. — Que coisas imaginas? — Talvez o grande processo de conhecer os outros seja este: descobrir as loucuras com que se entretêm quando sonham acordados.

— Um sonho pequeno-burguês. E nem sequer mete mulheres! Quando eu era novo, os meus sonhos acordados metiam sempre mulheres, mas hoje...

— Então?

Vergonha de dizer: um rendimento de quinze contos por mês (no fundo é modesto). Qualquer coisa que, por um lado, não o obrigue a trabalhar, nem a horários. Mas que também não implique para os outros maus ordenados que lhe levantem problemas de consciência... E será possível? Por exemplo: ganhar duas ou três vezes os mil e tal contos do Totobola (quanto ganharão os funcionários do Totobola?). E com esse dinheiro, limpo da exploração do esforço alheio, e que não o obriga a trabalhar... Eis os seus sonhos, ser capitalista sem o ser...! Fecha os olhos, desliga da terra, desliga da Maria José, da Ana Isa, do filho, de tudo quanto Lisboa representa, e põe-se a viajar. Com a imaginação em roda-livre, vai saboreando todos os pequenos nadas, os mastros dos iates e dos pesqueiros, a água levemente ondulada dos portinhos mediterrânicos, as casas que se acumulam sobre os cais, o sol, o sol, o sol...! Sim, de passagem, uma ou outra mulherzinha, apaixonando-se por ele, mas por quinze dias apenas, mostrando-lhe a Riviera japonesa, caminhando os dois pelas ruas estreitas de Gubbio, debruçando-se sobre as águas misteriosas do lago Baikal, que Miguel Strogoff atravessou a nado por debaixo das chamas... «Quem é você?» Esconderiam um do outro o passado, seriam inteiramente jovens, acabados de nascer.

Uma semana depois, abandonaria o lar: decisão grave (que é ser pai, ser marido, pertencer a uma família? Não é pai, nem marido, não pertence a nenhuma família, continua o que era antes de casar e se não é diferente do que era, então continua solteiro), decisão grave, que não confessará a ninguém, nem sequer à Ana Isa (embora esconda que o dinheiro da viagem é em grande parte da Maria José e foi levantado de uma conta comum — só a Maria José deposita, de vez em quando, algum dinheiro):

— Não voltarei mais para casa... — Que é ser pai, ser marido, pertencer a uma família? E, todavia, eis a verdade: não é solteiro... Depende, depende inteiramente da Maria José. Pois não era ela que lhe fazia os telefonemas, tratava de todos os casos aborrecidos, comprava até os bilhetes, quando iam ao cinema? E as camisas, as gravatas, os fatos? Tal como antes, os pais. Sim, não é solteiro, nunca foi solteiro, ou, pelo menos, quando foi solteiro não era solteiro, mas filho.

Ana Isa poderia ter respondido: «Ah, nascemos um para o outro, nunca mais poderemos viver separados, seremos um do outro até ao fim do mundo...» Qualquer coisa deste género, agora que se libertara da Maria José, essa odiosa mulher. Mas disse:

— Temos de arranjar maneira de libertar o Amândio...

Quer ela insinuar que só assim conseguirá viver com o Osório, que precisa de arrumar aquele problema, que se sente mal consigo mesma por ousar ser feliz sabendo que o marido não pode sê-lo? Mas o tempo passa, estavam agora em Sevilha, Osório introduz os dedos por entre as mangas curtas da camisola preta de lã, estreada nessa tarde, e sente-lhe o ombro na concha da mão, um ombro tépido e macio, arregaça-lhe a gola, beija um sinalzinho (o ponto de um ponto de exclamação) assente sobre o vértice da clavícula.

— Que é?

— Nada.

Nada: ah, egoísta, nunca poderás fazer feliz uma mulher, e sabe-lo, escondes permanentemente essa verdade para as conquistares. E nunca poderás fazer feliz uma mulher, porque tu próprio... Tu próprio, o quê? Tu próprio ignoras o que queres, é isso, tu próprio já sabes que no fundo do amor não está a juventude recuperada, mas uma asfixia no peito e na alma, uma dor sem limites. Lembra-se das palavras da Ana Isa, dias antes em Lisboa: «Temos de arranjar maneira de libertar o Amândio.»

— Sentes saudades? Bem sei, nunca chegaste a ser mulher dele, será por isso? — O sofrimento, sim, não a juventude. A certeza, sim, de que nada poderá salvar-te (afinal as mulheres não foram propositadamente feitas pela natureza para te salvar), e neste instante a semente antecipada da desilusão começa já a roer-te. — Sim, uma experiência que nunca fizeste. — Que está a dizer? Ah, simplesmente palavras, enquanto espera ouvir da Ana Isa que aquele momento é o mais belo de toda a sua vida. E se ela lhe responder assim, vai fingir também...

— Talvez saudades... — Não eram estas as palavras que deveria ter dito, um aperto na garganta estrangulou-lhe as palavras: «Este é o momento mais belo de toda a minha vi...» Quando abriu a boca para dizê-las, deixou escapar as outras («Talvez saudades...»), como se alguém, um ventríloquo escondido não se sabe onde, lhas tivesse ditado.

À noite, ao entrarem num bar, Ana Isa estaca. A um canto, embora de costas para eles, o Adriano Bemposta, amigo do Ricardo, tomava uma cerveja. Ana Isa jantou várias vezes em casa dos Bemposta.

— Vamo-nos embora...

— Que espécie de homem é ele?

— O Adriano...?

— Quem?

— Ah! — Percebeu: Osório perguntava-lhe pelo Amândio, não pelo Bemposta, que, de resto, também conhecia, mas não chegara a ver. — Era um homem alegre, mas eu só convivi com ele um mês, que posso dizer-te? Nunca pensei que pudesse vir a ser preso. — Não se sente obrigado a dar explicações ao Bemposta, nem sequer sente qualquer respeito pela opinião dele. Então porque se sujeitou à fraqueza de fugir? Pára. Hesita, procura a Lua, entre duas chaminés, decide: — Voltemos àquele bar...

Osório arrasta-a para a frente, não está interessado em voltar para trás.

— Assisti ao julgamento, houve um incidente, ele acabou por ser expulso da sala, insultou o tribunal...

Porque não veio Osório a Sevilha com a Gerda, quando ela lho pediu, ela de quem quase nada sabe, ela que...? Deixara-a partir... E, passeando ali de braço dado com a Ana Isa, interroga-se: que teria sido passear ali de braço dado com a Gerda? Imagina a conversa: «Hein-zei-buch-riz-hoj» — «E, nem, não só... mas também. Mas, porém, todavia, contudo.» — «Riz--hoj?» — «Apenas, assaz, bastante, mais, menos, muito, pouco, nada, tão, tanto, quão, quanto, quase.» À noite deitar--se-iam e, nos momentos essenciais, quando o êxtase viesse, Gerda diria — única frase em francês — «Faites attention!» e Osório fazia atenção, retirando-se.

Osório não sabia que ele se chamava Amândio, sabia apenas que era o Ribeiro.

— Sim, casa-te — dissera-lhe. — Como conseguiste chegar a essa idade, continuando solteiro? — Uma dessas frases atiradas ao ar, que nada querem dizer. Antes, o Ribeiro pedira-lhe uma assinatura e o Osório, que a si mesmo já prometeu nunca mais assinar papéis (ainda por cima inúteis!), não teve coragem de recusar e assinou.

— Se queres saber, nem sei... — O Ribeiro, o Amândio Ribeiro, tomou a pergunta a sério. No dia anterior levara a Ana Isa ao futebol, depois foram jantar, e era a primeira vez que se encontravam à noite.

— Um homem precisa de ter filhos, de... — Maria José estava à espera de um filho. De um filho, de uma filha?

— Ah, fazes propaganda do casamento?

— Porque não? — Muitas vezes tem pensado: que será ser pai? Sabê-lo-á dentro de quinze dias. Saberá então se o casamento, assim com um filho, poderá torná-lo outro homem. Porque muitas vezes tem perguntado: que é ser marido? E ainda não viu que essa passagem de solteiro ao casamento o transformasse.

— Espantas-me, sempre te vi na conta de um céptico.

Osório brincou:

— Céptico, mas não no sentido de não acreditar em nada, somente no sentido de não acreditar no que gostaria de acreditar. Mais: somente no sentido de não acreditar no que acredito...

— Não devia falar contigo, és um ser pernicioso... — Brincava também, vagamente à espera de o Osório descobrir qualquer coisa como isto: só acredito no que os outros acreditam, sobretudo se achar que não têm razão...

Osório insistia:

— Mas não conheces ninguém?

— Talvez... — Apetece-lhe falar da Ana Isa. E falou: — Não sei o que ela pensará..., nunca lhe disse nada, de resto conhecemo-nos ainda tão mal, encontrámo-nos três vezes! — Não pode confessar ao Osório: «Talvez um dia destes eu seja preso, não posso, portanto...» Atira fora o cigarro. — E ainda há outra coisa: cheguei solteiro até esta idade. Terei verdadeiramente de casar?

— É bom ser casado...

— E será ela a mulher que me convém? — diz, depois. Porque aí está: que espécie de mulher será ela?

— Que espécie de mulher é ela?

O Ribeiro encolhe os ombros:

— Que espécie de homem és tu? — Esteve quase a responder: «Ontem, depois do jantar, levei-a a casa, à despedida perguntei-lhe se não me convidada a entrar. Escolhi depois um disco ao acaso, nem vi o rótulo, ou se era o princípio, e nem demos por que a velocidade estava errada. *As Bodas de Fígaro*, só percebi isso quase no fim.»

Um apito desagradável, um apito de automóvel, apito que se repete, insiste. Momentos atrás, uma voz feminina: «É só um instante!» Mas o instante eternizava-se.

Ana Isa está ainda fatigada, chegará alguma vez a deitar-se com um homem sem sentir esse desgosto de si mesma, desgosto insuperável, que sempre e durante meia dúzia de minutos, depois e nunca antes, a deixa transida? Os olhos fechados, deitada de costas, e pensando: «E um dia hás-de cansar-te, Ana Isa, como poderás suportar uma vida inteira com esse homem que carrega um remorso às costas? Recomeçarás então a esperar (ou esperas já?) pelo Osório. Sentar-te-ás de vez em quando no banco da Avenida e... Não! «Com a cabeça na almofada, enquanto as mulheres do prédio da frente apoiam os cotovelos nos seios da Ana Isa (e será por isso que ela sente um peso no peito, um peso no coração?), o Amândio continua às voltas com o dono do automóvel: um homem sem preocupações verdadeiras, um homem que nunca traiu, até porque...

Ana Isa, em consonância com os pensamentos do Amândio:

— A única diferença ente ti e mim, entre ti e aqueles que nunca foram presos os que nunca nos arriscámos a ser presos. Tu sabes-te incapaz de resistir, nós não... Como hei-de condenar-te, eu, que ignoro se serei uma heroína ou um desastre total? É então a mim que tenho de condenar, pois permito a existência deste mundo, pois nunca fiz nada de sério para ele se transformar. E ao menos tu... Sim, a mim nunca se ofereceu a oportunidade de trair, nunca ousei correr o risco de durante um, dois, três meses, ser sujeita a interrogatórios...

— Cala-te. — Fala meigamente, perturbado, o olhar ainda nas duas mulheres do outro lado da rua (e a satisfação de ter ouvido da boca da Ana Isa as palavras desejadas). — Acabarias por declarar que é bom um mundo assim, pois só com um mundo assim nos poderíamos conhecer uns aos outros, saber se somos fortes ou cobardes... — E no dia seguinte, em Carcavelos, sentindo o sol no corpo, um sol velado, mas bom, vendo ali perto o mar e os barcos mais ao longe: — Lembras-me um velho amigo... — Não citou o nome, será do Osório que o Amândio há-de lembrar-se.

— Ouve, Amândio... — Dias atrás, disse quase o mesmo ao Osório: — O novo mundo será feito apenas pelo esforço de alguns, os heróis, os eleitos, mas seremos todos nós que viveremos nele... Os eleitos e os danados, compreendes? Há aí qualquer coisa de terrível, de injusto, de ofensivo para os heróis e até para os que tombaram... Mas o mundo novo acolher-nos á a todos como um pai misericordioso e há-de proclamar, aos crentes: Este é o vosso reino!

Com um filho ao colo, uma mulher vai cantando: «Quatro cabides por vinte e cinco tostões», e o Amândio recorda-se (recordam os seus ouvidos, ao reconhecerem a mesma voz) que dois anos antes custavam dois mil réis.

— Será assim, não é?

— Não. Nesse dia perguntará a cada um de nós: «Que fizeste tu? Mereces este mundo?» Os justos irão para um lado, os homens conscientes de que deveriam ter feito alguma coisa, mas que nada tinham feito...

— Condenas-nos ao Inferno?

Falam em linguagem cristã, só no dia seguinte o Amândio dará por isso, subitamente espantado. Agora, observa uma traineira a entrar na barra. E a Ana Isa, que evita os olhos do Fernando Alpoim, sentado uns dez metros adiante, pensa: «Vivemos tantos anos juntos, Fernando! Até dormimos um com o outro, fomos marido e mulher. E será possível que hoje nos desconheçamos inteiramente, evitemos os olhares, sejamos capazes de fingir perante estas cadeiras, estas mesas, esta areia e aquelas ondas (elas já nos viram de mãos dadas!) que nada existiu entre nós?»

— Não é então verdade que a tua mulher te deixou porque tinha apenas seis meses de vida...? — O Osório, que pergunta ao Fernando Alpoim.

— Não. Isso sucedeu com um amigo meu.

— Porque mentiste?

— Porque havia de dizer a verdade? — A verdade (mas esconde-a): nunca estudou no Porto, não foi colega do Osório, não esteve em Agramonte... Mas o Miguel, que vive no Porto e com o qual estava uma vez à porta do Tivoli quando o Osório passou com a Ana Isa, disse-lhe: «Aquele tipo foi meu colega...» Contou-lhe isto, contou-lhe aquilo. O Fernando Alpoim ouvia-o falar e também poderia dizer-lhe: «E aquela mulher foi a minha mulher e chama-se Ana Isa.» Não disse. Mas, nem sabe muito bem porquê, desejou inventar um amigo que nunca tivera, passou a ter um novo amigo, passou a ter tido sempre, desde o liceu, um velho amigo que poderia, quem sabe?, apresentá-lo inesperadamente à Ana Isa, sua antiga mulher.

Então, já alguns dias passados sobre o aparecimento do cadáver do Alpoim em Monsanto, uma ideia absurda (ou quase) vai mergulhar as raízes na memória do Osório: o Alpoim bateu-se em duelo com o homem do Mundial... Decide então virar Lisboa de alto a baixo para encontrar esse homem, mas nada revelará à polícia quando for interrogado sobre a morte do amigo. De súbito, ocorrer-lhe-á que a polícia deseja pôr uma pedra (mais uma pedra!) sobre o cadáver do Alpoim.

— Casa, casa-te... Sabes? Sozinho, sentia-me sempre medroso. Casado, a minha força duplicou. Depois, tenho pensado: o casamento é uma forma de arrumar os sentimentos, compreendes? Somos naturalmente dados à dispersão e o casamento é uma espécie de disciplina, de ordem imposta ao caos, a tal única ordem que pode oferecer uma certa felicidade. O casamento é a razão, o respeito pelo semelhante... — Falava meio a sério, meio a brincar.

— Tens filhos? — «Nem sei bem. De resto, estávamos um pouco entornados, ela contou-me uma porção de coisas, foi muito mais franca do que eu. Porque se eu também tivesse sido tão franco como ela, falava-lhe do meu receio de ser preso, contava-lhe que um amigo meu fora apanhado dois dias antes e que já lá metera outro... Até me convenci de que ela responderia: "Porque não fica em minha casa? Aqui, ninguém poderá adivinhar..." O pior era o emprego, e se ao menos eu tivesse a certeza! Talvez o Aníbal não fale, o André tenha caído em qualquer outra malha. Estávamos sentados num sofá, ela cruzara as pernas, eu via-lhe os joelhos... Num dado momento hesitou: "Não sei se diga..." Nem me lembro já do que era, talvez que deixou o primeiro marido... Passei-lhe as mãos pelos cabelos, fiz isso sem qualquer ideia preconcebida. Minto: tinha uma ideia preconcebida, pusera-me a desejar aquela mulher. Pois é, deixara o marido... Ainda não compreendo muito bem, de resto. Convencera-se da estupidez de passar uma via inteira a viver com o mesmo homem... Não que se desse mal com ele, ao que parece até se davam bem... Sentiu que de um dia para o outro poderia morrer e que tivera uma vida idiota, sempre desejara um gesto de ousadia. Procurou, quase de olhos fechados, uma aventura... Aliás ele era rico, muito mais rico do que o marido, e ela nunca chegou a saber se tomara ou não uma decisão absolutamente desinteressada...»

Como foi? De repente — mas nada houve entretanto, palavras dela, palavras dele, uma saia que se despe, uma gravata que se tira? Sem saia, sem gravata, nus. Nus e repousados, ouvindo o som contínuo do gira-discos aberto, sem música há muito tempo.

Osório insistia:

— Casa, casa-te...

Mais tarde, já preso, o Amândio conseguirá refazer, gesto por gesto, momento por momento, tudo quanto se passou: «Não trocámos uma única palavra de amor, como se tivéssemos combinado que não tínhamos direito de mentir. Ela não se defendeu, quando comecei a despi-la, ajudou-me até, desapertou-me a camisa, tirou-me a gravata... Ah, eu disse-lhe, porque de princípio a cinta era uma coisa dura que impedia o caminho: Parece um cinto de castidade... Riu-se, e em meia dúzia de segundos tinha desprendido as meias...»

— Não ouviste dizer que...

— Ouvi, sim... — «Foi ontem, hoje ainda não estive com ela, telefonei mas ninguém atendeu, não sei se alguma coisa vai continuar, não dissemos palavras de amor, nesse sentido houve um certo gelo entre nós, não sei se foi apenas brincadeira, se ela costuma brincar assim muitas vezes, se fui o único, se devo falar-lhe de que se passou, se manda a educação não falar mais no que se passou...»

Meia hora depois, ao entrar em casa, o Amândio Ribeiro era preso, mas o Osório não soube. Uma ou outra vez, lembrava-se dele, admirado por nunca mais o ter visto, mas a ideia de uma possível prisão não lhe passou pela cabeça. Quando, cerca de dois anos depois, o encontra, pergunta:

— Que é feito de ti?

— Tenho estado em...

Osório compreende: como é possível que um amigo — grande ou pequeno — possa desaparecer durante longos anos sem se dar pelo seu desaparecimento? Quantos amigos neste mundo desapareceram sem darmos por isso, sem sentir a falta deles, como se a vida continuasse a correr da mesma forma? Durante aqueles dois anos, o Osório continuara a fazer as mesmas coisas, a tomar a sua bica depois do almoço, a ter também algumas preocupações. Mas tudo como antes, tudo como antes.

— Sim, tinham-me dito... — Mente, procurando dar ao Ribeiro a ilusão de que não foi esquecido, de que os amigos sempre o recordaram. E lembrando-se da velha conversa, a última: — Declaraste-te à tal rapariga?

— Fui preso meia hora depois de te deixar, não houve tempo...

— E depois de saíres...? — Arrepende-se da pergunta, receosa de que essa mulher se tenha transformado numa recordação dolorosa.

— Casei com ela. Porque não vens visitar-nos um dia destes?

— Disseste-me que o Amândio era um homem alegre... — As pernas da Ana Isa descem das saias para o tapete do automóvel (são os olhos do Osório que descem, não as pernas), encontram-se lá em baixo com os pés (descalços). Os joelhos, a covinha dos joelhos, cá mais perto. A saia preta, mais perto ainda. E a estrada cinzenta e a terra nua lá adiante.

— O Ricardo levou-me uma ou duas vezes ao futebol, mas com o Amândio foi diferente. Havia um Benfica-Sporting no domingo seguinte. Ele era sportinguista apaixonado e o Sporting perdeu. Ficou aborrecido, mas, como direi?, era um aborrecimento alegre. Convidou-me depois para jantar. Foi assim: «Gostaria que viesse jantar comigo, mas a minha bolsa está quase esgotada. Cada um paga o seu?» Era muito diferente do Ricardo... — Rodam velozmente a caminho de Cádis, o rádio vai despejando uma espanholada qualquer. — Sim, havia uma diferença: ainda não era casado comigo.

— Falaram alguma vez em casar? — As pernas da Ana Isa iluminadas pelo sol, a mão do Osório metendo uma mudança, a estrada sem fim. «Mas se tu conversas acerca do passado, quando acontecem entre nós (acontecem ou não acontecem, pouco importa) coisas tão importantes...»

— Não, que disparate! — Sabe-lhe bem sentir o sol nas pernas e arregaça um tudo-nada a saia. Foi o Osório que a ensinou a nadar nas águas batidas pelas ondas da Praia de Mira e, depois, no remanso da Barrinha. Ele pegava-lhe nas mãos e ia recuando, rebocando-a, mas acabava por vir uma onda mais forte. Ao caírem, enrodilhavam-se um no outro. Repetiam a aprendizagem muitas vezes, pois era bom esse momento fugidio (ah, se isso hoje pudesse repetir-se! Vai dizer-lhe que não sabes nadar, vai dizer-lhe que te ensine a nadar!) — Éramos companheiros e nada mais. Fomos à praia uma vez, lembro-me perfeitamente do que sucedeu em Carcavelos, deitados na areia. Conversávamos, e nisto passou um casal amigo do Amândio. Cumprimentaram-no com um sorriso. A mulher voltou-se para trás, o homem não teve coragem. Pensavam com certeza que era uma conquista e o Amândio ficou muito atrapalhado quando eu lhe disse: «Pensam que sou uma conquista sua.» — Lembra-se dela: morena com um fato de banho muito aberto nas costas, mas sem decote à frente.

Osório carrega no acelerador, agarra com força o volante numa curva inesperada, tem a impressão de que não agarra só o volante, mas sim todo o automóvel, inteiramente submisso ao seu comando, inteiramente dele naquele momento em que, um pouco menos de firmeza, e seria a morte.

Ah, esse dia em que se cruzaram na paragem do eléctrico do Saldanha! Tinham vinte anos? Terão ainda vinte anos, ela acaba de descer do eléctrico, grita-lhe: «Espera aí!» Osório dirá: *Ich liebe dich* (andaria a aprender alemão). E ela (que também andaria a aprender alemão): *Ich liebe dich.* Nesse mesmo dia, Ana Isa telefonará ao Fernando: «Gosto dele, sabes?» E o Fernando não sofre («ou sofre, é bom que um homem sofra por mim»). Vinte e quatro horas depois, encontram-se, correm de mãos dadas pela praia fora, o Osório continua a ensiná-la a andar, abraçam-se molhados, os corpos cheios de sol, o sol nos corpos. Falso! Nada disto se passará, porque nada disto se passou.

Maria José responde, então:

— Acredita: sou muito feliz, às vezes julgo que não, mas sou muito feliz, Gabriela. E neste momento, aqui ao pé de vocês. Mas julgas que poderia sê-lo se não amasse um homem? Não, pois quando não se gosta de ninguém, então o coração está seco, não há felicidade possível. Como hei-de explicar-te? Vivemos neste mundo, sofremos na maior parte dos casos. Vocês hão-de ver isso mais tarde. Hão-de ver? Talvez já vejam... Quantas vezes sofrem por causa dos exames, das chamadas, e de tantas outras coisas? Mas é: tudo podemos suportar, até os desgostos, se... — Uma pausa, uma súbita nuvem, a visão repentina de que nada do que está a dizer é verdade ou de que, ainda que seja verdade (e talvez o seja), não acredita... Pura pedagogia, má pedagogia... Pois o que dificulta a vida (pensa) é nada ser definitivo, nem sequer a desgraça. Se uma desgraça, se um acontecimento grave fosse definitivo, nós aceitá-lo-íamos resignados. O mal é a nossa propensão para as ilusões, esperança de tudo se remediar. A esperança de que, se nada é definitivo, talvez tudo possa recomeçar e rejuvenescer... Mas é falso que nada seja definitivo, por vezes as coisas são definitivas, e então as ilusões... O Osório tem razão: os deuses alimentam-se não de néctar e de ambrosia mas das ilusões que semeiam os cérebros humanos, que estimulam, regam, estrumam por todos os meios. E quando um homem já não tem ilusões e está reduzido ao corpo, abandonam-no, atiram-no aos vermes. Recupera a voz e simultaneamente interessa-se pelas manobras do grande paquete, entre dois rebocadores, lá em baixo no rio: — Não sei que te diga: amar alguém e ser amada por alguém... Ah, mesmo que não sejamos amadas... Amar alguém ilumina todas as coisas, apaga tudo quanto de mau... — Discursa assim por ser professora, canta a convencional ária do amor que tudo vence, etc.

— Então, temos de deixar de amar, minha senhora. Se o amor faz esquecer a... — O Ernesto aproximou-se, entretanto, é ele quem fala. — Não podemos esquecer, não é? — Cala-se subitamente.

«Sabes o que dizes — pensa a Maria José — ou estás a falar de cor?» Acrescentar-lhe: «O amor não é o que dizem os livros, o amor tem de ser outra coisa, temos de fazer dele algo — não sei o quê — que não seja igual ao que tem sido até hoje, revolucioná-lo, torná-lo uma força criadora.» Continua em silêncio, com medo da falsa pedagogia.

— Minha senhora! — é o Miguel. — O André devia entrar de repente, isso dava mais força à cena, não acha?

Maria José deixa os dois namorados.

— Experimentem, façam das duas maneiras e escolham a melhor... — Fica a vê-los repetir a cena. Ainda bem que foi interrompida, não sabia que havia de responder ao Ernesto.

E o rio, lá em baixo, iluminado pelo sol, o navio italiano atracando lentamente, esticado entre os dois rebocadores. É assim mesmo: tão belo aquele rio, tão belo aquele sol!

Vira-se para o palco. Miguel declama com o braço estendido (não é a saudação fascista, é um gesto teatral): «*They must be suffering the last extremity of famine. Their walls may hold out; but their stomachs cannot*», a Maria José quase não o ouve, ouve-se a si mesma: «Erguem-se as velas, avançam os rebocadores, surgem barcos pequenos detrás dos navios que estão no porto.»

— Minha senhora — recomeça a Gabriela, aproximando-se de novo e observando-lhe os cabelos levemente esbranquiçados junto à raiz e concluindo, um bocadinho admirada, que ela os pinta. — Queria dizer-lhe uma coisa. Ah, não sou só eu que quero dizer uma coisa, chego a ter vergonha... — A Maria José acolhe-a, com um sorriso quente, e a Gabriela acrescenta:

— Gostamos muito de si...

Diz isto e foge, vai juntar-se ao Ernesto, agarra-lhe a mão com força (embora isso não seja permitido no liceu):

— Depois havemos de convencê-la a vir a nossa casa, ouviste?

Março de 1965.